目 录

序一 骑射与诗歌的对决   001

序二 最繁盛处的凋零   007

第一章 谁灭了南宋

一、崖山，张弘范灭宋于此   019

二、张弘范是什么人？   023

三、元朝的汉兵   027

四、蒙古兵去哪儿了   031

五、南宋主要亡于汉人之手？   035

第二章 宋军中的北军

一、归正人与归明人   042

二、对归正人的非难与拒绝   045

三、对北军的歧视、非难、分化及削弱   050

四、刘整叛逃   054

五、庸碌的俞兴与无奈的贾似道   058

第三章 花钱打仗与打仗赚钱

一、花钱如流水的南宋   067

二、宋军的待遇   071

三、元军的俸禄   076

四、奢靡与腐败   081

五、享乐主义   085

六、国之将亡，必出妖孽   089

第四章　抗元三代人

一、战神孟珙   094

二、蜀帅余玠   098

三、贾似道，孟珙亲选的接班人   103

四、吕文德   108

五、张世杰   112

六、第三代文臣   115

第五章　两难抉择

一、世仇金国   123

二、靖康之耻   127

三、联蒙灭金？联金抗蒙？   131

四、宋、金鏖战   135

五、拖雷借道   137

六、三峰山大战   141

第六章　历史的轮回

一、青城，又是青城   149

二、孟珙北上   152

三、金国的末日 156

四、强梁世界，找谁说这个理 160

五、端平入洛 164

第七章　作死的北宋

一、海上之盟 173

二、丢脸的宋兵宋将宋君 177

三、金兵南下 182

四、神人郭京 187

五、作死到底 192

第八章　北宋皇帝的胆量与国策

一、北宋皇帝的无畏 199

二、宋朝的心病 203

三、文官与文人的黄金时代 207

四、北宋无将 212

五、文化艺术的大繁荣 216

第九章　汉化？腐化？或者其他？

一、文字，鬼泣神惊的文字 225

二、猛安谋克的腐化与汉化 231

三、不许汉化 236

四、女真，好学但方向有误的学生　　　　240

五、金国因汉化而亡?　　　　245

六、历史的脚步　　　　249

第十章　互相渗透的文化

一、金国汉人的转变　　　　256

二、辽国汉人的转变　　　　260

三、汉人与南人　　　　265

四、汉人的底线　　　　269

五、找不到归属的南人　　　　274

六、红袄军起义　　　　279

第十一章　人才与胸怀

一、契丹、汉人的倒戈浪潮　　　　286

二、元朝的奠基者——耶律楚材　　　　290

三、楚虽有材，晋实用之　　　　295

四、汉人世侯　　　　299

五、南宋人狭隘的胸怀　　　　305

第十二章　辽以释废?

一、蜜蜂礼佛　　　　312

二、佞佛　　　　316

三、佛国盛景　　　　　　　　　　320

四、佛、道争雄　　　　　　　　　324

五、辽人的中国情结　　　　　　　329

六、辽末二帝　　　　　　　　　　333

七、悲剧重演　　　　　　　　　　338

第十三章　家天下与天下共享

一、轮流坐庄？行不通　　　　　　347

二、牵制？不许牵制　　　　　　　351

三、受限的皇权　　　　　　　　　355

四、意兴阑珊的皇帝　　　　　　　360

五、易碎的瓷器　　　　　　　　　363

后记　宋朝，没有墨家的火器　　　367

序一　骑射与诗歌的对决

一

崖山之前的中国，在浪漫与铁血中曲曲折折地前行。

那会儿的时间是黏稠且呈透明状的，流速极慢，几乎感觉不到它在流动，人们都有大把大把的时间，显得悠闲无比。人们穿着宽松、袖子很长的服装，在野草簇拥的古道上缓缓而行，一边行走，一边咏唱着诗词歌赋。河流淙淙，野花烂漫，风吹着人的衣袖、头发，大家咏唱一会儿，感慨一会儿，然后相视而笑。

儒家传统讲究雅致且诗意的生活态度："莫春者，春服既成，冠者五六人，童子六七人，浴乎沂，风乎舞雩，咏而归。"孔老先生对这种生活非常赞赏，而宋代一直沐浴在儒家的理念下，富裕程度又居各朝之首，人民特别是读书人对缓行吟咏就格外青睐。

不过，这种悠闲浪漫只是古典中国生活场景的一个侧面，与之相对的另一个侧面，是金戈铁马，是鲜血与泪水，是尸骸枕藉的古战场。而它并不一定就在塞外边关，中原、江南、海岛、水上到处都可能是古战场，将士们风餐露宿、执弓荷矛，嘶喊着如潮水般在古老的土地上对撞厮杀。

战阵厮杀与儒家理念毫无关系，但中原逐鹿的说法由来已久。定鼎中原不只是汉人豪雄的伟业，对其他族群来讲也极具吸引力。原因很简单，中原这只鹿够肥，这地方沃野千里，物产众多，富庶丰饶。占据了中原，不只是解决了吃饭问题，还可以凭此扼控四方，成就一代霸业。

当血与泪流得足够的多，风云因之变色，土地因之更为辽阔肥沃，新一轮的王朝轮换就完成了，于是战争结束，久候的和平再次到来，人们又开始低吟慢行，享受着太平年间的悠闲和浪漫。

享受悠闲的方式有无数种，而最浪漫雅致的方式都与诗歌有关，因为诗意的生活才是最浪漫的。但是，诗歌的繁荣离不开和平的环境，也与经济的繁荣关系极大。在丰乐安全的环境里，衣食无忧，文化教育事业才能蓬勃发展，诗词才能因此而大量涌现，人们才有闲暇的心境欣赏吟咏它们，为太平年间平添许多风雅趣事。

同样的，战争的形态也是多种多样的，但在崖山之前的中国，弓箭是最常用和最易携带的远程攻击兵器，骑兵则是机动性最强、最善于冲阵强攻的兵种。因此，骑射是崖山之前战争的标配。骑射精良，则意味着战力雄强，意味着在利益的争夺与捍卫中处于优势地位。

辽、宋、金、元时期，蔓延三百余年，这段时间是中国民族融合、文化冲突的关键时期，也是历史发展的一个十字路口，许多重大事件甚至影响了世界历史的进程，对中国历史的进程更是影响深远。不过，这段时间的所有冲突、融合，战争及和平，都可以看作诗歌与骑射的对决。

这段时间，中原宋人文化鼎盛，诗歌繁荣，而北方契丹、女真、蒙古各部落则骑射精良。于是，在浪漫与铁血交缠的古典时空中，一场旷日持久的冲突开始了。

二

骑射的作用快捷干脆，弦响箭出，溅血取命，顷刻间就能分出生死。骑射的威慑力因此而产生，让弱小者臣服屈膝，纳币求和。

诗歌的作用相对要缓慢得多，诗歌渗透人的心灵，犹如润物细无声的春雨，逐渐陶冶人的情趣，改变一个民族的性格。

在骑射精良的兵士面前，诗歌就是个笑话，再美丽动人的诗歌，也抵抗不住飞射而来的箭矢。同样的道理，点染如仙境的绘画，飘逸多姿的书法，在铁骑飞箭面前都不堪一击。

但是，当天下太平，射箭的士兵放下了手中的弓矢，侥幸又开始读书识字，诗歌绘画书法的作用就开始彰显了。当然，在古典时代，士兵读书识字的可能性不大，但皇帝将军是会读书识字的，当他们捧起了书本咏唱诗歌，兵士握弓的手就开始颤抖了。

金国的开国皇帝完颜阿骨打斗大的字不识一个，他麾下的那些兵将也是如此，宋人说他们"茹毛饮血，殆非人类"。但这些不识字的女真兵将悍不畏死，战斗力强得惊人。可惜的是，当女真灭了北宋占据了中原，阿骨打的子孙当了皇帝捧起了书本，情况马上就不一样了。金熙宗一身汉人书生打扮，手握汉人的典籍，口诵诗歌，提起阿骨打等老一辈开国元勋就嗤之以鼻，蔑称他们是"无知夷狄"。而那些穿上了锦衣的女真人都不怎么爱打仗了，他们觉得自己这会儿肉娇命贵，哪还肯上战场厮杀。

辽国、金国的武力对宋人都是压倒性的，但他们都没能亡了宋朝。在这方面宋人的诗词文章的确作用不小。当契丹、女真贵族学子们手捧书本，津津乐道地谈论欧阳修、苏轼的诗词文章时，他们的侵略性就大为降低了。或者说，诗词文章已经改变了契丹、女真民族，让他们昔日威武精良的骑射成为装饰。

三

宋朝最后被元朝灭亡，这是不容置疑的事实，但是宋朝并非仅仅亡于元朝的武力之下。南宋境内山如屏障、水如蛛网，险要处都有城堡镇守，元人的骑射虽精，在山地江河中却无用武之地，宋人又是建设城堡的高手，雄伟高大的城堡远非西域的小土城能比。无奈的是元人善于学习，他们在战争中学会了水战，学会了围点打援，学会了制造威力更大的攻城器械。

反观宋人，他们即便在一败涂地的情况下，仍猜忌不止、内斗不休。败于辽国后，宋人学会了用岁币买平安。此后王安石变法，想在富国的基础上强军，改变官不知兵、兵不知官的状况，但却在守旧势力的一致反对下惨遭失败。此后宋朝就这么混着日子朝前走，直到丢掉中原。

金国灭了北宋，与南宋对峙百年，又不时出兵攻打。但是南宋社会仍形不成合力，朝野之间达不成共识，对归正人百般猜忌排挤，可在南宋的军队体系中，归正人组成的军队战力非凡，排挤甚至陷害归正人，无异于自毁长城。

靖康之耻没能让南宋振作起来，化悲痛为力量，反倒让其更加保守、僵化。在僵化沉沦的氛围里，理学终于成型并迅速传播。"存天理，灭人欲"的理学让南宋社会变得更为呆板、固执，从政治到军事、外交都是如此，形成了一种非此即彼的荒唐思维；不是白的就一定是黑的，不是朋友就一定是敌人。

在僵化的思维模式下，南宋的外交一塌糊涂。在与元人的外交来往中，扣留甚至杀死使者的事情不止一次地发生，而军事上盲目的自信更加严重，墨守成规，不学习元军灵活多变的战法，以为凭借水军和坚城就能阻挡元军的进攻。在僵化的战术战略指导下，老牌的南宋水军迅速被元人新建的水军打败，襄阳城虽然坚固无比，但在外援不至粮尽弹绝的情况下，其结局也让人唏嘘感叹。宋兵尽力了，他们在元军的包围攻打下，守了襄阳城六个年头，其顽强非同一般，但最后他们还是投降了。

因此，与其说宋朝是被元人灭的，不如说宋朝是自己僵化而死的。可不论怎么说，宋朝的灭亡还是有点可惜，毕竟它是中国文化最为灿烂的朝代，创造发明最多的朝代，热兵器已经成型且投入实用的朝代，在制度观念等方面距离现代最为接近的朝代。

序二　最繁盛处的凋零

一

　　中国所处的地方是东亚的一块宝地。黄河南北平畴千里，渤海周围宜稻宜麦，江南、岭南气候温暖，雨量充沛，庄稼一年多熟，水果争奇斗艳，风景美不胜收。在古代的太平年间，若没有天灾、苛政，河朔、中原、江南、岭南的百姓维持基本的温饱丝毫没有问题，毕竟这些地方太富庶了，几乎种什么就长什么。

　　维持温饱，对今天的人们来说目标太低，但对古代中国来讲，却是个千古难题，直接影响着一个王朝的兴灭。虽说春秋时代铁制农具的应用，让农业生产的效率大为提高，人们因此可以耕作更多的土地，但在和平时期，随着人口增加与土地的兼并，慢慢地，总有很多人失去土地。当失去土地的人口达到一定数量时，一个王朝的基础就变得不稳了。这时候，稍有风吹草动，王朝就变得摇摇欲坠。

百姓没饭吃，天下自然难以安宁。因此，古代的中国在大多数时候，都重农抑商，反对土地兼并，认为农业是整个社会的基础，是本源，而商业是末梢，强本弱末，社会才能健康发展。同时认为商人不创造财富，凭着低买高卖赚取利润，是奸商蠹虫，因此，古代中国对商人的评价一直不好，限制措施很多，比如不许商人的子弟做官，不许商人穿丝绸衣裳等。商人们虽然钱多，可社会地位并不高，所谓士农工商四个阶层，商人处于最末。

古代中国不只抑商轻商，对手工业也不大重视，对有创意、工艺复杂、制作难度较大的工艺品还很不待见，斥之为"奇技淫巧"，认为这些东西没有一点儿实际用处，只能供人玩耍娱乐。周武王伐商时，就将制作"奇技淫巧"之物作为商纣王的罪证之一：

> 今商王受狎侮五常，荒怠弗敬。自绝于天，结怨于民。斫朝涉之胫，剖贤人之心，作威杀戮，毒痡四海。崇信奸回，放黜师保，屏弃典刑，囚奴正士，郊社不修，宗庙不享，作奇技淫巧以悦妇人。
>
> ——《尚书》"周书·泰誓下"

抑商、蔑技的思维，对社会发展的负面影响十分明显，大量的第一流人才不会考虑经商，不会将聪明才智用在手工业的技术创新与产品开发上，他们首先考虑的是读书做官，做官赚了钱也不会考虑用来经商或研究手工艺，首选是买地，退休后督导家人耕作，教导子弟读书，称作"耕读传家"。

这样做的结果就是工商业的发展缓慢，农具及其他器具的技术更新几乎停滞，即便是几百年时间，也看不出社会有明显的进步，人们的生活一年一年、一代一代重复着老样子，王朝不断更迭，却总是走不出农业社会的窠臼。

这是个怪圈，走马灯般轮番上场的王朝，在这个圈内转来绕去，穷极思虑地想要让自己的王朝延续不断，可走不出这个圈子，再好的办法都是隔靴搔痒，起不到多大作用。即便强盛如汉唐，也只能在盛极之后衰落，然后走向灭亡。

二

令人欣喜且眼前一亮的是宋朝。宋朝与其他王朝的理念不同，几乎算是走出了抑商轻工的藩篱，走出了千年回环往复的怪圈。

宋朝建国时就发育不良，燕云十六州为辽国所据，失去了北方长城的屏障，且得国不正，江山篡自后周的孤儿寡母。可能正因为如此，宋朝采取了与周秦汉唐截然不同的治国理念，不反对土地兼并，对工商业持鼓励态度，对商人的限制蔑视也较之前大为改观。在建国初期，许多官员就带头经商，如宰相赵普就在首都汴梁城开旅店，高官王德用、张永德等群起响应，或开店或搞长途贩运，借着做官的便利将生意做得风生水起。到了北宋中期，官员经商的现象更为人瞩目，汴梁城中许多店铺干脆就以东家的官职命名，如"孙殿丞鞋店""许将军刷牙铺"等，此时店名上的官职既是一种广告，估计也有以此彰显其商品高质量、重信誉的意思。

有了官员的带头，社会风气为之一变，以工商为手段聚拢财富成为一种时尚导向，而经商也不再是商人的专利，人人可为。那时候除了官员外，皇家宗室、和尚尼姑、读书的学子、地主小农以及手工业者，只要有本钱有兴趣，谁都可以开店经商，不开店而搞长途贩运也行，没本钱的帮别人拉生意提供信息也行，弄得全民皆商，大家都以能赚钱为荣。

商业的繁荣又带动了手工业、采矿冶炼、纺织、造纸印刷等业的发展。烧制瓷器的窑炉遍地开花，著名的如钧窑、汝窑、定窑、哥窑、弟窑等，其所产瓷器在今日仍被视作珍品。而江西信州的貌平山铜、铅矿区则以规模著称，这地方集采矿与冶炼为一体，由官府支持，最盛时工人达到罕见的十多万人，当然，其铜、铅的产量也相当可观：

> 招集坑户，就貌平官山凿坑，取垢淋铜，官中为置炉烹炼，每一斤铜支钱二百五十。彼时百物俱贱，坑户所得有赢，故常募集十余万人，昼夜采凿，得铜铅数千万斤。
>
> ——《宋会要辑稿》

丝织业在宋代的规模也非常大，除了官办的丝织机构外，民间以织丝为业的机户达到了十万户以上，这些机户小者只有两三张纺织机，以家庭成员为织工，属纯家庭式的作坊，而大者有几十或几百架纺织机，完全靠雇佣工人操作机器纺织丝绸。这些机户主要分布在江浙、四川一代，因为这些地方是桑蚕的重要产区。

在采矿、冶炼、丝织业兴盛的同时，印刷业在宋代也有了迅猛地发展。因为商品经济发达，宋代产生了纸币交子，需要量大且必须印刷精良，同时宋代的读书人多，求书若渴，这都促进了宋代印刷业的发展。北宋时主要采用雕版印刷，举凡经史子集、佛经农书等都在印刷之列，此后政府公文、小说杂记等也开始雕版印刷，宋人的诗词文章、唐人的文集诗集也被大量印制。

各行业的发展，客观上刺激着生产工具的改进，刺激着"奇技淫巧"的发展。以丝织业为例，机户为了提高效益多赚钱，就得不断改进纺织机械。唐代的脚踏纺车，到宋代就对驱动的绳轮做了重大改进，由带动一个纺锭变为带动三个，效率一下子提高了三倍。到了南宋晚期更是发展出一种效率更高的大纺车，长有两丈多，结构也较为复杂，元人王祯详细描述过大纺车的结构及运转情况：

> 或人或畜，转动左边大轮，弦随轮转，众机皆动，上下相应，缓急相宜，遂使绩条成紧，缠于韧上，昼夜纺绩百斤。
>
> ——王祯《农书》"农器图谱集"之二十

印刷业也是这样，当书籍成为商品，需要大批量印刷时，就有了效率问题。雕版成本高、速度慢，印一本书，就需要大批量的雕版，当这本书停印后，这些雕版便成为废物，贮存保管都成了问题。这种阻碍便有人去研究，毕竟印刷业的利润相当可观，于是在北宋的庆历年间，活字印刷术出现了，毕昇用胶泥将它做了出来。

制造业的发展，社会的繁荣，也促进了海外贸易的发展，成千上万的海船载着瓷器、丝绸、茶叶等物出海，将它们运往东洋、西洋、南洋，回来时带着宋人需要的药材、香料、银器铜器等。在大海上航行，放眼处都是茫茫的海水，客观上需要导航。过去都是靠日月星辰导航，但遇到阴雨天就无法航行了。宋代海贸繁忙无比，阴雨天停航损失太大，于是，指南针被发明出来，那时还不叫指南针，称作针盘，大小海贸商船全都带着针盘航行：

> 海商之舰，大小不等，大者五千料，可载五六百人；中等二千料至一千料，亦可载二三百人；余者谓之"钻风"，大小八橹或六橹，每舰可载百余人，风雨晦冥时，唯凭针盘而行。
> ——南宋《梦粱录》卷十二"江海船舰"

海外贸易刺激着宋朝的造船及导航技术，印刷业刺激着造纸制墨技术的发展，采矿冶炼业则对挖掘器具及燃料提出了更高的要求，丝织业在刺激桑蚕养殖的同时，又带动了刺绣、纺织机制造等行业。于是在两宋的三百余年间，科技的发展日新月异，工商业也出现了空前的大繁荣，远超汉唐。

三

工商业的繁荣，首先表现在税收上。宋真宗天禧末年，宋朝赋税总收入为五千七百二十三万贯，其中农业税为二千七百六十二万贯，占百分之四十八，其他税收为二千九百六十一万贯，占百分之五十二，其他税收主要是工商业税，包括盐、铁、酒、茶专卖的税收，以及娱乐业等的税收。宋神宗熙宁年间，全国的赋税总收入为七千零七十万贯，其中农业税为二千一百六十二万贯，只占到百分之三十，其他税收为四千九百一十一万贯，占到惊人的百分之七十。

工商业税收超过农业税收，且远远超过，这在其他朝代是不可想象的。这种情况既说明了宋朝工商业繁荣的程度，同时也表明，宋朝至少已有一只脚踏出了农业社会的窠臼。

工商业的繁荣是城市文明的起点。宋朝除了汴梁、临安两个人口超过百万的大城市外，人口在十万以上的城市至少有四十多个，泉州、广州、明州、秀州等城市的人口可能已超过二十万。这些城市既是人口的聚居地，也是各种货物的集散地，既是富人的消金窟，也是失地穷人求职寻找活路的地方。这些城市已不再以官府衙门为主体，繁荣的工商业引领着城市的发展，同时引领着宋人城市化的潮流。

事实上宋朝的城市与唐朝相比，已经大为不同，城的成分更少，市的比重大幅增加。汴梁、临安抛弃了唐代长安城的里坊制，不再人为地将居住区域和商业区域强行分开，随处可以开商铺店肆，城内也不设关卡一类的坊门，小巷大街完全贯通，同时宵禁几乎被完全取消，晚上喝酒逛大街基本上没有问题。当然，想做坏事还是有人管的，因为城市里有个衙门叫巡捕，类似于今日的派出所，专管盗贼治安一类事情，同时监管灭火，还有部分消防队的功能。

在城市繁荣之际，不可避免地出现了破产的农民、商人，这些人要么到工坊做工，要么因老病流落街头。于是，针对贫民的救济制度出现了，并在南宋时达到极致。贫民的生活资助、教育、生育、医疗等都由官府负责，对此宋代私家著作中的记录极多，以医疗为例：

> 民有疾病，州府置施药局于戒子桥西，委官监督，依方修制刀散咀，来者诊视，详其病源，给药医治，朝家拨钱一十万贯下局，令帅府多方措置，行以赏罚，课督医员，月以其数上于州家，备申朝省。
> ——（宋）孟元老《东京梦华录》。北京：中国商业出版社，1982，第161页

在浩繁的私家记载中，宋代特别是南宋后期，社会保障体系的完善程度让人吃惊，甚至已经有了一整套救济安置的措施。穷人家生孩子，官府负责接生婆的费用，穷人若无力抚养孩子，则由官府专设的慈幼局进行抚养。年老无力供养

自己的穷人，则可进入官府专设的居养院，不但负责其饭食居住医疗，死后还负责安葬。（有关宋代社会保障的内容，详见本书第三章第一节）

四

宋代距离现代社会是如此之近，几乎只隔了一张薄薄的纸，只要捅破这张纸，宋人就能洞穿千年，从那时直接进入现代。因为无论是观念、心态，还是社会的发育、生产效率，宋代似乎都能无障碍与现代对接，不存在因时空的置换而产生的错位问题。

但是，宋人终于没能捅破进入现代的那张纸，或者说，还没等宋人捅破那张薄纸，就被无情地从历史上抹去了，北宋为金所灭，南宋继承了北宋的衣钵继续前行，最终为元所灭。元朝武力的精锐是蒙古人的铁骑，这支铁骑曾经横扫欧亚大陆，锋芒所指几乎所向无敌。不过，说蒙古人的骑兵灭亡了南宋却仍有几点存疑。

那时的蒙古骑兵的确威猛绝伦，在草原上、在平川沃野，骑兵以其速度与机动性而称雄。可南宋所处的南方水乡，山水回环，江河纵横，江南一带更是水网密布，根本不利于骑兵行进作战，再凶猛的骑兵，到了江南水乡也无用武之地。

那么，是谁灭了南宋，让这个几乎就要洞穿历史的朝代饮恨而终？而阻碍宋人进入现代的那张纸又是什么？宋人为什么就不能捅破它呢？

第一章　谁灭了南宋

　　元人灭宋的战争从1235年开始，到崖山海战这一年，前后时间长达四十四年，将近半个世纪。最初攻宋时，还没有"元"这个国号，称作"大蒙古国"，那时成吉思汗已经去世，其子窝阔台汗在位，他派出的攻宋军队分为三路，分头攻打南宋的四川、淮南以及京襄地区。

　　窝阔台攻宋战争历时六年多，战争波及的四川、京襄及淮南一带残破不堪，不过，在宋军的顽强抵抗下，元军（大元是1271年忽必烈所定的国号，此时元朝尚未建立，但攻宋军队成分复杂，既有蒙古人的精骑，也有大量的汉军及其他民族的兵士，因此姑且称之为元军或元人，下同）也损失不小，他们在掳掠一番后，又撤出了所占领的土地。

　　1258年，元军又发动了第二次大规模的攻宋战争。这时窝阔台已死，其子贵由继位做了两年大汗后也死了，由拖雷的长子蒙哥继位为汗。此次进攻元军也是兵分三路，大汗蒙哥亲率主力进攻南宋的四川，其弟忽必烈率军进攻京襄一带，大将兀良合台则率军从大理进入南宋境内，从南向北攻城略地。这次进攻依然遭到宋军的顽强抵抗，一年之后，蒙哥汗战死在四川合州的钓鱼城下，忽必烈久攻鄂州不下，在得知蒙哥死讯后，只好弃围北上，与乃弟阿里不哥争夺汗位去了。在这种情况下，兀良合台也从宋境撤兵，又回到了大理。这次进攻持续了三个年头，南宋固然损失惨重，元军也减员不少，特别是大汗蒙哥死于战场，导致了蒙古内部因汗位之争而发生内战，并间接引发了西部汗国与元朝廷的分裂。

后来，已坐稳了大汗之位，且将国号改为大元的忽必烈发动了第三次攻宋战争。这次攻宋不搞兵分多路那一套了，只攻襄、樊——即襄阳与樊城。这是一对姊妹城，襄阳在汉水之南，樊城在汉水之北，二城之间有横跨汉水的空中索桥相连，因此遭遇围攻时二城可以通过索桥相互支援。

但是襄、樊不是一般的难攻，尽管忽必烈数年前就为攻占襄、樊暗做准备，可襄、樊的坚固，宋军的勇武顽强还是超出了他的预料。元军重兵围困、名将齐集，在不计成本水陆并用的情况下，用了六个年头才将襄、樊二城全部拿下。

攻占襄、樊后元军开始了灭宋的第四次战役。元军顺长江东下，然后转而向南，直逼南宋首都临安。南宋此时在位的皇帝赵㬎（xiǎn）只有五岁，朝政由太皇太后谢道清主持。谢道清在首都已无可战之兵、求和又不许的情况下，无奈选择了投降。

谢道清在选择投降的同时，暗中嘱咐杨淑妃带着南宋皇室骨血益王赵昰（shì）、广王赵昺（bǐng）逃亡温州。赵昰是宋度宗的庶长子，当时只有八岁，赵昺是宋度宗的第三子，当时只有五岁，而杨淑妃是宋度宗的妃子，也是赵昰的生母。

在大臣杨亮节、杨镇的护送下，杨淑妃一行先逃到婺州，再逃到温州，最后到了更南的福州。一路上不断有不愿投降的大臣前来会合，如左丞相陆秀夫、右丞相陈宜中、临安知府文天祥，还有大将张世杰等。陆秀夫当时带有南宋朝廷的一部分大臣，张世杰则统御着南宋残余的水军，加上杨淑妃一行从临安出走时，带着的殿前禁军等随驾安保力量。

这一行人在福州落脚之后，立刻将赵昰扶上帝位，就是后世所称的宋端宗，同时尊杨淑妃为太后，百官之间也大致进行了简单分工，将朝廷的架子搭了起来，着手准备各种抗元复国大业。

但元军哪肯让他们从容准备，他们迅速追踪南下，扑向福州。这时文天祥已离开福州，在外召集聚拢南宋残军，陆秀夫、张世杰等无奈之下带着宋端宗及百官上了兵船，浮海到了泉州，随后又辗转南澳岛、九龙城等地，可此时元军已攻入华南一带，到处搜寻南宋流浪小朝廷的踪迹，风声鹤唳，形势紧张。陆秀夫、张世杰等人没敢在南澳岛、九龙城久住，稍作歇息后又马上离开，在海上漫无目标地漂流，希望能寻到一个比较安全的落脚点。

他们在漂流中遇到了台风，飓风卷起大浪在海上肆虐，兵船在风浪中颠簸起伏，可怜的宋端宗赵昰被卷入了海浪之中，虽然最终被救上了船，可他毕竟年龄太小，经此惊吓竟

然染病不起，不久便去世了。陆秀夫、张世杰等遂拥立年龄
更小的赵昺为帝。

1278年六月，南宋小朝廷终于结束了海上漂流，将落脚
点选在新会县的崖山岛上。

次年春天，元军水兵从长江口出海南下，赶往崖山海
域。三月十九日，宋、元在崖山海域进行最后的决战，宋军
战败后，陆秀夫身背皇帝赵昺蹈海殉国，杨淑妃亦蹈海而
死，当时除极少数官兵逃离战场，希冀能东山再起外，绝大
多数的兵士、随军家眷以及官员、宫女等集体投海而亡，战
后海上浮尸十万以上。

南宋至此彻底灭亡。

一、崖山，张弘范灭宋于此

崖山，是南宋的终点。

不过，南宋的灭亡与其他朝代不同，它亡得悲壮而且
惨烈，即便已是将近千年的往事了，但今天看来仍旧触目惊
心，让人目眦欲裂。

当战败已成定局，左丞相陆秀夫先逼迫妻子跳海自尽，
然后劝说皇帝赵昺为国而死，赵昺这会儿只有七岁，只是惶
恐地点头。陆秀夫遂将小皇帝负在背上，蹈海而亡。而已被
尊为太后的杨淑妃得知赵昺的消息，大声哭着也跳了海。这
一天，蹈海而死的南宋官吏、宫女、兵士等不计其数：

> 陆秀夫走卫王舟，王舟大，且诸舟环结，度不得出走，乃负昺投海中，后宫及诸臣多从死者，七日，浮尸出于海十余万人。杨太后闻昺死，抚膺大恸曰："我忍死艰关至此者，正为赵氏一块肉尔，今无望矣！"遂赴海死，世杰葬之海滨，已而世杰亦自溺死。宋遂亡。
>
> ——《宋史》本纪第五十四

《元史》对此的记载大同小异：

> 世杰犹死战，自朝至晡，弘范督南面诸军合击，大败之。陆秀夫先沉妻子于海，乃抱卫王赴海死。从死者十余万人。
>
> ——《元史》卷一百二十九"李恒传"

偏安一隅的南宋，在灭亡之际，能有十多万人为之陪葬，的确也足以自傲自荣了。崖山的孤臣泣妇用自己的血泪为宋朝画上了句号，同时给富足繁华、旖旎风流的宋朝抹上了一片凄凉悱恻的色彩。

可惜的是，海战之后崖山巨石上出现了十多个勒石而成的文字，与凄凉悱恻的气氛很不协调，显得张牙舞爪，这段文字是：镇国大将军张弘范灭宋于此。

很显然，这是胜利者所为，而张弘范就是崖山海战元军的主将。这十多个字，乃是张弘范夸耀功业之作。崖山对宋人而言是千古伤心处，可对张弘范而言，则是功业的巅峰，是此后一辈子都可以用来显摆的伟绩。

按说这很正常，各为其主，各为其国，宋人眼中的凶手恶徒，元人眼中的功臣猛将，同一个人，站在不同的立场上就会得出截然不同的评价。但让后世纠结的是他的民族身份：他是一个地地道道的汉人。

北宋被金国所灭，宋人虽然愤怒，后人虽然遗憾，但也仅此而已，心中不会纠结。问题是在宋、元长达近半个世纪的战争中，最后给了宋朝致命一击、让宋朝就此灭亡再无翻身可能的，却是一个汉人，不但主将是汉人，其麾下的兵卒也几乎全是汉人。更糟的是这个汉人还以此大肆夸耀，刻石纪功唯恐世人不知。

让今人更为错愕的是，领军灭宋并非张弘范的无奈之举，他是主动请缨、积极要求带兵消灭南宋小朝廷的：

> 十五年，宋张世杰立广王昺于海上，闽、广响应。弘范入觐，自奋请讨之，乃授蒙西、汉军都元帅。陛辞，奏曰："汉人无统蒙古军者，乞以蒙古军者，乞以蒙古信臣为帅。"
> ——《新元史》卷一百三十九"张弘范传"

这段史料极有意思，张弘范的积极争取获得了元世祖忽必烈的批准，授予他蒙西、汉军都元帅之职，他却不敢接，反而请求派一个蒙古人为帅，自己甘居其下，其理由也由他的口中说了出来：汉人无统蒙古军者。

　　元代的情况的确如此。元军的成分复杂，既有蒙古族人组成的蒙古军，也有以色目人为主组成的探马赤军，还有以汉人为主的汉军。但是，蒙古将军能担任汉军、探马赤军的主帅，汉人却只能统御汉军，绝对不许染指蒙古军和探马赤军，这反映了元代汉人的尴尬处境，即便张弘范是汉人中的上层人物，又有能征善战之名，对于蒙西、汉军都元帅之职也不敢轻易接受，因为这个职务意味着他可以对蒙古军发号施令，指挥他们作战。

　　当然，在忽必烈的劝说下，他最后还是接受了这个职务。忽必烈可能仅以此职表示恩宠之意，张弘范坚决不接受皇帝的恩宠，就有点儿不识趣了。但要消灭盘踞在崖山的宋人，并不需要什么蒙古军，因为崖山那会儿还是海岛，只能动用水军，以马上功夫著称的蒙古军在水战时根本无法发挥作用。

　　可以设想，张弘范当时挑选了两万水、陆兵卒，其中除了绝对多数的汉人水军外，还象征性地选了数百蒙古兵，他不能让皇帝的恩宠落空，那是大不敬，而数百蒙古兵还有一个作用，就是监督、监视，或者见证张弘范不遗余力灭宋的过程。

　　宋末三杰中，陆秀夫因崖山兵败而跳海，张世杰逃出崖山海域后，得知帝、后皆死，复国再无希望，遂也赴水而死，而文天祥是在陆上被张弘范抓住，随后送往大都的。宋末这三位最杰出的人物，其死亡都与张弘范有关。因此说，张弘范在崖山刻石吹嘘自己灭了宋朝，虽有显摆夸耀的成分，也不完全是吹牛，他不但灭了南宋小朝廷，也断绝了所有宋朝遗民的念想。

二、张弘范是什么人？

后世对张弘范崖山的评价褒贬悬殊。褒之者说他是当世英雄，叱咤风云，豪快天纵；贬之者则认为他是汉奸国贼，是为异族卖命的走狗。褒之者一般都撇开了民族之争，只从张弘范的功业才能入手，说他本领大，为国贡献良多。贬之者则毫无例外地强调他是汉人，说他的功劳越大则罪孽越深。

褒也罢贬也罢，双方都不得不承认张弘范的确是个人才，在宋、元鼎革之际，类似张弘范这种在文才武略多方面都有建树的人的确不多，张弘范称得上是那个时代的佼佼者。

忽必烈攻灭南宋的十多年间，张弘范一直活跃在战争第一线，几乎各个重要战役都有他的身影，或是担任主攻，或是旁侧配合，或是建言献策。张弘范能打硬仗却不莽撞，很有谋略算计，对陆战、水战都有一套。

虽以善战闻名，但张弘范绝非一味好杀，至少他对元朝境内的百姓还是挺爱护的，他做大名路管民总管时，大水成灾，甚至百姓居住的庐舍都被淹没冲走，难以完成朝廷所定的税负，张弘范就做主将大家的税赋全免了。这自然给自己惹来了麻烦，元朝廷认为他涉专擅之罪，弄得张弘范不得不求见忽必烈为自己辩解：

　　"臣以为朝廷储小仓，不若储之大仓。"帝曰："何说也？"对曰："今岁水潦不收，而必责民输，仓库虽实，而民死亡殆尽，明年租将安出？曷若活其民，使不致逃亡，则岁有恒收，非陛下大仓库乎！"

　　　　　　　　——《元史》卷一百五十六"张弘范传"

　　张弘范还是颇有辩才的，说得忽必烈点头认可，不再追究其专擅之事。

　　汉人百姓在元代的处境不太好，特别是元初，蒙古军不怎么拿汉人百姓的性命当回事，掠夺施暴是常事，一般的汉人官员不敢管他们，但张弘范敢管。他代替其兄弘略暂摄顺天路民事时，遇到蒙古兵暴虐害民，就拿出总管的威势杖责这些蒙古兵，并遣送出境，弄得蒙古兵也有点儿胆怯，不敢在顺天路犯案。

　　张弘范之所以如此大胆，敢以汉人身份与蒙古兵作对，并非是他傻胆大，不知利害，这中间是有原因的。张弘范并非普通的汉人，他有极强的背景，他是定兴张家的人，蔡国公张柔的九公子。

　　张柔，金国末年河朔的豪强人物。成吉思汗率兵入关，在河朔一带攻城略地，将金国打得狼狈不堪，随之接受了金国的求和，带着金人供奉的金银财宝与抢来的人口等物返回漠北。此时河朔一带残破不堪，金兵龟缩大城之中，基层官吏死的死、逃的逃，流民满路，盗贼蜂起，却没有人管。张柔便在此时联络乡邻结寨自保，以此发迹逐步壮大，拥有了武装，并获得金国朝廷的认可。

　　木华黎奉命带着蒙古兵再入河朔时，张柔战败，遂投降了蒙古人。之后，张柔带着自己的武装为蒙古兵做前驱，在金国境内东征西讨，立功无数，直至最后将金国彻底灭亡。在这个过程里，张柔的武装力量不断壮大，官位也不断上升。在忽必烈没做大汗之前，张柔就是中原最有权势的汉人之一，有自己的武装，有自己的领地，俨然如一方诸侯，除他之外，他的几个儿子也都被元朝廷封了大小不一的官职。

　　元代虽有民族歧视，汉人是主要的歧视对象，但对张柔这种实力派人物，一般的蒙古士兵还是不敢轻易挑衅得罪的。忽必烈与乃弟争夺大汗之位时，张柔等实力派汉人出力不少，因此张家颇受忽必烈的恩宠。张弘范之所以敢杖责驱赶蒙古兵，就是倚仗张家的势力与忽必烈的恩宠。

　　不过，张弘范并非一切都依赖家族，他还是有很多真本事的，除了精明颖悟、能征善战，其文才也为时人称道，诗词的造诣尤其不凡，比如他吟咏海棠的词，以海棠喻杨玉环，体帖委婉，写得相当不错：

　　　　醉脸匀红，向人无语夸颜色。一枝春雪，犹染鬼坡血。庭院黄昏，燕子来时节，芳心折。露垂香颊，羞对开元月。

　　　　　　　　　　　　　　　——张弘范《点绛唇·咏海棠》

　　除了诗词，他还有数量不少的小令、套曲，都还写得可以。张柔在发迹之后，聘请汉人大儒在家为诸子当老师，传授他们汉人的文化、儒家的经典，因此张弘范文字上的功夫相当不俗，汉人书生会的那一套他都会。

　　只是，这样一个文武兼资的人物，却对文化昌盛的南宋极其鄙视。在诗词中，张弘范直接以"南蛮""群丑"等词称呼南宋国人，在他的眼里，似乎宋人都是妖魔鬼怪，是杀戮征服的对象。对南宋的同族之人非但没有半点怜惜之意，反倒仇恨满腔。比如，他在围攻襄阳时写的《鹧鸪天》词，就直呼坚守城池的南宋军民为南蛮：

　　　　铁甲珊珊渡汉江。南蛮犹自不归降。东西势列千层厚，南北军屯百万长。
　　　　弓扣月，剑磨霜。征鞍遥日下襄阳。鬼门今日功劳了，好去临江醉一场。
　　　　　　　　　　　——张弘范《鹧鸪天·围襄阳》

　　其实，张弘范这样做毫不奇怪。元人中如忽必烈等远见卓识者，自然不会对南宋抱什么鄙视仇恨心理，他们很冷静，只将南宋看作猎物，而下层百姓特别是汉族百姓，更不会有鄙视仇恨心理，他们估计还很羡慕南宋的百姓。张弘范却不然，他既是元初的既得利益者，甚得元朝廷的恩宠，同时他又是汉人，与蒙古各部将领的心思不同，他有自卑心，为了稳固恩宠躲避嫌疑，他就要对南宋的汉人表现得鄙夷仇视，只有这样才不致引起当权者的排挤，才能让他们引为同类。

三、元朝的汉兵

张家在元初地位显赫，张弘范为巩固家族地位，或为了自己的功名富贵，殚精竭虑为剪灭南宋出力。站在元人的立场上，当然觉得他本就应该这样，但在宋人看来就很气愤了。在宋人眼中，契丹、女真及蒙古各部都是野蛮民族，他们觉得野蛮民族虽然可恨可恼，但帮助他们的汉人更为可恨。

有个传说，说明代时候，汉人书生陈献章在张弘范崖山刻字上加了一个"宋"字，变成"宋镇国将军张弘范灭宋于此"，用来恶心张弘范。

其实细究起来，张弘范虽是汉人，却与南宋没有半点关系。如前文所述，他父亲张柔是金国人，投降蒙古后帮蒙古灭了金国。但金国是女真人建立的国家，并在多年前灭了北宋，张柔帮蒙古人灭金，道理上也算报了北宋之仇。而张弘范是如假包换的元人，他出生时，元朝已经建立十多年了。他生在元朝，长在元朝，所享的荣华富贵也与元朝对张家的恩宠关系极大，在这种情况下，让他不为元朝着想，不为元朝卖力似乎很不现实。

虽说南宋当时在经济文化等方面比较先进，在富庶程度上也首屈一指，但张弘范没受过南宋半点恩惠，南宋的君臣百姓对他来说遥远而且陌生。他所学的汉人典籍中当然也有忠君爱国一类内容，但身为元人，他自然而然地就将所忠的君主认定为忽必烈，将所爱的国家认定为元朝。

但即便张弘范再爱元朝，仅凭他个人的能力，要灭亡南宋也是不可能的。更关键的是，宋、元之战中，为元朝效力的汉兵汉将远不止张弘范一个人，著名的汉人将领如刘整、史天泽、郭侃、郭宝玉、张禧等，其谋略、战力，哪一个也不比张弘范差，他们手下所带的都是汉兵，而女真、契丹将领，如刘国杰、李挺等，手下统御的更是汉兵无疑。就连很多蒙古人将领或者色目人将领，手下统帅的大多数也是汉兵。

原因很简单，攻南宋需要汉兵。南宋多山多水，战略要地全都筑有坚固的城堡。汉人是筑城的行家，所筑城池的高大与坚固在当时首屈一指。而蒙古及色目人的骑兵既不擅长攻城，对水战也十分陌生；只有汉兵汉将，才最清楚汉人城堡的攻防技术，也只有他们才知道如何击败汉人的水军战船。

元军中的汉兵数量非常庞大，但具体有多少，蒙古兵在其中能占多大的比重，今日已很难找到具体的数字了，只能在浩繁的史料中窥见些蛛丝马迹。

在成吉思汗西征，金国尚未灭亡，蒙古大将木华黎带兵在金国北部攻伐之时，其部下就有大量的汉兵。元史专家黄时鉴先生钩史钓沉，统计出木华黎麾下诸军总数为十万，而其中蒙古军只有两万三千人，其余七万七千人全是汉军。就是说，汉军的数量接近其总兵力的百分之八十。这个数据中，还没有将蒙古军的阵亡等消耗算进去，如果算上蒙古兵的正常消耗，那么，汉兵所占的比例当在百分之八十以上。这是个相当惊人的数字。当然，这些汉军并不是百分之百的汉人，其中还有少量已经汉化的女真和契丹人。

金朝末年，汉地的女真与契丹经过百多年的时间，其习俗观念诸方面已经与汉人无异，基本都被同化了，因此蒙古人将之统一称作汉人，不做详细区分。不过女真与契丹的人数，比起汉人还是很少，少得几乎可以忽略不计。

到了1267年，即南宋的咸淳三年，忽必烈最后一次打响了消灭南宋的战争。伊利汗国宰相拉施特所著的官方史书《史集》中，提到了忽必烈对这次战争的准备情况：

> （伯颜）到达了那边，合罕已准备好了三十万蒙古军和八十万汉军，他以蒙哥合罕时就已投降并赤诚效忠的巴剌合孙城汉将三哥把阿秃儿统率汉军，并以上述伯颜和兀良合惕部人速别台把阿秃儿的孙子异密阿术统率蒙古军。
>
> ——拉施特《史集》第二卷，北京：商务印书馆，1983，第318页

其中的"三哥"，就是大名鼎鼎的汉人世侯史天泽，而"把阿秃儿"是勇士的意思。

有意思的是，这段史料中的蒙、汉军比例与黄时鉴先生的研究结果非常贴近，汉军占比也接近百分之八十，明显比

蒙古军要多。不过，三十万、八十万这两个具体数字可信度并不高，有夸大的成分，而汉军占比的估计明显保守了。

到了忽必烈称汗建立元朝，中国北部全部纳入了元朝的统治范围，汉军数量进一步增加，虽不敢说占比达到了百分之九十以上，但所差也不会太多。汉军的比例之所以会迅猛增长，是因为被俘投降的宋军会被马上编入元军中，并充当先锋。比如襄阳守将吕文焕，在坚守襄阳近六年后力竭降元，元人顺汉江而下攻打鄂州时，他不但为之出谋划策，而且亲带麾下兵力做先锋开路，沿路劝降，被俘的宋军又立刻被编入元军阵营，再被当作先锋部队。

蒙古人攻打中亚、西亚、东欧时，也从俘虏的军人及平民中挑选合格者编为军队，攻城或野战时命他们冲锋在前，充当炮灰，等他们将敌人拖得疲惫不堪时，蒙古军才发动冲锋夺取最后胜利。后来蒙古人中犯了错、获了罪的人也被贬谪到这种军队里，而此军称为探马赤军。

探马赤军的地位当然低于蒙古军，可到了消灭金国攻打南宋时，因有了大量地位更低的汉军，这些汉军更熟悉与汉人作战，对汉人的战略战术都耳熟能详，因此，汉军不但充当了先锋，也成了参战的主力，那些为数不多的探马赤军则主要被用来戍守地方。

南宋的北部边境，河流众多，大山绵延，各战略要地上都筑有坚城，南宋政府便是靠这些坚城阻滞元人南下的脚步。长于冲锋陷阵的骑兵在坚城面前束手无策。在忽必烈为汗之前，蒙哥对四川的钓鱼城采取强攻的办法，亲率主力攻打，可是大半年时间劳而无功，最后落得军中疫病流行，自己中弹身死。更早一些的蒙古大军围攻金国的汴梁，也是久攻不下，最后还是城中的金兵窝里反，自己从内打开了城门。

蒙古人不擅长攻城，色目人对此也无良策。于是，消灭南宋的艰巨任务就自然而然地落到了汉军将领和兵士的头上。

当成千上万的汉军作为主力攻打南宋，极少数蒙古兵在其中只是作为点缀，或者在旁策应袭击援军，其他蒙古军去哪儿啦？干什么去啦？

四、蒙古兵去哪儿啦

蒙古兵去哪儿啦？这个问题的答案让人十分无奈，甚至有点儿心酸，因为蒙古兵本来就没有多少。当蒙古人横扫了欧亚，进攻南宋的前夕，直接归蒙古人统治地区的面积达到了三千多万平方公里，其中包括忽必烈统治的地区，也包括四大汗国所统治的地区，但不包括向蒙古人称臣纳贡的国家和地区。

在这片巨大无比的土地上，虽经无数次战争的杀戮，残存下来的各种族人民仍然比蒙古人多得多，在其中，作为统治工具起震慑作用的蒙古兵只能作为点缀，毕竟他们的人数太少了。蒙古人的人口太少，蒙古兵的数量自然不可能多。

当成吉思汗统一了蒙古诸部，开始出兵东征西讨时，整个蒙古人的人口也就是一百多万，不超过一百五十万，这个数字几乎是后世研究者的共识。王龙耿先生在《我国历史上蒙古族人口发展的趋势和繁荣民族人口问题》一文中，通过各种推算，也认为那时蒙古族人口就是一百多万：

> 在成吉思汗统一蒙古各部后，蒙古人已有一百多万人口。这个数字要是与以往游牧在蒙古高原上的北方民族相比较，也没有超过前者，如公元一世纪时，匈奴就有一百五十万人。
>
> ——《内蒙古自治区民族研究学会首届年会论文选集》，第269页

当然，从成吉思汗统一蒙古到忽必烈灭宋前夕，时间跨度将近七十年。蒙古人的人口会发生自然增长，但七十年的时间里蒙古人几乎年年都在打仗，多次西征，打西夏打金国打越南打南宋打高丽，而且不仅和外族打，自己内部抢汗位也打，汗国之间也打。这七十年间蒙古人基本就没消停过，虽说打仗时有炮灰做先锋，但蒙古军队不可能总是在后面逍遥观战。炮灰打胜了自然好，炮灰败了对方冲过来了怎么办，蒙古军总得顶上去吧？

因此，七十年间不论输赢，历次战争都会或多或少留下蒙古军的尸体。这不但直接减少了蒙古各部的人口，也使得其繁衍速度受到抑制，因为死在战场上的多是青壮年男子，他们死了，蒙古人各部的生育率自然随之下降。

当然，战争在直接消灭肉体的同时，也会带来希望。蒙古人在获胜之后，成年男子要么被杀，要么被编入充当炮灰的军队，而妇女则被当作战利品，掳掠为蒙古官兵的奴隶或者妾侍。

这些女性战俘只要能幸存下来，多数都成了劳动工具和生育工具。那时候蒙古人的妻妾数量是没有任何限制的。出使蒙古的西方基督教使者柏朗嘉宾，在其著作《柏朗嘉宾蒙古行纪》中记述蒙古人的婚姻习俗，说：

> （他们）每个人都可以拥有他们维持其生活的妻妾数目，某人娶纳一百人，某人五十名，某人十名，多少有所异。
>
> ——《柏朗嘉宾蒙古行纪》，中华书局，1985，第29页

这段记载很有意思，话中之意是：你能养得起多少女人，你就可以纳娶多少女人，没有人来限制你。很显然，越是高层拥有的资源越多，越能肆无忌惮地娶纳，底层的兵士即便心中想多娶几个，不但要考虑自己能否养得起，负责分配女俘的人是否愿意分给他恐怕也是个问题。

然而在战争环境下，依靠掳掠妇女与多妻制确保蒙古人的人口增长效果非常有限，这时蒙古人想到了另一条保证人口增长的途径——同化。

在蒙古早期的征服战争中，在抓获的工匠及非工匠俘虏

中，有很多人或被强行迁往漠北和林，或被编入军伍参战。金国北部的汉人、契丹人及女真人十余万户就曾被一次性迁往漠北牧羊。几十年下来，这些人与蒙古人朝夕相处，甚至通婚，不仅熟悉了蒙古人的语言，就连生活习惯等各方面也变得更像蒙古人。他们中的很多人干脆给自己起个蒙古名字，俨然以蒙古人自居。

被俘或投降而加入军伍的人，若作战勇猛屡屡立功且侥幸未死的，会得到蒙古人的赏识，视同其为蒙古人，享受蒙古人的待遇。早期跟随成吉思汗及其手下大将征战的许多契丹人如耶律阿海、耶律秃花兄弟，汉人中如孙元臣及其子侄族人，他们享受蒙古人的待遇，蒙古人视他们为同族。

七十年间到底有多少其他民族的人被蒙古同化了，很难有一个确切的数据。明确的是，被同化的除了汉、契丹、女真外，还有奚、回鹘、唐兀以及钦察、花剌子模等，而且被同化的不是个案，而是成规模的，一批一批的。

通过成规模的同化，蒙古的人口虽说增长缓慢，但终究会有所增加。多数研究者倾向于元朝初年，蒙古的人口可能达到或接近三百万，即比成吉思汗统一蒙古时增加了一倍。

人口增加一倍，还是个相当乐观的估计。即便如此，可这些人口中能出多少士兵呢？去掉妇女、儿童和老人，再去掉成吉思汗家族即黄金家族的人，以及蒙古人官吏（这个数字不少，元朝廷以及各汗国小朝廷里的官员自然以蒙古族人为主，地方政府的官员也都由蒙古人担任主官）大大小小其他职业的人，真正可以参战的最多不会超过四十万人。

这四十万人也只是个理论数据。事实上当时很多蒙古人都不愿意去当兵了。他们通过战争拥有了广大的草场，还有替他们放羊挤马奶的奴隶和多少不等抢来的女人。他们想尽情地享受这些，遇到征兵时，就尽量用家奴充数。

然而就算蒙古真有四十万兵力，可这四十万人中需要拱卫首都、各汗国的首府、关隘、大本营和林，以及大汗小汗的护卫队。几十万兵力撒在三千多万平方公里的土地上，就和一锅羊汤里撒胡椒面差不多，何况在忽必烈进攻南宋时期，元朝廷和察合台汗国、窝阔台汗国处于敌对状态，随时可能发生战争，因此元人的蒙古精兵多数配置在西线，以防备来自西方几个汗国的威胁。

在这种情况下，忽必烈不可能抽调出更多的蒙古兵用于进攻南宋，军中稍微有些蒙古兵作为点缀就相当不错了。

五、南宋主要亡于汉人之手？

在忽必烈之前，蒙古曾两次发动大规模的灭宋之战，第一次是窝阔台做大汗时，第二次是蒙哥为大汗时，而两次都没能灭掉南宋。

忽必烈称汗后，为争汗位与其弟阿里不哥打了四年，其间又遭遇山东汉人世侯李璮造反，等好不容易将李璮镇压下去，争得汗位后，窝阔台汗国的首领海都却以忽必烈得汗位不正为由，宣称他是伪汗，并在察合台汗国的支持下，积极整军备战，欲与忽必烈一争高下。

海都之所以敌视忽必烈，不惜与之兵戎相向，除了认为他是伪汗之外，还有一个理由就是忽必烈已经严重汉化，背弃了蒙古人的传统，海都因此宣称要反忽必烈，率领蒙古人恢复传统的游牧生活。

在这种情况下，忽必烈以及元朝诸臣对攻灭南宋并不怎么在意，他们心有疑虑，不太愿意出兵。毕竟南宋也算是当世大国，人口与经济实力都非同小可，加之宋人又擅长守城，对外来侵略的抵抗非常顽强。在蒙古统治地区已经分裂，且面临战争威胁的情况下，大规模进攻南宋的确不是首选。

这个时候，降元的汉人将领刘整，极力向元朝廷与忽必烈建言灭宋：

> （中统）四年十一月，（刘整）入朝，建言：
> "宋主暗臣悖，立国一隅，今天启混一之机。臣愿效犬马劳，先攻襄阳，撤其捍蔽。"廷议沮之。整又曰："自古帝王，非四海一家，不为正统。圣朝有天下十七八，何置一隅不问，而自弃正统邪！"世祖曰："朕意决矣。"
> ——《新元史》卷一百七十七"刘整传"

刘整用统一天下这一套没能说服元朝廷，估计蒙古人此刻并没有什么正统概念，所以在廷议中否决了他的建议。但刘整不屈不挠，继续向忽必烈进言，大谈四海混一的正统之道，他的努力没有白费，忽必烈终于被他说动了。

四海一家的正统王朝说辞之所以能说动忽必烈，与忽必烈的汉化不无关系。但是如何灭宋呢？南宋虽然比北宋的领土少了好多，但国力依然强大，军民抵御侵略的意识极强，况且南宋有汉江、长江的屏障，有巴蜀山地之险，有淮河两岸的无人区，选择何处作为重点进攻对象至关重要。而蒙古人对南宋的情况明显不如汉人那么熟悉，于是又有汉人出来献策：

> （郭）侃上疏陈平宋之策。其略曰："宋据东南，以吴、越为家，其要地则荆、襄而已。今日之计，当先取襄阳。既克襄阳，彼扬、庐诸城，弹丸地耳，置之勿顾，而直趋临安，疾雷不及掩耳，江、淮、巴、蜀不攻自平！"
> ——《元史》列传第三十六"郭侃传"

这个郭侃，乃是唐朝名将郭子仪的后代，响当当的汉人。作为名将之后，他提出的灭宋战略还是很了不起的，后来元军灭宋也基本是按着他说的路子。正是因为这个建议，忽必烈才将襄、樊作为突破口，派了大将阿术筹划攻取襄阳、樊城。

阿术是蒙古人，某些古籍中又称之为阿珠。这个阿珠是员悍将，但很有自知之明，他清楚自己虽能打硬仗，可手下却领了一帮蒙古军，无法完成灭宋任务，于是他向忽必烈建议使用汉军：

> 甲申，蒙古阿珠言："所领者蒙古军，若遇
> 山水、寨栅，非汉军不可。宜令史枢率汉军协力进
> 征。"从之。

——《续资治通鉴》宋纪第一百七十八

其中所说的史枢，就是汉人世侯史天泽。

忽必烈的确是一代枭雄英主，迅速判断出阿术说得有理，南宋的山水寨栅和城堡太多了，没有汉军汉将难以攻克，于是从善如流，将大批的汉军汉将派上了攻宋前线。

攻取襄樊是灭亡南宋的第一步，也是打得最为艰难，持续时间最长的一仗。史籍中能见到围攻襄、樊的汉军将领有：史天泽、刘整、张弘范、隋世昌、朱国宝、张君佐、李进、郑义、张禧、张庭珍、张荣、邢德立、张志、张泰亨、解汝楫、张荣实等十六位。

除了以上的十六人，还有很多统领汉军的外族将领。如刘国杰、李挺，这二人均是已汉化的女真人，当时职位是新军千户，新军就是新附军。还有与刘整共掌汉军的阿里海牙，他是畏兀儿人，当时的官职是签河南行省事兼汉军都元帅。另外还有李恒，他是西夏王室后裔，唐时就被赐姓为李，这时候他与刘国杰一样，也是新军千户，手下所带的士兵当然也是汉兵。

蒙古人将领里，忙兀台是邓州新军蒙古万户。唆都本是

忽必烈的侍卫，于山东平乱时，见当地的恶少来往南宋境内贩卖马匹，因请朝廷将这些人抓住从军，元朝廷遂抓了三千多人，将一千人归唆都，他这才成了千户。另有色目人将领拜降，其所领兵士的身份不详，可女真族将领高闹儿统带的十路匠军绝对不可能是蒙古人，这些匠军可能各族的人都有，唯独不可能有蒙古人。这些汉军兵士将在攻打襄、樊的战争中发挥重要作用。

襄阳、樊城夹汉江而建，襄阳在江南，樊城在江北，二城之间有跨江的浮桥相连，可以进行兵力物资的相互支援。城中南宋兵将的抵抗极为顽强，加之城池坚固，城内粮食贮备充足，要在短期内强攻下来，几乎没有可能。

元军采取的是围点打援的策略，在具体执行此策略上，初期的元军是在襄、樊外围建兀堡，汉将隋世昌遂建议修一字城，即线状的城墙，攻宋的总筹划史天泽采纳了这个建议，"筑长围，起万山，令南北不相通，又筑岘山、虎头山为一字城，联亘诸堡"，基本将襄、樊的陆上通道全部堵死。

虽然堵死了陆上通道，可南宋的水军在江中纵横上下，很轻松地就能将战略物资运往临江的襄阳、樊城。元人当时没有水军，徒呼奈何。阿术在襄阳周边俘人略地，南宋的水军却在江滩上阻其归路，安阳滩一战，打得阿术坠马而逃，差一点就被宋军活捉。元军虽拼死反击最终反败为胜，可没有水军的弊端却难以掩饰。

元军要攻下襄、樊，就必须建立强大的水军，以遏制打击南宋的水军。可蒙古人中没有懂水战的。关键时刻刘整站了出来，他亲自负责造船与训练水军事宜，在围攻襄、樊中起重大作用的七万水军皆出自于刘整麾下。

水陆两路的围堵，彻底断绝了襄、樊的对外交通和消息渠道，长达五年多铁桶般的围困，耗尽了襄、樊的积蓄与士气，在这种情况下，元人才能成功地强破樊城，招降襄阳，否则襄、樊二城就是一颗难以撼动的钉子，几乎没有攻破的可能。

襄、樊一破，南宋的北大门轰然洞开，汉兵汉将立功心切，打起仗来十分卖力，南宋迅速地被从地图上抹去了。诚如元将阿术所言，没有汉兵汉将，仅靠数量极少的蒙古铁骑攻灭南宋几乎是不可想象的。

第二章　宋军中的北军

　　元人大量使用汉兵替其在灭宋之战中出谋划策、冲锋陷阵，并不是元人的创举。在南宋与金国对峙时期，金国的女真人所用之兵也大多是汉兵。其原因与蒙古人如出一辙，女真人本身兵源就不足，入主中原当上了统治者，又获取了大量的土地、财富、奴隶，过上了富足的日子之后，女真人就更不喜欢在战场上拼死拼活了，于是就强征辖地的汉人、契丹人或者奚人替他们打仗。

　　元人军中庞大的汉军来源也是原金国土地上的汉人，即北方汉人。在蒙古攻灭金国的过程中，俘虏和迫降了一些汉人军队，再加上汉人起义军主动投靠的，统统被蒙古人接纳，给其首领封官，然后命他们打仗。

　　汉军的战斗力相当不错。北方的汉人在金国的统治之下，日子过得远没有南方好，而且战乱频繁，生活困苦。女真人建国百年来内部民众起义不断，与南宋的战争也时断时续，后期又遭遇蒙古人的强势入侵。在这种环境中生存的汉人，不彪悍顽强就活不下去，他们组成的军队自然战力不俗。

按说南宋是汉人之国，虽偏安南方，可北地的汉人与其有血缘、文化、历史等多方面的天然联系，何况灭亡金国的最后关头，南宋与蒙古是结盟关系，南宋还派了军队到金国境内作战，在此情况下，南宋也是有条件招募北方的汉人的。既然蒙古人知道利用汉军为其打仗，南宋不可能蠢到不知道这一点。

事实上南宋不蠢，在成吉思汗还没崛起时，南宋就有意识地开始招募接纳北方的汉人了。只不过南宋没有"汉军"这个称呼，因为大家都是汉人，于是南宋针对北方汉人，用了一个很具政治味道的词——"归正人"。

一、归正人与归明人

远在南宋初建之时，北方的流民就拖儿带女络绎南下，以躲避战乱。除了流民之外，北方的起义军，对女真统治不满的汉人官兵也纷纷投向南宋怀抱。岳飞麾下的大将董先、牛皋就是从北地投奔过来的，还带着大量的部从。

对这类南来的汉人，南宋朝廷称呼他们为"归正人"。对于归正人，有很多解释性的说法，朱熹的解释似乎相对简单明了："原是中原人，后陷于蕃而复归中原，盖自邪而归于正也。"显然南宋朝廷认为自己是天下正统，金、元统治下的汉人归于南宋，自然是"归正"。

女真人建立金国的初期，强迫汉人改变衣着发饰，后又将大批女真人从东北迁来中原，圈占汉人土地，至于打猎踏坏汉人的庄稼，种种蔑视欺辱更是家常便饭。攻打南宋时还要强征汉人入伍，打仗的装备也不给，统统由被征的汉人自己解决。在这种情况下，北地汉人设法逃往南宋的自然很多。而南宋方面觉得接纳他们不但在道义上是自己的责任，同时这些归正人对金国恨之入骨，打仗时个个争先。另外，归正人越多，金国方面可征之兵就越少，接纳一个归正人，就等于消灭了金国的一个战斗兵员。这是一石三鸟的好事。

在这种思路下，南宋对归正人不但来者不拒，大量接纳，而且通过各种渠道宣传、鼓励金国的汉人南逃归正。防守边境的各路将帅对归正人大开绿灯，皇帝也频繁下诏，大张旗鼓地为归正人的南下开路。下面便是宋高宗给岳飞下发的谕旨：

> 金人自来多系驱虏河北等路军民，号为签军。所当先冲，冒矢石，枉遭杀戮。念皆吾民，深可怜悯。兼自来招收投降汉儿、签军等，并皆优补官资，支破请授。可令岳飞如遇外敌侵犯，措置说谕。有率众来归，为首之人仍优与推恩。
>
> ——（清）徐松《宋会要辑稿》。北京：中华书局，1957

在皇帝与各路将帅上下协力的情况下，南下的北地汉人络绎不绝。那时候南宋对归正人也的确不错，除了给他们发放赈济的钱粮，盖房子供其暂居外，还分配土地、耕牛、种子等物，提供其长久生活的必备资源，同时减免许多杂税、杂赋，算得上是格外优待。归正人中的男子可以当兵，也可以通过科举考试做官，如果在金国做过官或将军，南宋这边也认，通过相关程序就会授其同等级的官职。当官也罢，当兵也罢，在升级提拔时不但不受歧视，很多时候还额外照顾，让他们升迁得更快一些。

南宋朝廷如此优待，北方来的归正人也算争气。凡是由归正人组成的军队，士气及战斗力都没得说，打起仗来呱呱叫。南宋初期的几个大帅如宗泽、张俊、岳飞的手下都有一支或几支归正人队伍，如奇兵军、赤心军、忠毅军、忠顺军、强勇军、雄胜军等。

南宋的政策不但吸引了大批北地汉人来投，也有不少契丹、女真人来投。契丹人是辽国的主体种族，被女真灭国后，其在金国的遭遇和汉人也差不了多少，这些人多已汉化，对南宋颇有认同感。再说女真人，他们虽是金国的统治阶级，可犯了罪或得罪了官僚，无路可走时也可逃往南方寻求庇护，希望在南宋能求得一条生路。到了南宋后期，还有不少蒙古人、回人来投，被南宋编为通事军。通事军的战斗力也相当不俗，敢拼敢冲，对南宋还很忠心，因此极得重用。这支队伍宋亡后为元所得，他们的人数不多，可《元史》也没忘记为其着墨：

> 初，亡宋多招纳北地蒙古人为通事军，遇之甚厚，每战皆列于前行，愿效死力。及宋亡，无所归。

朝议欲编入版籍未暇也，人人疑惧，皆不自安。

——宋濂《元史》卷九十八"兵志一"

这些契丹、女真、蒙古的投奔者被称作"归明人"。归明，即弃暗投明的意思，和归正差不多，宋人专门造出这个词，可能是有意将契丹、女真、蒙古等人与汉人区别开来，那会儿讲究夷夏之辨，觉得这是大是大非的问题，绝对不能混淆。

归正人、归明人的军力在整个南宋一朝非同小可，就连北宋时期的禁军也望尘莫及。在宋室南渡的初期，军队建制混乱且人心惶惶的情况下，宗泽、岳飞等硬打硬拼，依靠大批的归正人，不但扛住了金人南下的马蹄，反而收复了不少失地。

南宋一朝，归正人的作用与影响非同小可，比较有名的归正人如辛弃疾、秦桧、李显忠、张世杰等，至今仍是宋史中不容忽视的重要人物，他们的故事人品仍是今人津津乐道的对象。比起归正人，归明人的数量偏少，有名的人物也不多，在南宋历史进程中所起的作用也就无法与归正人相提并论了。

二、对归正人的非难与拒绝

虽然归正人在保家卫国中的作用不容小觑，但招纳的归正人多了，很多负面的问题就暴露出来了。

　　归正人中，有很多拖儿带女逃难而来的流民，对他们的救济靡费不少。南宋虽然号称富裕，但用钱的地方也多，面对源源不绝南下的流民，财政上就显得吃力起来。这倒罢了，宋朝廷开源节流，多少挤出些钱，总能让大家先吃上几顿饱饭。可安置他们耕地与居住所在，就容易和南宋的本地人产生摩擦。

　　本地人或许在开始时对归正人尚抱有同情怜悯之心，但随着时间推移，随着归正人越来越多，本地人的态度就开始发生变化，觉得大批南来的归正人抢了他们的土地，破坏了他们的安宁，渐渐地就对归正人敌视起来。一般平民即便有敌视之意，尚不敢做出什么出格的事，可一些地方豪强的胆子很大，他们雄踞一方，可以动用明里暗里很多手段来驱逐归正人，甚至强行剥夺政府分给归正人的财物、土地。

　　归正人遇到这种情况，只能抱团取暖，对抗原住民的敌视。如果不幸被地方豪强逼得没了生活来源，他们就再次成了流民，成群结队乞讨流浪，甚至有铤而走险结伙当盗匪的。

　　当流民也罢，当盗匪也罢，对当地州县来说都苦恼万分。北方来的汉民本就悍勇，为了活命什么事儿都能干出来。地方官这时候要么安抚要么镇压，往往弄得手忙脚乱。于是反对接纳归正人的声音就响起来了。在各种反对抵制的声浪中，理学大家朱熹的言论最为激进，他说：

　　　　古今祸乱，必有病根。汉宦官、后戚，唐藩
　　　　镇，皆病根也。今之病根在归正人，忽然放教他来，州县如何奈得他何。

　　——朱熹《朱子语类》，上海古籍出版社、安徽教育出版社，2002

　　朱熹此时就是地方官的一员，对归正人带来的问题有亲身体验，所以觉得归正人是个大麻烦，导致地方不稳，是祸乱的根源。

　　此时在朝堂上，对归正人的指责与非难也开始抬头了。这也正常，归正人升迁快，受朝廷眷顾多，待遇优厚，南地的官员、军官免不了就抱怨起来。

　　在当时的朝堂上，有许多人与朱熹观点一致，认为归正人是麻烦制造者，长期接纳必会给国家带来大的祸害。参知政事史浩就是这类人，他在呈给皇帝的札子里，对归正人的指责十分严厉：

　　　　去岁用兵以来，归正之官已满五百，皆高官大爵，动辄差添见阙。归正之民不知其数，皆竭民膏血，唯恐廪之不至。数年之后，国家之蓄竭于此役，东南之士夫久不得调，东南之农民身口之奉不得自用，安保其不为盗贼而求衣食之资乎？

　　　　——史浩《论归正人札子》，转引自何忠礼著《南宋全史》，第363页

　　史浩认为归正人大批南下是金国女真人的阴谋，目的

是为了让流民拖垮南宋的财政，让南宋陷于财疲惫民怨恨状态，好趁机灭之。这种观点出于史浩之口，却代表了当时很多南宋人的看法。这些人要求朝廷拒绝接纳归正人，以免财枯民怨，给国家造成严重后果。

当然也有许多支持接纳归正人的力量，如军帅张俊。张俊认为宋军中的精兵良将多系归正人，在抵抗北方金人的侵略中发挥着极大的作用，一旦拒绝招纳，不但尽失中原民心，也让这些已经归附的精兵良将心生嫌隙疑虑。还有一个问题，当时的南方汉人安逸已久，加上宋朝立国后一直实行的重文轻武政策，南方人鲜有愿意当兵的，觉得当兵是种十分低贱的职业，若杜绝了归正人，兵源立刻就成了问题。

当然，南宋朝廷也看出了问题所在，但却也无可奈何。这时候金国却醒悟了，大批汉人南逃，谁来种地养活女真贵族呢？谁来当兵打仗呢？这不行，绝对不行！于是便向南宋施加压力，坚决不许南宋接纳归正人。

南宋朝廷对来自内部的反对声音，尚可以拖一拖，慢慢商议。但若是再加上金国的压力，南宋朝廷就不得不认真考虑了。

那时候，南宋内部的主战派与主和派一直斗争着，有时候主战派占上风，有时候主和派占上风，皇帝也在两派之间摇摆着，谁占上风就支持谁。当前线打了胜仗，主战派就占了上风，可若是前线打了败仗，主和派就开始占上风。于是，对归正人的接纳政策就无法持续了，频繁地变来变去。

在主战派占上风、与金国大打出手时，南宋就毫无顾忌地大事接纳归正人，不惜动用种种手段，在金国散布消息鼓励汉人南逃；若主和派占了上风，与金国谈和时，南宋就马上来个一百八十度的转弯，拒绝接纳归正人，甚至将已经接纳的一部分归正人强行遣送给金国，以便能迅速达成和议，不再拼死拼活地打仗。

那些被遣送到金国的归正人，下场都比较凄惨。金国为了打击汉人南逃，杀害虐待遣送回来的归正人乃是常事，他们往往杀鸡儆猴，吓阻其他准备南逃的汉人。

金人的吓阻固然对金国境内的汉人起了不小作用，对尚在南宋境内的归正人也震动不小，让他们心寒心酸。他们感觉无法把握自己的命运，不知道自己是否也会被强行遣送回金国，于是，心中对南宋便生出很多失望和不满情绪，至少对南宋朝廷的信任感大为降低，觉得自己在南宋是外人，南宋迫于压力可能随时出卖他们，对南宋的忠诚意识因此而大幅下降。

当然，南宋朝廷的左右逢源，也有其不得已的地方。非难归正人，主张和议的人不是一个两个，也不是十个二十个，他们是一大群人，在朝廷、在地方、在政坛、在文化界、在民间都是一股不容小觑的力量，绝不是以秦桧为代表的一小撮。能和主战派长期对抗，基本做到势均力敌，这些人便不是孤军奋战，他们有强大的民意基础。

在南宋一百多年的时间里，主和派、主战派一直缠斗不休，对归正人的政策也不断变化，有时候接受，有时候拒绝，个别时候还要将部分归正人遣送出境，交给金国。这种反复无常的做法，导致了归正人的心寒意冷、心生怨念，而他们的怨念，又导致了南宋对他们的猜忌与防范。

猜忌与防范，是宋朝当权者的法宝之一，直到南宋将亡，元军已兵临临安城下，南宋对归正人的猜忌与防范都没有停止。

三、对北军的歧视、非难、分化及削弱

南宋军队里，由归正人组成的队伍习惯上被称为"北军"，是说这些兵将是由北地过来的，反之则称为"南军"。这种称呼开始时或许纯粹出于偶然，没有其他任何含义，但当南宋朝野对归正人大肆非难谴责，进而对他们猜忌防范时，北军、南军的含义也就随之发生了微妙的变化。

"北军"成了需要监督、控制的对象，"北军"成了仅能利用不能信赖的军队，因为归正人对朝廷的归属感大幅降低了，他们便有了随时叛逃的嫌疑。

这样做似乎很有必要，很有道理。一支没有归属感，且知道自己不被信赖的军队，心中生出任何感觉都不奇怪。惶恐不安、委屈气愤，各种负面情绪都可能产生，那么，在关键时候叛逃似乎也就顺理成章了。对这种有严重叛逃嫌疑的军队，当然要高度关注，想尽办法分化瓦解。

在这种思路下，南宋开始行动了。宋孝宗时期，归正人的军队编制被不断压缩，同时将北军与南军混编，用南军监督、控制北军，防止北军出轨。行动开始于宋孝宗时期，在

隆兴北伐失败的阴影下，行动似乎一切顺利，北军没有做什么大的反抗，乖乖地被控制、监督起来。这一段时间里宋、金边境也比较安宁，女真人没有发动大规模的南下攻势，情况看起来相当不错。

隆兴北伐失败，宋人随即与金国签订了隆兴和议，将唐、邓、海、泗、商、秦六州割让给金国。因为这个和议，宋、金之间又有了四十余年的和平。

可惜和平总是短暂的，短短四十余年的时间，世界早已改变了模样，成吉思汗已经完成了对蒙古诸部的统一，开始挥军攻打金国。而南宋对北军的削弱与分化控制也成了惯例，成了一种固定思维。

当金国受到元人攻击，其境内的红袄军起义也呈燎原之势时，南宋又北上伐金，同时招纳红袄军，欲内外夹攻灭了金国。

红袄军首领李全、石珪、夏全、时青等相继归附了宋朝，都被授予了官职，李全又说服了金国的统兵元帅张林叛金降宋。这样，张林麾下的金军及李全的义军，总共几十万人马一下子都成了南宋的北军，与此同时，几乎整个山东都成了南宋的土地。

当时，李全、张林等属南宋的淮东安抚制置使节制，可制置使贾涉才干平平，素无威望，他按惯例对麾下的北军实行分化政策，逼得石珪降了蒙古人，惹得李全等对他大有成见，处处刁难他。无奈下贾涉只好请辞制置使的职务，宋廷又派了许国来代替他。

许国的才能更为不堪，毫无原则性可言，官瘾却不小，为了做官不择手段。他一直想取贾涉而代之，为此目的不惜造谣，说李全肯定要造反，非得豪杰人物才能制住他。《宋史》中对许国的劣行也有记载：

> 国（即许国）奉祠家食，数言全必反，欲倾涉而代之。会召国奏事，国疏全奸谋甚深，反状已著，非有豪杰不能消弭，盖自鬻也。
>
> ——《宋史》卷四百七十六"李全传"

许国这种利欲熏心的无能之辈，最后竟然被南宋朝廷选为制置使，统领李全等人，不出事是不可能了。而许国到任后，仗着官威傲慢自大倒行逆施，让人看得牙直痒痒。他对北军连一点儿起码的尊重、礼貌也没有。上任时他路过李全夫人杨妙真镇守的楚州，杨妙真出城迎接他，他竟连杨妙真的面也不见，做得确实有点儿过分。更糟的是，他上任后胡说八道胡作非为，处处刁难北军，将朝廷给北军的犒赏也大肆扣押裁减：

> 杨氏郊迓，国辞不见，杨氏惭以归。国既视事，痛抑北军，有与南军竞者，无曲直偏坐之，犒赉十裁七八。全自山东致书于国，国夸于众曰："全仰我养育，我略示威，即奔走不暇矣。"
>
> ——《宋史》卷四百七十六"李全传"

　　这样一个自大无能的制置使，弄得山东境内乌烟瘴气，北军内讧互相火拼，北军与南军相攻，最后李全干脆下狠心以武力对付他，杀了他全家眷属。到了这时候许国才害怕了，急忙逃走，可他虽缒城侥幸逃脱，但此时哪还有面目回朝，只好在路上自杀了事。

　　因为南宋的错误政策，因为两任制置使的狂妄无能，致使李全等人最后投降蒙古，南宋为此损失惨重，不但丢弃了山东大片国土，同时也丢弃了几十万能征善战的北军将士。当然，李全降蒙原因众多，但南宋歧视防范瓦解北军的政策无疑是最重要的原因之一。许国无能之辈死不足惜，可南宋朝廷无论派谁来统帅北军，只要其奉行防范瓦解北军的政策，其结果也只能和许国一样。

　　当元人灭了金国，第一次大规模出兵攻击南宋时，襄阳的守兵也是因南军与北军的相互猜疑提防而引起事端，导致北军纵火烧城投降了元朝，让元军没动干戈就获得了襄阳，同时获取了襄阳城内大批的战略物资。

　　南宋即便到了山穷水尽一败涂地的时候，对归正人的歧视提防也未改变。宋末三杰之一的张世杰，在宋亡后投水自尽，用生命诠释了自己对南宋的忠诚。但在此之前，他还是因归正人的身份免不了被提防限制：

　　　　乙亥三月初十日，张世杰入卫京师。内空，赖张世杰一军万人自荆湖至。世杰本信安归正人，擢承宣使。陈宜中疑世杰，易其所部之军，世杰不得尽其力。

——（元）刘一清《钱塘遗事》卷八"张世杰入卫"

后人论及南宋灭国的教训，对其无端猜忌愤恨不已，清人王夫之说："宋本不孤，而孤之者，猜忌之家法也。"说得意味深长，发人深思。

的确，猜忌是宋朝廷一脉相传的家法，尤其是对兵士拥戴能力超卓将领的猜忌，北宋、南宋都是如此。

四、刘整叛逃

在与金国、元朝的战争中，南宋方面叛逃敌方的北军将领人数不少，而给南宋带来灭顶之灾的正是叛将刘整。

归正人刘整，其祖先是陕西关中人，后来迁居到邓州，这两处地方当时都在金国统治之下，所以刘整虽为汉人，却是金国的百姓。金朝末年国内大乱，刘整南逃入宋，进了南宋战神级人物孟珙的军内。孟珙攻打金国信阳府时，刘整带着十二个人趁夜色翻越信阳城，这么点人就将信阳太守给活捉了，其勇悍如此，让孟珙也大为吃惊。

在抗金抗元的战争中，屡立战功的刘整官位也不断上升，一直做到潼川十五军州安抚使，知泸州军州事，在四川统御着十五个州郡，以其悍勇与智谋与元入侵军队周旋、战斗，并屡立战功。

当大汗蒙哥死在钓鱼城下，元人第二次大规模攻宋不得不匆匆收场时，刘整的厄运降临了。丞相贾似道推行打算法，与各守边将领算账，凡是财务支出超过标准的，轻者变卖家产退赔，重者投入监牢甚至处死。而前来刘整处算账的人是经精心安排过的，乃是与刘整有嫌隙的俞兴，而之所以有此安排，一是因为他的归正人身份，二是因为他立功太多，比许多南方将士立功还多，因此招惹了南宋另一个悍将吕文德的反感与嫉妒：

> 整以北方人，扞西边有功，南方诸将皆出其下，吕文德忌之，所画策辄摈沮，有功辄掩而不白，以俞兴与整有隙，使之制置四川以图整。兴以军事召整，不行，遂诬构之，整遣使诉临安，又不得达。
>
> ——宋濂《元史》卷一百六十一"刘整传"

这是典型的因嫉妒而导致的倾轧，是南方出身的军将对归正军将的谋害。吕文德出身南方，也属悍将，在战场上立功极多，但他悍勇有余而智谋不足，遂对智勇双全的刘整心生嫉恨。他与宰相贾似道深相结纳交情不浅，因此刘整派人到临安城替自己申诉，申诉状根本就递不进宫去。

刘整心里有点发慌，又欲贿赂俞兴。他和俞兴虽有过节，但也算不上有大仇，据《宋季三朝政要》记载："俞兴为蜀帅而泸州乃其属郡，兴守嘉定时被兵，整自泸州赴援，兴不送迎亦不宴犒，兴遣吏以羊酒馈之，整怒，杖吏百而去，兴有宿憾。"就是这点儿小过节，根本谈不上深仇大怨。

但是俞兴拒绝了刘整的贿赂，刘整又求俞兴之母写信给自己求情，俞兴却不接信，铁了心要刘整的好看。

就在这个关键时刻，又传来了不好的消息，因打算法而入狱的向士璧、曹世雄被处死。刘整这下子彻底糟了。这二人都是屡立战功的将领，曹世雄还与刘整并肩作战过。更糟的是，向士璧死了，当局仍不罢休，还将他的妻妾拘禁起来，追讨款项。

刘整觉得当此情况，自己若束手待擒的话，结果是非死不可，为了活命，刘整豁出去了，他干脆一不做、二不休，携泸州十五郡三十万户人口降了蒙古。

从此以后，刘整对以吕文德为首的吕氏集团恨之入骨，附带着对整个南宋恨之入骨，因为此时南宋的权柄全操在贾似道手中，而吕文德一直和贾似道穿一条裤子。因此刘整投降之后，立刻摇身一变，成了灭宋的谋划者与急先锋。

刘整除了督催忽必烈下定灭宋的决心，帮忽必烈制定以襄、樊为突破口的灭宋策略，更在数年之前，就与吕文德斗智，给元军围困襄、樊埋下了伏笔。

元军第一次进攻南宋时，因南军北军内讧，兵不血刃就夺占了襄阳城，此后孟珙收复襄阳，驻兵在此，经常主动出兵骚扰元军。元军欲屯田，同时造船为南下做准备，孟珙就领兵偷袭骚扰，烧了元人的造船材料，不断的骚扰弄得元人也无法屯田，非常苦恼。作为曾经的部下，刘整对孟珙的战法战术十分熟悉。

襄、樊城外平野山川，没有兀堡围墙之类的建筑，若要包围襄、樊，屯兵城外难免要遭宋军的骚扰袭击。刘整谋划中的第一步，就是要在襄、樊附近建设围墙，用作将来围困襄、樊时蒙古军的第一个落脚之处。于是在元宋之间短暂的和平时期，刘整开始实施其计谋，谋划在樊城外建立一座与南宋贸易的榷（què）场：

> 乃遣使于文德，求置榷场于樊城外，文德许之。使曰："南人无信，安丰等处榷场，或为盗所掠，愿筑土墙以护货物。"文德不许……既而使者至，复申前议，文德遂许焉。为请于朝，开榷场于樊城外。北人筑土墙于鹿门山，外通互市筑堡。
>
> ——（元）刘一清著《钱塘遗事》卷四"刘整叛北"

在元人第二座兀堡筑起来后，经族弟吕文焕的提醒，吕文德才恍然大悟自己上了当，但此时已经晚了，有了围墙兀堡，元军根本就不怕宋军的骚扰偷袭。吕文德只能跺脚大叫："误朝廷者我也！"

当刘整与蒙古人将领阿术等领军南下，以之前所筑围墙兀堡为根据地，进而在襄、樊四周到处建堡筑墙时，吕文德已经去世。不过此时吕氏军事集团仍是南宋最为精锐的军力，镇守襄、樊的乃是吕文德之后、吕氏的核心人物吕文焕。

彻底困死襄、樊两城的水军是刘整训练的，先破樊城以孤襄阳的想法也是刘整最早提出来的。当樊城已破，襄阳孤城已被攻打得残破不堪时，城内人心惶惶，翻越城墙而下求降者络绎不绝。此刻对元军来说，最理想的方案就是劝吕文焕投降，因为吕氏军事集团镇守着南宋许多城池，有吕文焕做前驱，这些城池就可以不战而下。但此时的刘整表现异常：

> 城中汹汹，诸将多踰城降者。刘整欲立碎其城，执文焕以快其意。阿里海牙独不欲攻，乃身至城下，与文焕语曰："君以孤军城守者数年，今飞鸟路绝，主上深嘉汝忠。若降，则尊官厚禄可必得决不杀汝也。"文焕狐疑未决。又折矢与之誓。
>
> ——《元史》"阿里海牙传"

这段史料说得很明白，阿里海牙以活命与封官赐爵招降吕文焕，而这不是刘整希望的，刘整更愿意硬碰硬地击破襄阳城，抓住吕文焕，将他置于死地，这样才能快其心怀，所以他不愿见到吕文焕投降。

由此也能看出，刘整降元后所做的一切，报私仇泄愤的成分更大一些，什么"四海一家""天下一统"只不过是他说服忽必烈的借口。

五、庸碌的俞兴与无奈的贾似道

刘整叛逃的后果极其严重，他对南宋形势及军力布置十分熟悉，对吕文德自大狂傲的性格也非常了解，因此其设榷场的计谋有强烈的针对性，若无刘整事先设谋建围墙兀堡，元军包围襄阳围点打援的计划就难以顺利实施。因为守襄阳的吕文焕也算是南宋的强将，能固守孤城五年多时间，这样的人物在毅力谋略上必有过人之处，肯定不会坐视元军建筑兀堡围墙。

另外，若无刘整不厌其烦地催促忽必烈灭宋，元人很可能就此停止南下，毕竟南宋是块十分难啃的硬骨头，此前两次大规模的进攻也没能灭了它。

元人的耐心不是很多，三次打越南没有打下来，也就不打了，接受了越南的朝贡，名义上将其纳入属国，随即就收手了。两次打日本劳而无功，舰船军兵都损失惨重，他们也就算了，没有继续纠缠。那时候元人占领的地方已经十分辽阔，蒙古高层早就过上了好日子，领地、奴隶及财富都是大把大把的，他们真没必要再拼死拼活地继续征伐不休。

当然，不打南宋，不表示元人就此饶过南宋。这个近在咫尺的邻居太富裕了，创造财富的能力超级强悍，完全可以当作一头大奶牛对待。容其在南边好好经营，每年拿出大把的银子丝绸贡献给北边，这未尝不是一种选择，而这种结果南宋也乐于接受，过去给辽人、金人、西夏还不是给，给谁都一样，能花钱买平安比什么都好。宋人打仗打不过这些强邻，赚钱的本领却比任何人都强。

或许正是因为这个原因，忽必烈在刚登上汗位时，就派了大臣郝经出使南宋，给郝经的任务也很简单：告登宝位，布咔兵息民之意。这该是安抚"奶牛"的第一步，因为奶牛受惊吓过甚，就不好好产奶了。

刘整就是在这时向元廷提建议攻灭南宋的，估计元廷上下已经统一了意见，决定养只奶牛增加营养，所以很不客气地就将刘整的建议否决了。

但是刘整不依不饶，隔了段时间又单独觐见元帝忽必烈，强调灭宋的必要性与可行性，大有不灭南宋决不罢休的意思。而刘整讲的什么"天下一统、四海一家"，说只有灭了南宋，大元才是汉地的正统王朝，这些话正中忽必烈的穴窍，对他极有吸引力。这是汉人的天下观，讲究"溥天之下，莫非王土；率土之滨，莫非王臣"，忽必烈虽是蒙古族人，却汉化严重，对汉人的一切都兴趣盎然，若自己幅员广阔的大王朝不算正统，这就太不爽了。因此听了刘整的建议，不免心中痒痒，遂采纳了他的建议。

南宋方面朝政混乱，宰相贾似道在外交上胡闹，将元人的使者郝经扣留在边界处，既不许他到临安见南宋皇帝，也不许他回大都复命。这一扣就是十多年。

郝经被扣，遂成了元人攻宋最好的借口，随之襄、樊之战就开始了。

当襄阳城破，吕文焕无奈出降，南宋危在旦夕之时，宋人才意识到当时刘整的叛逃后果有多严重。《宋史》中记载了江淮招讨使汪立信向度宗皇帝的奏报，其中说：

臣奉命分阃，延见吏民，皆痛哭流涕而言襄樊

之祸皆由范文虎及俞兴父子……兴奴仆庸材器，量
褊浅，务复私仇，激成刘整之祸，流毒至今。"
——《宋史》卷四十六"度宗本纪"

当时骂俞兴的大臣不少，认为是他公报私仇，这才逼
得刘整叛逃。但是平心而论，俞兴才智庸碌度量不大虽是实
情，但他审计刘整的账目，是朝廷交给的任务，他不受贿不
徇情坚持审计，是忠实履行职责，似乎也谈不上有错。若是
真要为刘整的叛逃找一个责任人，宰相贾似道更应该承担这
个责任，因为"打算法"就是他强力推行的。

刘整害怕审计账目，他的支出显然超了，可当时超支
的将领很多，超支并不一定就是中饱私囊。比如，信州太守
谢枋得就支出超标，《宋史》中说："信州谢枋得，以赵葵
檄给钱粟募民兵守御，至是，自偿万缗。"（《宋史》卷
四十五）

谢枋得虽超支了一万缗，但他是用钱招募民兵守御城
池，不是贪污进了自己的腰包，应该算是正当开支，让他私
人掏钱来补偿超支讲不过去。所以推行这个有严重漏洞的
"打算法"是个错误，这个错误只能由宰相贾似道来承担。

《宋史》中将贾似道说得十分不堪，说他是个不折不扣
的权相奸相。说他玩弄权术结党营私等，这些都可以相信，
封建王朝的宰相不会搞这些会脸红的，这是基本功。但说他
故意用打算法来陷害边关的武将，从而导致了刘整叛逃，这
话就说不过去了。贾似道再蠢，也不可能自毁长城，整垮了

边地的武将，谁来保卫南宋？南宋灭了，贾似道的权势与荣华富贵自然也就没了，他号称奸相，这点道理绝对是懂的。

事实上贾似道当时也无奈得很，他在推行打算法没多久，又搞了一个公田法和经界法。公田法的用意是抑制土地兼并，无论官民，其家的田地数量不能超过规定的标准，对超过的部分，由国家出资购买其中的三分之一。买回来的这些田地称作公田，租赁给无田之人耕种，国家收租充做军费。而经界法是丈量土地，为回买公田提供准确数字，因为当时很多人的地产数量不清，隐瞒地产亩数的大有人在。

很显然，公田法冲击的是官僚和富人的利益，只有他们才拥有大量的田产，引起他们不满是正常的。当时朝野骂声一片，丈量土地很难进行下去，讥讽咒骂的辞章满天飞，其中比较有名的一首词是：

> 宰相巍巍坐庙堂，
> 说着经量，便要经量。
> 那个臣僚上一章，
> 头说经量，尾说经量。
>
> 轻狂太守在吾邦，
> 闻说经量，星夜经量。
> 山东河北久抛荒，
> 好去经量，胡不经量？

词中的"经量"，就是丈量的意思，坐高堂的宰相说的当然是贾似道。

聪明的贾似道为何要冒着骂名推行公田法，既影响了名声又与官僚地主阶级成了仇人。打算法得罪了一大片武将，公田法得罪了满朝大臣，他还想不想在南宋混啦？

只有一个答案：几十年的战争让南宋的财政已经入不敷出，到了崩溃的边缘，再不节流开源，庞大的军费开支将无处筹措，国家的运转就要停摆。

因此，追根溯源的话，刘整叛逃不是俞兴的错，也不是贾似道的错，而是南宋财政危机惹出的麻烦。

刘整是归正人，他的叛逃，既有南宋对归正人一直猜忌、防范的因素，另一个因素就是南宋因财政紧张而对将领超支的惩罚性措施。而南军将领吕文德对刘整嫉妒、仇视，利用贾似道行打算法，故意安排与刘整有私怨的俞兴盘查刘整的账目，最终导致了刘整的叛逃。

长期的猜忌防范，导致归正人对南宋的归属感下降，这是刘整叛逃的内因。吕文德借打算法欲置刘整于死地，是刘整叛逃的外因。

当时的吕文德势力极大，他是京湖制置使，又兼着四川制置副使和重庆知府，还总管着四川的财政税收，他手下的军队是南宋当时最强的军队之一，这支军队几乎全被吕氏家族掌控，只听吕文德的号令。当吕文德与丞相贾似道成功联手，相互支持，在南宋的军伍里，能与吕文德抗衡的人就极少了，而刘整便是这极少的人中的一个。

　　吕文德虽能征善战，在抗元战争中立功极多，但他是个大老粗，打硬仗是把好手，论计谋筹划就不行了。刘整却在计谋筹划上非常出色，经常有很多出奇制胜的想法，而且他不怎么看得起吕文德，至少不愿意巴结奉承他，这让吕文德很不舒服，总想给他点颜色看看。

　　于是，在元人第二次攻宋结束后的空当时间，南宋军方的暗斗掀起了高潮，吕文德成功地将刘整逼走。

　　在当时，刘整可以看作归正人在军中的一面旗帜，而吕文德则明显地是南宋本地人在军中的领袖。他俩的私怨其实是南人对归正人猜忌与提防的延续与升级，只是，酿成的后果太严重了，整个南宋都被赔了进去。

第三章　花钱打仗与打仗赚钱

几十年的宋元战争，战场都在南宋的土地上，元兵的杀戮之惨是举世闻名的，动不动就屠城，而元兵的抢掠之彻底也是举世闻名的，每到一处地方，人畜玉帛钱粮物资都被一扫而空。因此，战争对南宋经济的破坏极其严重，而受害最严重的地区是四川与两淮。

四川的收入占到南宋总收入的四分之一以上，达两千六百多万缗，而军粮收入占全南宋的三分之一，达一百五十万石。但随着蒙古军的入侵，连年战争弄得四川残破不堪，上交中央财政的收入几乎为零，南宋中央政府还不得不拨付大量的钱粮给这儿以应付战备。

两淮的情况和四川差不多，这儿也是南宋的粮仓，盐税收入非常大。但连年的战争下，这儿的居民或死亡或逃离，土地荒芜，盐场凋零，收入自然大减，战争战备所需要的钱粮只能从中央财政调拨。

而南宋经济在战争中不断衰退，中央财政入不敷出，越来越没有钱粮可以拨付了。当时的窘况在南宋臣子上呈的奏议中可见一斑：

> 今日之财用匮矣……府库已竭而调度方殷，根本已空而蠹耗不止。庙堂之上，缙绅之间，不闻他策，唯添一撩纸局以为生财之地；穷日之力，增印楮币，以为理财之术而已。
>
> ——《历代名臣奏议》卷二百七十三，转引自方宝璋《两宋经济管理思想研究》，第33页

奏议中所谓的楮币就是宋代发行的交子，是纸币的前身。没钱用了就大量印刷交子，交子自然就大幅贬值。宋理宗时，二百文的交子连一双草鞋也买不到，而在之前的孝宗时候，一斗米的价格才不过三百文钱。很显然，多印交子是个饮鸩止渴的办法。

但不印交子又有什么办法弥补财政亏空呢？苛捐杂税早已增加了许多，凡能敛财的法子，几乎都想尽了，再横征暴敛的话，非逼得百姓造反不可。

南宋是个商业社会，干什么都要钱，包括招募、训练军兵，可朝廷缺的就是钱。文天祥在考进士时也在其策论中写道：

> 召募方新，调度转急，问之大农，大农无财；问之版曹，版曹无财；问之饷司，饷司无财；自岁币银绢外，未闻有画一策。"
>
> ——《耻堂存稿》卷一，转引自汪圣铎《两宋

财政史》，中华书局，1995，第161页

　　没有钱又想不出增加收入的办法，就是说，这会儿南宋已经山穷水尽了。在南宋最窘迫也最无奈的时候，贾似道强行推行公田法，多少能缓解一下财政窘况，但由于受到广泛的反对与抵制，所起的作用相当有限。

　　问题是，南宋是当时最富裕的国家，南宋的钱是最多的，断断续续打了几十年仗就弄成了这个样子，可元人从成吉思汗统一诸部时就开始打仗，后来打到中亚西亚东欧，灭了西夏灭了金国又打高丽、越南、缅甸，打的仗比南宋多得多，打仗的时间也长得多，南宋经济被战争弄得行将崩溃或者已经崩溃，元人的经济按道理早就崩溃了，可当时的元朝似乎根本就不为钱粮发愁。这是为什么？

一、花钱如流水的南宋

　　南宋是个高度商业化的国家，其商业化程度之高令今天的人也吃惊，国内的运转完全依赖钱粮，没有钱粮的话几乎什么事也办不成。整个社会似乎也对此形成了共识，上到皇帝，下到底层小民，要做一件事情首先考虑的就是钱粮。没有钱和粮食，即便贵为皇帝也不好意思跟人开口，当然开口了也没用，没人会听你的，哪怕是派遣大臣到地方上出巡或任职，皇帝也得拿出钱粮。

　　宋度宗时代，几乎贯穿了元兵灭南宋的整个过程，也是

南宋财政最为紧张的时候。可即便紧张，该花的钱还得花，《宋史》"度宗本纪"中花钱的记载简直让人眼花缭乱，用花钱如流水来形容也毫不为过，不只是大事要花钱，连天气冷了或者雨下得多了，皇帝也得从国库拿出钱来给小民兵士御寒压惊。宋人的福利待遇之高简直令人叹为观止：

> 闰月乙巳，久雨，京城减直粜米三万石。自是米价高即发廪平粜，以为常。丁未，发钱二十万赡在京小民，钱二十万赐殿、步、马司军人，钱二万三千赐宿卫。自是行庆、恤灾，或遇霪雨雪寒，咸赐如上数。

> 八月庚辰，命陈奕沿江按阅军防，赐钱二十万给用。

> 戊午，诏殿、步、马诸军贫乏阵殁孤遗者多，方此隆寒，其赐钱二十万、米万石振之。
> 庚辰，诏襄、郢屯戍将士隆寒可闵，其赐钱二百万犒师。

> 八月壬辰朔，日有食之。甲午，以钱三百万，遣京湖制置李庭芝诣郢州调遣犒师。丁未，命沿江制置副使夏贵会合策应，以钱二百万随军给用。

二月癸巳，谢方叔卒，赠少师。前知台州赵子寅殁，无所归，特赠直秘阁，给没官宅一区、田三百亩，养其孤遗，以旌廉吏。丙午，以钱二百万给犒襄、郢水陆战戍将士。

丁酉，以章鉴为端明殿学士、同签书枢密院事、同提举《经武要略》。以钱千万命京湖制司籴米百万石，转输襄阳府积贮。

诏以隆寒，殿、步、马司诸军贫窭并阵殁孤遗者，振以钱粟。

夏四月，诏褒襄城死节，右领卫将军范天顺赠静江军承宣使，右武大夫、马司统制牛富赠金州观察使，各官其二子承信郎，赐土田、金币恤其家。甲申，汪立信权兵部尚书、京湖安抚制置使、知江陵府、夔路策应使、湖广总领，不许辞免。以钱二百万给立信开阃犒师。

庚辰，马军司统制王仙昔在襄、樊缘战陷阵，今复来归，特与官五转，充殿前司正额统制，赐钱一万。

丁丑，两淮制置使印应雷告老，进二秩致仕。

李庭芝两淮安抚制置使，赐钱二百万激犒备御。

这些记载只是"度宗本纪"中花钱记载的极小一部分。皇帝的本纪，常例性的事情不会记，琐碎小事也不记。但透过这些记载就能看出南宋花钱有多厉害，简直拿钱不当钱呀。

宋朝百姓的福利之高，在那个时代是独一份的，无人能比，而南宋尤甚，即便放在今天，也毫不逊色，起码能挤进高福利国家的行列。

宋代的贫民若不能生育，年老时政府要花钱赡养，穷人家生小孩儿，政府要花钱找接生婆，还要派人照顾并资助奶粉钱。街上的弃婴也由政府收养，各郡县都设有慈幼局，花钱雇请乳母喂养弃婴。

孩子长大了，该上学了。宋朝的官办学校基本都不收费，即便收也是象征性的几文钱。到了太学，不但食宿免费，每个月还发些零花钱给学生们。

因孤寡残疾难以为生者，政府都管，从生活到看病全是政府掏钱，因此宋代看不到讨饭的乞丐。官办的居养院为难以为生者提供食宿，安济坊负责为这些人治病，而漏泽园则负责埋葬这些人。从生到死，政府一管到底。

南宋遗民周密在宋亡前曾给临安知府做过幕僚，对当时临安的情况非常熟悉，他入元后提起临安城的小百姓，称其为"骄民"，并以满是羡慕的口吻述说他们的获钱之易：

　　恩赏则有黄榜钱，雪降则有雪寒钱，久雨久晴
则又有赈恤钱米，大家富室则又随时有所资给，大
官拜命则有所谓抢节钱，病者则有施药局……民生
何其幸欤！

　　　　　——周密《武林旧事》卷六

　　宋代的文盲也是历朝最少的。上学不要钱，穷人家的孩子就能上学了，起码也去混几天认识几个字，方便以后在社会上行走。那时候学校非常多，官办的私办的都有，"人人尊孔孟，家家诵诗书"，随便遇上个人也能口诵几句诗词文章，扭扭捏捏地假充斯文。

　　这样一个高福利社会，政府开支之大也就可以想象了。民生方面的开支是常态，旱灾、水灾、火灾，政府都要拿出钱来抚恤赈济，天太热了天太冷了，政府也得出点钱表示一下对小民的关心。

　　这倒罢了，这些还是小头，战争时候军费开支才是大头。兵士们在前线拼死拼活地打仗，给他们的待遇绝不能低，否则谁愿意提着脑袋当兵打仗呢。

二、宋军的待遇

　　在宋朝当兵是一种职业，且是待遇相当优厚的职业。有人将宋代的铜钱换算成粮食，再用粮食换算成今日的人民币，算出宋朝普通士兵的月薪相当于今日八千元。这个月薪

的确高，因为那时候的生产率无法和今天比，而且这只是普通士兵的月薪，军官一类人的收入当然高过士兵。

不过这个算法不是很靠谱，用粮食折算或用银两折算都不准确。事实上宋朝，特别是南宋，军队的类别十分繁杂，各类别军队的薪酬是不一样的，同类的军队因防守的地方不同，其薪酬也有差异。有些地方还用茶引、盐引或者香料代替钱粮发给士兵，给兵士发交子也是经常性的。但南宋的交子因地方不同也有好几种，同样的面额，一期与另一期交子的价值就有差异。因此南宋军兵的薪酬很难找出一个统一标准。

不过，兵部在淳熙年间制定的效用兵的薪酬表格多少还是有些参考价值的：

兵士资级	明目	月俸	折麦钱	米钱	春冬衣绢
一资	守阙毅士	3000文	730文	1.05石	4匹
五资	守阙听候、使唤	4500文	1080文	1.2石	4.5匹
十资	准备差事	5000文	1440文	6.08石	10匹

——转引自王曾瑜《宋朝兵制初探》，中华书局，1983，第222页

表中本来有十个资级，我简化成三个。表中的折麦钱，其意思是本来要发麦子，但转发实物了，折算成钱。从表中可以看出，士兵的待遇确实不错，除了正常月俸，还有麦钱米钱，春冬穿衣所用的布匹也由政府发给，简直幸福得了得。而每月一石以上的米，士兵肯定吃不完，加上麦子等

物，一人当兵供养全家应该没有问题，但这还远不是兵士收入的全部。当然，效用兵的薪酬比普通士兵要略高一些。

士兵们除常规的月俸外，另有名目繁多的其他收入，这些收入亦数量不少。

皇帝郊祀，在宋朝是件大事，每次郊祀对军兵都要进行赏赐，赏赐的钱数绝对不少，相当于十多个月的俸钱。可惜的是郊祀不是很频繁，每三年才进行一次。不过，每年有不少节日，寒食、端午、中秋什么的，每次过节都要给士兵发钱，称作特支钱。天冷了士兵还享受有取暖费，叫雪寒钱或柴炭钱。若部队由内地开往边境，士兵就必须行军走路，这时要给大家发一笔钱，叫银鞋钱。兵士由一支军队转入另一支军队，也要发钱，称作转军钱。平时购买日常用品的另有补贴，称作薪水钱。

这些钱都是平日发的，即不打仗时候发的。若是打起了仗，另有数目庞大的军赏，自己受伤了有赏，杀了敌人更有赏，战死了还要给家属不菲的抚恤。

南宋后期，因为通货膨胀，士兵的实际收入比起北宋时要略少。北宋和平年间的士兵，特别是京城的禁兵，基本都是有钱的主儿。曾任杭州益州等处封疆大吏的张方平回京觐见皇帝，在汴梁街上见到了一个京城禁兵，也禁不住惊奇其穿戴的豪华，并向皇帝上折子指斥其奢侈：

> 臣尝入朝，见诸军帅从卒，一例新紫罗衫，红罗抱肚，白绫裤，丝鞋，戴青纱帽，长带绅，鲜华

> 烂然。其服装少敝，固已耻于众也。一青纱帽，市
> 估千钱，至于衫裤，盖一卒之服，不啻万钱。
>
> ——《张方平集》卷十八"再对御札一道"

这个士兵爱显摆招摇是肯定的，但他得有显摆招摇的经济基础，而士兵超常的待遇无疑就是他的基础。

南宋士兵虽拿得少些，可军官的收入并不低于北宋时期。淳熙年间的大臣陈贾曾替士兵喊冤，说士兵俸禄太少而军官拿的太多，他说："军之吏卒伍者，所得常不能瞻给，而至将佐等而上之，则有数十至百倍之多。"将佐们的俸禄具体数字是多少呢？——"两司岁支除逐官本身请俸外，供给茶汤犹不下一十万缗"。

就是说，这些将佐们除过本身的正常俸禄外，只是茶汤钱一年就在十万缗以上。一缗是一千文，十万缗就是一亿文钱，数额的确够大。至于节度使一类的将军级人物，其收入就更为可观了。

打了胜仗对官兵的奖赏，在《宋史》中的记载极多，奖赏的金额也颇为不菲。蒙哥为汗时蒙古大军第二次攻宋，忽必烈所带的中路军主攻鄂州，后因蒙哥汗死于钓鱼城下，元中路军也提前北返，没有攻下鄂州城。南宋朝廷于是下诏奖赏守城有功将士，除了将有功将官进行升迁外，另有对将士钱财的赏赐：

> 诏贾似道以缗钱三千万犒师，并示赏功之典。

己酉，以高达为宁江军承宣使、右金吾卫上将军，赐缗钱五十万；吕文德赐缗钱百万、浙西良田百顷；鄂州战守将士赐缗钱三千万……临江守臣陈元桂死节，官五转，赠宝章阁待制。与一子京官、一子选人恩泽。给缗钱十万治葬。

——《宋史》本纪第四十五

宋时一缗铜钱值一两银子。犒师也罢，丧葬费也罢，这么多钱确实不算少，可说是十分丰厚。而吕文德一个人既得了缗钱百万，更有良田百顷，缗钱百万倒罢了，吕文德作为将军肯定不怎么在乎，可百顷良田非同小可。一万亩的土地，这是中上等地主的田亩规模。一场胜仗打下来，立即就是一个富家翁了。

军费开支除了上面这些外，军兵的装备也是一大笔钱。一套装甲，将近四万钱，一张弓将近三千钱，一支箭基本就是七十多文，一把提刀要三千多文，军用的旗帜鼓号、弩、军马等，每种东西都花费不菲，而这些东西都是政府掏钱配备的。每打一次仗，不论输赢，都是一笔巨大的开支。

宋人不爱打仗，宁愿给对方赔些钱，北宋、南宋都有这个习惯，后世为此非常气愤。实际上宋人也是无奈，打仗太费钱了，若是长年累月地打那种后果难料的仗，所花费的钱财比赔钱更多。这个时候，宋人自然而然地就想到了以赔钱来结束战争。

宋元战争使南宋的经济发生衰退，而常年的战争又需要巨额的钱粮，钱粮无法支撑时，宋人只能饮鸩止渴割肉疗疮。刘整的叛逃既是内斗的恶果，也是割肉疗疮之下遗留的后患。因此，说汉军灭了南宋，不如说是财政崩溃导致了南宋的灭亡。

比起南宋，元人不可能发生财政危机，因为元人军兵的待遇和南宋根本就不能相比，一个在天上，一个在地下。

三、元军的俸禄

元朝的兵制与南宋完全不同，南宋主要实行的是募兵制，通过招募来选择兵员，之后进行一些训练，这些人就成为专业兵士了，负责屯戍作战等任务，即便没有战争，他们也是兵，除非退役。

而元朝前期在很长时间都是兵民合一，从成吉思汗时就是如此。打仗时召集来拿起武器就是兵，仗打完了放下武器就回家去牧羊或者打猎。《元史》"兵志一"中说："其法，家有男子，十五以上、七十以下，无众寡尽签为兵。十人为一牌，设牌头，上马则备战斗，下马则屯聚牧养。孩幼稍长，又籍之，曰渐丁军。既平中原，发民为卒，是为汉军。"这种办法称作征兵制，即强行征召兵员，不管你愿意不愿意当兵，只要年龄符合你就非当不可。

在未定鼎中原前，元军的主要成分是蒙古兵。蒙古兵出征打仗时，军马、武器以及食物都是兵士自带，兵士们本身就是牧民和猎人，家里都有马、弓箭、匕首或者斧子，带上这些就是武器，至于食物，他们家也有些奶酪什么的可以带上。一句话，没人给他们发这些东西，衣裳鞋子什么的更没人给发。他们就穿自己平时穿的衣服，一般是穿一件厚大衣，大衣口袋里装上几块干肉和奶酪当作食物。

　　蒙古兵西征时，基本没有后勤供给线，他们也不需要这个。蒙古兵对艰苦的生活早就习惯了，长途行军十多天可以无需任何补给。渴了他们就喝马奶，饿了就吃干肉。行军间隙，他们骑着马儿去打猎，实在没有食物时，他们就在所骑的马身上割一个小口子，然后喝马血。马可·波罗甚至说他们有一项特殊本领，可以骑在马上奔跑十天而不用下马休息：

　　　　当情况紧急时，他们能够马不停蹄地奔驰十天，既不生火，也不进餐，只用马血维持生命。必要时每人割破自己战马的一根血管吮吸马的血。

　　　　——《马可·波罗游记》，西安：陕西人民出版社，2012，第64页

　　没有俸禄，但并不等于没有报酬，蒙古军的报酬就是战利品。打了胜仗，抢来的财物、牛羊、女人、土地等都是战利品，俘虏、工匠等也可以是战利品。不过战利品可不是每人一样公平分布的，而是按等级分为三六九等，地位越高分得越多，小兵当然分得最少。

　　不过即便分得最少的小兵，打一次胜仗所得的战利品，也比自己辛苦牧羊一年的收获要多。当小兵的本就是蒙古的

穷人，家中的牛、羊自然很少，牧场面积也极其有限。

在进攻金国北部且占领了很多地方后，元军中出现了许多以汉人为主的军队，称作汉军。汉军兵士打仗所需要的行头也是自己准备，汉人家中不一定有弓箭、刀剑什么的，那就掏钱买。不过不是兵士自己买。元朝廷规定，出兵丁的家庭为正军户，不出兵丁的家庭为副军户。正军户一般是穷苦人家，负责出男丁，而副军户多是家中宽裕些的人家，由其负责给男丁掏钱买当兵所需的行头，包括路费。总之，都是老百姓掏腰包，当局不用花一文钱。

和蒙古军相仿，汉军兵将也没有任何俸禄，完全是以战养战，给养什么的基本靠抢，靠强行征收。

在灭了金国占领中原之后，元军"因粮于敌"的传统做法有了改变，在征战时也开始重视后勤给养了。《元史》本纪第四"世祖一"记载：

> 夏五月，驻小濮州。征东平宋子贞、李昶，访
> 问得失。秋七月甲寅，次汝南，命大将拔都儿等前
> 行，备粮汉上，戒诸将毋妄杀。

元人知道打仗前准备军粮了，这是一个不小的进步。不过，元军这时也就是有粮食吃，不用靠抢掠为生，如此而已，俸禄什么的还是谈不上。

一直到了忽必烈坐上汗位的第七年，即至元三年，大臣兼汉军将领董文炳在与忽必烈做私密谈话时，还诉苦抱怨军

将没有俸禄的苦处：

> 将校素无俸给，连年用兵，至有身为大校出无
> 马乘者。臣即所部千户私役兵四人，百户二人，听
> 其雇役，稍食其力。
> ——《元史》列传第四十三"董文炳传"

将校没有俸禄，普通兵士就更没有了。不过董文炳诉
苦之后，忽必烈当时答应了，但并没立即实施，一直拖了四
年，到至元七年秋天才开始给军官定等级发放俸禄。

将校军官有了俸禄之后，之后不久对兵士也有了类似俸
禄的粮、盐等物，但没有俸禄之名，而是以口粮的名义发放
的。不论是蒙古军、汉军，还是探马赤军，一律都有。其标
准是每人每月五斗米一斤盐，从南宋投降或被俘的新附军，
因为他们没有副军户给予的补贴，所以特意给每人每月增加
一斗米，同时给其家属每月四斗米一斤盐。

很明显，发给新附军家属的米和盐就相当于士兵的俸
禄，蒙古军、汉军虽不给家属发米与盐，但副军户应该对正
军户的家庭有钱财上的补贴，这些补贴估计就被元人看作兵
士的俸禄。这点俸禄显然无法和宋兵相比，宋兵的米是用石
来计数的，至少也在一石以上，除此之外还有折麦钱、春冬
衣绢及俸钱，优厚的不是一点，而是好多倍。

虽然元兵有了口粮，家属也多少给点粮食或照顾，比
如说给其家减免部分赋税等，但兵士的装具路费不是个小数

字，特别是马匹，若是长途跋涉去较远地方打仗或戍守，花费就更大了。因此对元朝百姓来讲，当兵是个大负担，弄不好可能就要妻离子散。即便是灭了南宋，元人已没有多少战事，兵士的家庭仍然困窘无比。大德七年，即1303年，南宋灭亡已经四年，通议大夫和尚千奴仍然向朝廷上疏，诉述兵士的困苦：

> 蒙古军在山东、河南者，往戍甘肃、跋涉万里，装橐、鞍马之资，皆其自办，每行必鬻田产，甚则卖妻子。戍者未归，代者当发，前后相仍，困苦日甚。
>
> ——《元史》卷一百三十四"千奴传"

千奴希望元朝廷不要让兵士长途跋涉，并请官府出钱将兵士卖掉的妻子和田产赎回来。他说的是蒙古兵士的惨状，从中也可以推测出汉军兵士的情况，不说更惨吧，至少半斤八两。

话说回来，忽必烈派兵攻打襄、樊时，对打了胜仗的将士也开始有了奖赏，《元史》对此有记载：

> 庚申，宋兵自襄阳来攻沿山诸寨，阿术分诸军御之，斩获甚众，立功将士千三百四人。诏首立战功生擒敌军者，各赏银五十两，其余赏赉有差。
> 癸卯，给河南行省钞千锭犒军。三月甲寅，诏

益都路签军万人，人给钞二十五贯。

——《元史》本纪第五"世祖三"

这个奖赏不算少，想来忽必烈此时是下了决心，一定要攻下襄阳，因此大把撒钱鼓舞军心。元朝占领了中原，此前东征西讨的，抢的银子、货物绝对不少，过去对兵士的待遇又如此之差，因此在灭南宋的关键时刻，元廷还是能拿出些钱来赏赐的。

可惜的是，南宋这会儿已很难拿出大把的银子来募军或赏赐了。

四、奢靡与腐败

财政吃紧虽然对南宋打击沉重，却并非致命。中央财政即便在最困难的时候，也没有完全枯竭，何况南宋立国百年以上，底蕴深厚，巨商富贾大地主一类人多不胜数，朝中高官也多是有家底的人，比如丞相贾似道，其财富不说富可敌国，起码也可跻身南宋的大富豪行列。而领兵大将中，也有不少家底丰厚之辈，这些年朝廷的赏赐、吃空饷弄来的银子，以及自己做生意赚来的钱，足够他们招募兵丁。

按说这些富翁、高官、将军，他们的钱受惠于南宋鼓励经商、不抑兼并的政策，他们是大宋重商主义的最大受益者，如今国家这棵大树要倒，他们该拼死努力保住这棵大树，这是棵摇钱树哇，况且保家卫国是一体的，自掏腰包保卫南宋就是保卫自己家的荣华富贵，否则"皮之不存，毛将焉附"？

可惜这种人不多，不是没有，而是数量太少，不足以形成保家卫国慷慨赴国难的气氛。

南宋人似乎一直生活在享乐奢靡的气氛中，有钱有权的上流社会以享乐为荣，以奢靡为荣，他们买歌儿侍女舍得花钱，盖高屋华厦舍得花钱，在美酒轻歌中与妓女流连忘返也舍得花钱，可让他们捐钱募军，捐钱保家卫国，大家好像还没有这个习惯。

是的，随着南宋的商业化进程，随着南宋的城市繁荣经济发展，世俗的享乐之风迅速弥漫。在享乐主义盛行的同时，士风变得颓废，民风变得奢靡，追欢逐乐成为时尚，而聚敛钱财则成为必须，因为追欢逐乐必需有雄厚的钱财作为基础。

在这种情况下，慷慨赴国难的豪杰少了，倚红偎翠诗酒风流的人物充斥朝野。更糟糕的是，倚红偎翠在南宋尤其是南宋中后期，已成了名士高官有身份者标榜身份的标准行为，谁家要是没有几房妾室一群歌儿侍女，谁要是没有和名娼花魁有过绯闻韵事，简直就不好意思在上流社会的圈子里厮混。

追欢逐乐、醉生梦死，这方面最著名的人物当数宰相贾似道。

贾似道并非做了宰相才大肆享乐，还在军器监的低位时，他的风流事迹就广为传扬，即便皇帝宋理宗也知之甚详。据《宋史》记载：

> （贾似道）日纵游诸妓家，至夜即燕游湖上不
> 反。理宗尝夜凭高，望西湖中灯火异常时，语左右
> 曰："此必似道也。"明日询之，果然。
>
> ——《宋史》"贾似道传"

这样一个风流放荡之辈，却能步步高升，直至宰相的高位，除了很多其他因素外，南宋追欢逐乐的大环境自是重要原因之一。有了这个大环境，朝野才可能对贾似道的放荡风流持宽容态度，否则，就放荡不羁这一项，他要上位也是难上加难。

做了宰相，位高权重之后，贾似道更将享乐主义发挥到了极致。他在葛岭有座皇帝御赐的"后乐园"，美轮美奂，亭台楼榭富丽堂皇，花草树木争奇斗艳，环肥燕瘦各色美女充斥其中。贾似道携美在园中徜徉享乐，除了床笫间那些事情外，与众美踞地斗蛐蛐也是他的至爱。贾大人对斗蛐蛐是极有研究的，造诣之高古今罕有，后世被尊为斗蛐蛐宝典的《蟋蟀经》，就是他的专著。相传他朝见皇帝时袖子里还笼着蛐蛐，曾不小心让蛐蛐跑了出来，在朝堂上胡乱蹦跳，惹得皇帝和一众大臣惊愕不已。

而贾似道在葛岭享乐的时间，正是元军围攻襄、樊之时。

如贾似道这种奇葩之所以出现在南宋并非偶然。尚在南宋早期，那些官员对于声色之娱就毫不避讳，大肆追求。当

时人周辉的《清波杂志》中说："士大夫欲求保富贵，动有禁忌，尤讳言死。独溺于声色，无所顾避。"

或许是靖康之耻的刺激让他们感觉到了朝不保夕的危机，从而有了今朝有酒今朝醉的想法，而南宋商业的大繁荣又对这种想法推波助澜，令士大夫们及时行乐的思维更加巩固。声色在南宋商业大繁荣的背景下，已经成了一种商品，只要有钱就可以随意享用，这方面没有任何限制，朝廷对官员也放之任之。

到了元人兴起且横扫欧亚之时，南宋的色情业已发展到了一个惊人的程度。马可·波罗在游记中提到南宋城市里随处可见的妓女，他说："在其他街上有许多红灯区。妓女的人数，简直令人不便启齿。不仅靠近方形市场的地方为她们的麇集之所，而且在城中各处都有她们的寄住之地。她们的住宅布置得十分华丽，她们打扮得花枝招展，香气袭人，并有许多女仆随侍左右。"

北宋时只有官妓没有私妓，官员可以令官妓陪酒献唱，但不能侍寝，否则就可能受到弹劾、处分。因此北宋的官员只能在家蓄养家妓，养多少都行，却不能在外面胡来。而南宋有大量的私妓，她们什么都做，唱曲陪酒陪睡，富商大贾能去找她们消遣，官员也可以，没有任何限制。

色情产业的大发展，让追欢逐乐成为一种时尚，并一直贯穿南宋的始终。不但士大夫趋之若鹜，军中将官好此道的也大有人在，如范文虎。当襄、樊被围，宋廷派李庭芝督师前往援救，范文虎本该听命，与李庭芝率兵前往。可"庭芝屡约进兵，文虎但与妓妾、嬖幸击鞠饮宴，以取旨未至为辞"。（《续资治通鉴》宋纪第一百七十九）即便是以忠义气节著称的文天祥，对声色之娱也极为热衷，《宋史》"文天祥传"中说他"性豪华，平生自奉甚厚，声伎满前"。

享乐之风的盛行，给风雨飘摇的南宋罩上了一层歌舞升平的面纱。在歌舞升平的幻觉里，南宋君臣士人醉生梦死，沉沦于声色之中。这既是一种麻醉，也可能含有大厦将倾必须尽快行乐的紧迫心态。

历史上偏安南方的朝代，几乎都是在歌舞升平的享乐中被灭的。陈朝是在玉树后庭花的艳舞中被隋朝灭了，南唐是在李煜与小周后的卿卿我我中被宋朝灭了，而南宋无休无止的西湖歌舞，似乎也就注定了要被元人灭掉。

五、享乐主义

不过，仅仅享乐主义也不足以灭亡南宋，百足之虫死而不僵，南宋与北宋一脉相传，享国三百余年，自有其深厚的底蕴。何况享乐也不是自南宋始，早在北宋年间就已经蔚然成风了。

宋太祖赵匡胤杯酒释兵权时，对掌兵权武将们说："人生苦短，白驹过隙。众爱卿不如多积金宝，广置良田美宅，歌儿舞女以终天年。如此，君臣之间再无嫌猜，可以两全。"这些言辞虽为了从武将手中顺利接收兵权，但鼓励及时享乐的意思实在是赤裸裸的。

有了皇帝的大力提倡，享乐之风自然而然就在上流社会蔓延开来。不只是失了兵权的将军大肆享乐，风气所致，高官巨富俱以歌儿侍女美酒华屋彰显身份，以奢华富贵为荣，以追欢逐乐为人生追求。风气所致，下层的民众、士兵也跟着张扬奢华起来。张方平在京城见到的那个穿华服显摆的士兵，明显就是受了这种风气的影响。

北宋那些最有名的的大臣，几乎都对享乐奢靡情有独钟、爱之成风。大名鼎鼎的寇准，敢逼迫皇帝御驾亲征，素以强项著称，但他的奢靡享乐更为了得，对请客豪饮、歌舞奢华简直爱得成痴。他请人晚上来家里喝酒，为了显示豪奢，到处都点蜡烛，连厕所里也点。宋时的蜡烛比灯油贵得多，但寇准哪在乎这个，蜡烛必须整夜亮着，蜡油流得满地。喝酒的客人进了门，就别想走了，非喝到醉倒不能离开，因为寇准早就吩咐仆人锁了门。客人不胜酒力想偷跑，就只能设法去掉门槛，从门下面钻出去逃走。

除了喝酒，寇准对欣赏歌舞也十分热衷，他家中养的歌女不少，唱得好了寇准不吝赏赐。"一曲清歌一束绫，美人犹自意嫌轻。不知织女萤窗下，几度抛梭织得成！"这首诗的名字就叫"呈寇公"，是寇准的侍妾蒨桃写来劝阻寇准的。

寇准的豪奢在他那个时代可能还不是很普遍，但仅仅几十年后，到了宋仁宗时期，士大夫们嬉游宴乐就成了常态，并且夜以继日，大家都见怪不怪了。当时年轻的晏殊家中比较贫寒，无钱宴乐，别人喝酒时他就钻到屋子里读书，皇帝宋仁宗不知情况，以为晏殊简朴好学，就下诏任他为东宫的官员陪伴太子，诏中说："近闻馆阁臣寮，无不嬉游燕赏，弥日继夕。唯殊杜门，与兄弟读书，如此谨厚，正可为东宫官。"但后来晏殊面见皇帝时，说出了真情，他说："臣非不乐宴游者，直以贫，无可为之，臣若有钱，亦须往。"（事见《梦溪笔谈》第八卷）

后来的晏殊做了宰相，大富大贵，起楼台，置买了大量的侍女歌儿，座上客常满，樽中酒不空，诗酒风流的名声比起前辈寇准也不遑多让。

南宋时期，奢靡之风比起北宋更盛。"山外青山楼外楼，西湖歌舞几时休"，楼堂馆所一个劲儿地建，歌舞宴饮日日不绝。贾似道的奢靡荒唐，其实只是大海中的一个浪花，在比较醒目的地方翻卷了一下，被摄进了历史的镜头。风气如此，别说以奸臣著名的贾似道，即便光耀千古的许多杰出人物，也是妾侍成群歌女成队，在风流享乐上竞相豪奢。

其实整个北宋中、后期及南宋全部时期，奢靡豪阔一直是种时尚。由高官巨富带头，中下层民众积极响应，不吝钱钞追求新、奇、巧的东西，普通民众自然无贾似道那样的大手笔，但追求奢靡时尚的精神绝不比贾似道差，甚至犹有过之。

南宋人王迈《臞轩集》中描述临安城妇女簪饰及服装情况，她们不惜花费巨资，也要赶上时尚的潮流，哪怕家中财力并非那么宽裕："妇女饰簪之微，至当十万之值，不唯巨室为之，而中产亦强仿之矣。后宫朝有服饰，夕行之于民间矣。"

男子虽不戴簪饰一类东西，但他们不断地变换衣冠巾带的样式与用料，夸奇斗丽。南宋人吴自牧的《梦粱录》中说他们的穿戴："不体旧规，裹奇巾异服，三五为群，斗美夸丽，殊令人厌见，非复旧时淳朴矣。"

但是，宋朝的情况与陈朝、南唐并不完全一样。宋朝的商品经济高度发达，大批量生产出来的商品，在客观上需要人们尽快地消费。商品竞争免不了在花样上下功夫，无形中推动着人们的时尚观念，只有在社会上形成崇慕时尚的风气，那些花样翻新的商品才能更受欢迎。

那时候，色情娱乐业已完全商业化，是社会财富再分配的一个环节。西湖歌舞虽有相当的副作用，但在提供就业机会、促销，特别是酒类餐饮业的促销方面，的确发挥着巨大的作用，而就业与促销无疑都是商品社会发展的必须。娱乐、餐饮业往往离不开酒，而宋代的酒是政府专卖产品，每年可以为政府提供巨量的税收。同时，那些歌儿妓女与今天的三陪女并非同一个概念，她们中有相当多的人是文化的传播者，光照后世的宋词便是经她们之口，在南北宋的城埠间流转传唱。

说起来享乐只是南宋灭亡的表象，享乐是社会繁荣到一定程度后必然出现的事情。商业社会需要靠消费拉动，人人都勒紧裤腰带省吃俭用地过日子，堆积如山的商品卖给谁呢？国家庞大的财政收入又如何保障呢？

虽然奢靡享乐并非南宋灭亡的主要原因，但至少是原因之一。在奢靡享乐的大环境下，士风颓废，国无斗志，在

国家财政最为紧张的时候，没有人想到用自己的资财为国出
力。贾似道推行公田法，为宋军筹措钱粮，那些富户高官一
个个瞪起了眼睛，使劲地拖后腿，唯恐损害了自己的利益。

宋人的商品经济发展到了一个相当的高度，但宋人的智
慧与观念没有与之同步发展。

六、国之将亡，必出妖孽

南宋的灭亡，除国家财政困难、官民享乐奢靡等原因
外，更重要的一个原因可能来自南宋高层，即皇帝与权臣这
个层次。皇帝与权臣站在南宋权力的顶峰，他们的智慧、人
格以及施政方针，对南宋有着最为直接的影响。但是，南宋
这个层次的人物却多数都不正常。

宋高宗赵构虽有杀岳飞的劣迹，但作为皇帝其智力尚
算正常，宋孝宗是南宋的第二位皇帝，他也算不错。但南宋
在孝宗之后，当政的皇帝几乎就没出过一个人才，反倒是妖
孽、奇葩之辈层出不穷，简直让人叹为观止，让人为之唏嘘
感叹。

孝宗的儿子宋光宗，怕老婆怕到连去见亲爹也不敢，因
为老婆不同意他去见。退位成了太上皇的宋孝宗病了，群臣
都以孝道为理由请他探望老爹，但光宗慑于皇后的淫威，仍
旧不敢去探望。这个可怜的皇帝被家庭问题折磨成了精神病，
亲爹死了竟不治丧，只是窝在屋子里睡觉。大臣们无奈下只好
强行让他退休，将其次子赵扩扶上皇位，这便是宋宁宗。

　　宋宁宗的智力，最多也就是平常人的水平，甚至不如，说他平庸也有点拔高了。他在位三十年，几乎就没掌过权，一直被权臣操纵着，臣下说起他的美德，能提上口的也就是简朴与谦逊。

　　宁宗的养子赵昀，就是接班后的宋理宗。他在位四十年，比宁宗还长了十年。论智力的话，他可能比宁宗略微强上一点儿半点儿，因为他知道享乐。这个奇葩皇帝一方面不遗余力地尊崇理学，将其提高到国家哲学的高度，一方面纵情声色醉生梦死。朱熹的理学讲究存天理灭人欲，而宋理宗哪管什么天理，对人欲却是重视至极，宫中的三宫六院还嫌不够，竟将妓女唐安安招入宫中胡天海地。

　　四十年中，朝政前后被几个权臣及宠幸的阎贵妃把持着，这些人倒是没怎么干预理宗淫乱享乐，但国家大事是无从提起了。

　　理宗之后，养子赵禥继位，是为度宗。宋度宗比宋理宗更为奇葩。他的智力虽然明显低于常人，但性欲之高罕见罕闻，一夜之间竟可以临幸三十位嫔妃，史书对此如此记载：

> 帝自为太子，以好内闻；既立，耽于酒色。故事，嫔妾进御，晨诣合门谢恩，主者书其月日。及帝之初，一日谢恩者三十余人。
>
> ——《续资治通鉴》宋纪第一百八十

　　一夜御女三十，绝对可以称得上古今第一猛男了。可惜这位猛男在床笫间威风无比，在治理国家抵御侵略上却啥也不懂，可以说一窍不通，只好将所有军国大事托付给丞相贾似道打理，自己宁愿谨小慎微诚惶诚恐地巴结贾似道，看他的脸色行事。

度宗之后的恭帝、端宗等就不用提及了，他们只是几岁的小孩子，在位时间也极短，不该为南宋的灭亡背负责任。

有了光宗、理宗、度宗这些奇葩皇帝，权臣奸臣、乱政的皇后贵妃不可避免地接连出现。光宗的皇后李凤娘将丈夫整得患上了精神病，她趁机干预朝政。可这个女人虽泼辣强悍，对军国大事却是一窍不通，其智力最多与普通人家的泼妇持平，大权在握时只知道趁机给娘家人封官捞财，朝政被她弄得乌七八糟，她撒泼打滚地闹起来，皇帝与大臣人人变色。

宁宗朝的权臣韩侂胄，驱逐异己后独揽朝政达十多年。他崇岳贬秦，给岳飞平了反，将秦桧的谥号改为"缪丑"，并主张北伐金国收复失地。但他的本领实在不怎么样，仓促间组织的北伐部队人数既少，两位主要统兵将领又嫉妒不和，加上内奸给金人通风报信，结果自然是大败。南宋损失惨重不说，韩侂胄本人也没能保住性命，被杀之后头颅还被砍了下来，送给金人。

继韩侂胄之后的权臣是史弥远。史弥远才干平平，除了推崇理学褒扬秦桧，在强国发展经济上毫无建树。此时南宋的财政情况就已经相当恶化了，交子、会子大肆贬值，但史弥远想不出扭转财政亏损的好办法，只知道超额大量地印刷交子与会子，弄得南宋的经济内伤严重，一步步地走向衰败。

　　史弥远独揽朝政二十年，横跨宁宗、理宗两朝。他死之后，丁大全上位，与阎贵妃勾结在一起，做了短短几年权臣。南宋国势因之再次下跌。

　　丁大全之后，就轮到贾似道做权臣了。

　　贾似道虽被宋人骂得一无是处，实际上他的本领远超几位前任。他在蒙古军南下时，曾领兵驰援鄂州。蒙古军的统帅忽必烈用尽各种办法攻城，贾似道则变换着花样守城，城屡破屡筑，城墙内又有木栅，即便攻破了城墙也难以进城。忽必烈无法可施，对贾似道的能力也大为钦佩，感叹说："吾安得如似道者用之。"

　　面对南宋的财政危机，贾似道并没如前任般一味饮鸩止渴加印交子会子，他废除"和籴法"而推行"公田法"，积极解决财政问题，手段十分强硬，也取得了一定的效果。

　　但是，贾似道的才干也就是比史弥远、韩侂胄他们强些，与真正强悍的权臣如曹操等相比，其本领就显得大为逊色了，或许他的才能更适合做一个地方的军政长官，当宰相的确有点儿勉强了。他借以上位的很多功绩是假造的，在文官系统与军队中，不服甚至敌视他的人都很多。贾似道为了玩转南宋庞大的军政系统，不得不经常以谎言掩盖谎言，坑蒙拐骗无所不用。南宋本就虚弱的躯体，在他的打理下终于病入膏肓，一步步走向灭亡。

　　南宋朝廷的掌权人物一个个都是这种货色，也算是今古奇观。但即便在如此情况下，南宋仍能抗元近半个世纪，不得不说是得益于其雄厚的国力。

第四章　抗元三代人

南宋抗击元朝入侵的战争持续了将近半个世纪，漫长而且艰难。

在这段时间里，元朝方面经历了四个大汗，他们是窝阔台、贵由、蒙哥及元世祖忽必烈，其中贵由在汗位的时间不足两年，就因病去世了。

南宋方面则经历了五个皇帝，他们是：宋理宗、宋度宗、宋恭帝、宋端宗赵昰、宋帝昺赵昺。这五个皇帝，后面三位都是年龄不足十岁的幼童。宋度宗死亡之前，襄、樊之战已以南宋的失败而结束，两城都到了元人手中，南宋的结局几乎已经注定。

这段时间，元朝方面领兵攻宋的将领也是换了一茬又一茬，老一代的将领死了老了，便有新一代的将领顶替。南宋方面也是如此，将领换了一批又一批，朝中的大臣也不断地更替。

元朝纵兵南下的这个当儿，正是南宋理宗在位。理宗朝的宰相走马灯一般的换，前后竟然有十六位，每位宰相执政的时间都不怎么长。在这个紧要关头宰相却一个劲儿地换人，其政治混乱、政策左右摇摆是免不了的，好在军中将领相对来说比较稳定。

从资历、传承的角度来讲，南宋抗元的人物，大致可以分作三代，虽然这个划分比较粗略，但这么一分，对南宋走向灭亡的脚步可以看得更为清晰。

第一次抵抗元朝的人物中，影响较大的当推孟珙、余玠。这二位论年龄论官职可能比不过赵葵、赵范、杜杲等人，但他俩都在抵抗元兵的第一线，其所作所为都直接影响着宋元之际的历史进程，同时，从抵抗的坚决性、战略思维及临敌应变等方面来讲，他们都是那个时代的佼佼者，最具有代表性，影响也最为深远。

一、战神孟珙

对今天的人来说，孟珙这个名字非常陌生，提起南宋能征善战的大将，人们首先想到的就是岳飞，其次估计就是韩世忠了，就连打仗很不行的张俊也多少有点儿名头。孟珙之所以名声不彰，一是南宋灭亡前那段历史很少有大众关注，二是孟珙离世太早了，没能扭转乾坤改变南宋灭亡的命运，否则的话，孟珙的大名比起岳飞绝不会差。

无论以军事才能来讲还是以战绩来讲，孟珙都不逊于岳飞。在南宋后期，他就是国家的长城，宋人手中的一把利剑，几乎是战无不胜、攻无不克的战神，一生大小百余战从没尝过败绩。在与元兵对战之前，他最为傲娇的战绩是以八千人破灭金兵十万，彻底粉碎了金国企图南下四川的图谋。

说起来孟珙和岳飞还是有很大关系的，其曾祖孟安、祖父孟林都是岳飞的部将，因此他可以算是岳家军的传人。除了曾祖与祖父，孟珙的父亲孟宗政也算是南宋有名的将领，战力非凡，在抗击金国的战斗中立功颇多。

在这种世代为将的家庭中长大，孟珙获益不浅。事实上，孟珙从小就在其父的军伍中成长，除了继承孟家的战争理念外，战场瞬息万变的形势对他的眼力及指挥艺术的磨炼也非同小可。他对战场的观察力极其敏锐，指挥艺术娴熟自然，对军队的掌控也非常高超。

当元军第一次大规模南下，连破襄阳、随州、郢州等地，将南宋的京湖防线彻底撕烂，随之兵临长江，将蕲州围住猛攻。此刻的孟珙正在黄州知府任上，同时节制着黄州、蕲州、光州及信阳军的兵马，蕲州正是他的防地范围。

驻兵黄州的孟珙立即往援蕲州，兵尚未到，元军将领塔察儿就急忙撤围退走。塔察儿与孟珙曾经在灭金的战场上亲密接触过，他清楚孟珙的本领，所以很明智地选择了不战而走。

但当时了解孟珙本领的元人将领并不多，况且此刻孟珙手下的兵力不多，其他元军将领并未将他视作威胁，仍然屯兵长江北岸，在枝江、监利编筏弄船准备渡江。孟珙又率兵溯流而上赶往枝江、监利。不过当时元军势大，兵营一座连着一座，兵力远超孟珙所部。孟珙就用疑兵计，晚上到处虚张火把，白天一个劲儿地变换军服，让元兵以为宋人的大军降临，产生惊慌。孟珙随之乘其惊慌挥兵直进，连破敌营二十四座，一举将其逼退。

此后孟珙守黄州、收襄樊，并主动进攻元军占领的邓州、顺阳，不断地骚扰，破坏捣毁其囤积的战略物资，弄得元人疲于被命，苦不堪言。

当四川战场出现危情时，宋朝廷又授孟珙四川宣抚使的头衔，命他往援四川。孟珙带兵进入川蜀，以兵布防施、黔、澧州等处，环环相扣，利用有利地形阻遏元军的进攻。经大垭寨之战、清平村之战后，元军损失惨重，企图从四川沿江而下东进两湖的企图破灭，见再也占不到什么便宜，只好退兵。

窝阔台这次的入侵声势浩大，元军兵分三路东、中、西三路，分别从四川、京湖及两淮发动进攻。而孟珙一人肩系中、西两处战场的安危，责任重大。孟珙不但使四川战场的形势转危为安，同时兵出襄樊，主动骚扰、进攻元人的占领区，以攻为守，机动防御，这种战略思想在当时也是绝无仅有的，弥足珍贵。

在孟珙掌管京湖、四川防务期间，边境地区来投奔的壮士、敌占区来投降的军卒络绎不绝。孟珙借此重整四川防务，他将久战之士组成宁武军，将投奔的回鹘人组成飞鹘军，同时对战时擅离职守的将领斩首示众，这在当时极具震慑效果。

宋朝对官员的管理十分宽松，南宋尤其如此。士大夫就不说了，他们在宋朝活得十分滋润，犯了再大的错，只要不是造反，就杀不了头。而南宋带兵的将领有样学样，也被娇惯得十分任性，自己心中不高兴了，便扔下军队走了，谁也管不了。著名大将赵葵就因与人意见不合而擅离职守，他却根本就不在乎，施施然回到自己家里消闲享福。对这种人，南宋朝廷最多是申斥一下，给予降级处分，除此之外再无他法。

孟珙杀的是代理开州知府的梁栋，这家伙的官职也算不小，在战时却以城中缺粮为借口出城逃走，他以为没事，大不了降上一级两级，那想到孟珙直接就将他砍了头。

孟珙虽然神勇善战，寿命却不长，在基本打退了元人的进攻，战事暂告一段落时，他就因病离开了这个世界，当时年仅五十一岁。关于孟珙的死，《宋史》这样记载：

> 初，珙招镇北军驻襄阳……降者不绝。行省范用吉密通降款，以所受告为质，珙白于朝，不从。珙叹曰："三十年收拾中原人心，今志不克伸矣。"病遂革，乞休致，授检校少师、宁武军节度使致仕，终于江陵府治，时九月戊午也。是月朔，大星陨于境内，声如雷。薨之夕，大风发屋折木。
> ——《宋史》列传第一百七十一

从记载来看，孟珙对朝廷拒绝范永吉的投降大为遗憾，认为这样会失去中原的人心。范永吉本就是南宋军将，之前因元兵势大所以降了元朝，孟珙镇守荆襄一带时，宋军处于攻势，元朝军队被逼得非常困窘，因此范永吉又要求投降南宋。而南宋拒绝他的理由便是怕他叛降无常。

南宋朝廷不敢接纳，除了一直被动挨打的弱势心态外，可能与此刻理学的大肆传播也大有关系。理学有道德上的洁癖倾向，以圣贤标准要求所有人，范永吉这种人自然难以入其法眼。

孟珙虽过早离开，但其身后对南宋的影响力仍然不可小觑。他临死前向朝廷推荐贾似道，希望以贾似道代替自己，同时他向贾似道推荐李庭芝，这个李庭芝后来死守扬州，直到临安的宋恭帝投降元人，扬州仍被李庭芝守得铁桶一般。

而孟珙曾经的部下刘整、王坚等，在此后对南宋命运的影响上都发挥着巨大的作用。刘整投降了元人，从此以灭南宋为己任，而王坚死守四川的钓鱼城，让大汗蒙哥饮恨城下，一命归阴。

更为戏剧性的是，刘整的叛逃与王坚的离任都与贾似道有关。

二、蜀帅余玠

余玠与孟珙的行事风格大为不同，孟珙是一个标准的军人，睿智且严谨，这大概与孟珙从小就在军伍中有关。但余玠不是在军伍中长大的，《宋史》中说他"家贫落魄无行，喜功名，好大言。少为白鹿洞诸生，尝携客入茶肆，殴卖茶翁死，脱身走襄淮"。到了襄淮，他才参加了军伍，进了当时淮东制置使赵葵的幕府中。

窝阔台发动的第一次大规模攻宋战时，余玠在汴城、河阴一带参战，多次击退元军的攻势，其间还曾去过孟珙军中，为孟珙做参赞谋划。跑了多个地方，也立了不少功劳，辛苦了六年多，到了1241年因功升任淮东制置副使，可谓升迁极快。

余玠的快速升迁固然是他立功所致，但也和朝中有人支持分不开。他的老东家赵葵曾短暂地做过一段宰相，他对余玠非常欣赏，余玠也的确很有本事，于是，就升得快了。

这时四川形势危殆，这地方是元军的重点进攻目标，除了大量的汉军外，还有不少的蒙古骑兵。四川盆地平畴千里，蒙古骑兵在盆地内如鱼得水，南宋方面却损失惨重。更糟的是防守四川的将领各自为政，没人能指挥得动他们。

当时的四川面积很大，包括今日陕西的南部，即汉中、安康两市，包括重庆全境，还包括贵州、云南的一部分，地域广阔，位置也十分重要，是保障南宋安全的西大门，同时也是南宋重要的产粮区。因此对南宋而言，绝对不能失去四川。

这个时候南宋朝廷做了个重大决定，调余玠到四川。诏书很快就下来了，任余玠为四川制置使兼知重庆府，全面负责四川的防务。到临安面见宋理宗时，余玠又口出大言："愿假十年，手掣全蜀之地，还之朝廷。"

说大话容易，真要做到就难了。当时的四川形势非常不妙，和两淮前线的情形迥然不同。两淮前线只是元军中的少部分汉兵骚扰进攻，以作策应。而四川是窝阔台的重点进攻方向，除了大量的汉兵外，还有数量不菲的蒙古骑兵。在肥沃平坦的四川盆地，快速机动的骑兵战斗力非常强悍，打得宋军难以招架。

此时四川盆地已为元军占据，四川的首府设在重庆。余玠抵达重庆后，对四川的局势也忧心起来，一下子想不出什么好办法。不过余玠还是很有两把刷子的，他马上弄了个招贤馆，下令谁能提出打败元军的好计策，他将上报朝廷，不吝高爵重赏。此令一下，招贤馆里顿时热闹起来，各路高人纷至沓来，而真正让余玠刮目相看的是冉进、冉璞两兄弟。

冉进、冉璞提出的方略是在山川险要之处筑城，城内屯兵聚粮固守，凭借山地限制元军骑兵的优势，以城池为点，连点成线控扼江河要道。余玠对此方略大为赞赏，当即就率四川军民筑城，钓鱼城、青居、大获、云顶等十多个城池就是那时建立起来的。经过数年努力，在盆地南沿、东沿建成了以城堡为主体的纵深防御体系，依托这个体系，阻住了元军的多次进攻。诸多城池中，最著名的就是钓鱼城了，此后的大汗蒙哥就饮恨在此城之下。

南宋淳祐十年，即公元1250年，元朝方面大汗窝阔台与贵由相继去世，对南宋的攻势出现松懈，兵力也开始收缩。余玠抓住机会召集宋军精锐北伐，收复了大批失地，几乎将盆地内的元军全部赶了出去，可惜最后没能攻下位于今天汉中的兴元城。

当时，四川的宋军分为四个体系：金戎司、沔戎司、兴戎司、利戎司，每个司的最高长官称作都统。利戎司的都统王夔生性残暴，以功自傲，军队所到之处大肆劫掠，甚至对宋人富户动用酷刑勒索钱财，人称其为王夜叉。王夜叉对民众暴虐，对顶头上司余玠也敢糊弄，凡余玠下达的命令，只要不合他的意思，就千方百计阻挠，必使命令作废才肯罢休。这个家伙虽然可恶，手下所带的兵却是精兵。余玠到嘉定时在江上见识过那些兵：

> 玠至嘉定，夔帅所部兵迎谒，才羸弱二百人。玠曰："久闻都统兵精，今疲敝若此，殊不称所望。"夔对曰："夔兵非不精，所以不敢即见者，恐惊从人耳。"顷之，班声如雷，江水如沸，声止，圆阵即合，旗帜精明，器械森然，沙上之人弥望若林立，无一人敢乱行者。
>
> ——《宋史》卷四百一十六"余玠传"

对于王夜叉，余玠是非除不可，但他手下的兵将却是南宋的重要武力，也是守卫四川的主力之一，绝不能损失。余玠没有轻举妄动，怕出意外危及四川的安全，谋划良久，摸清了王夜叉的底细，方用奇计，晚上招王夜叉议事。

王夜叉接到议事的通知，离开军营前往余玠的帅府。他前脚刚走，余玠的亲信杨成就单骑进了军营。众兵将愕然不知发生了什么事，杨成坦然宣告，说奉余玠之令接管军队。兵将们稍作犹豫，便纷纷祝贺杨成，并依次拜见。而王夜叉的结果也很简单，他随即就被杀掉了。而在稳定了利戎军后，杨成被任命为文州刺史，利戎军急需一个新的都统。

这时候，余玠的麻烦来了。

余玠虽是四川的最高首脑，但四川仍有主管军事的官员。余玠心中有了新都统的人选金某，主管军事的官员却循惯例，举荐姚世安为利戎司的都统，姚世安本就是利戎司的将领，在任命下来之前就控制了利戎司，以都统自居。

个性极强的余玠却对军中的惯例大为不满，不顾姚世安已经控制了利戎司的实际情况，命金某带三千兵马到利戎司所在的云顶山，欲强行接管兵权。姚世安被逼得急了，干脆一不做、二不休，关闭了云顶城门，拒不接纳金某。

情况糟糕到了极点。云顶城本就是余玠来后修筑的，城高墙厚，极难攻克，起码以三千兵马是难以攻下来的。而双方都是南宋的军兵，攻克与否都会产生大量的死伤。余玠最终没有意气用事下令攻城，但心中的郁闷气恼可想而知。

当然，姚世安事后也非常害怕，这样子公然与蜀帅对抗，以后的日子不会好过。于是他动用关系联系上了在朝中做宰相的谢方叔。谢方叔嘱咐他暗中搜罗余玠的过错，随后在宋理宗面前诋毁余玠，说他"擅专大权，不知事君之礼"，宋理宗遂招余玠入京述职，而更糟糕的是，余玠接到还京述职的诏令后，忽然间一夜暴毙。

余玠虽在抗击元军的第一线，但他并非军人，而是文官，秉承宋朝一贯的原则以文御武，并做出了不凡的业绩。时人及后人在惋惜余玠过早去世，谴责姚世安、谢方叔时，却往往忽略了以文御武的弊端，以及余玠在处理此事时手法的粗劣。

很显然，余玠处理姚世安事件时不冷静，显得太急迫了，他完全可以徐徐图之，不需要剑拔弩张地逼姚世安，逼得姚世安狗急跳墙，也让余玠自己非常难堪。所以，作为大帅，余玠对军队的掌控无法与孟珙相比。

严格来说，余玠不能算第一代抗元人物，只能算一代半。元朝军队南下之际，孟珙已是享有大名的战将，而余玠此时的军事生涯才刚刚起步。不过，在蜀中广筑城堡是他最大的功绩，筑城的时间恰好是元军第一次大规模南下的后期，所以余玠不能归于二代人物之中，一代半的定位相对较为合适。

三、贾似道，孟珙亲选的接班人

《宋史》将贾似道列入奸臣，传记里几乎全是贬损之词，说他从小就荒唐胡闹不务正业，当官后更是变本加厉，欺上罔下渔色赌博玩闹不理国事，总之说他一无是处。关于贾似道坚守鄂州城的功绩却一字不提。

当时是公元1259年，元朝第四任大汗蒙哥在位，发动了第二次大规模攻宋战役。蒙哥自领主力从西路杀入四川，由乃弟忽必烈领兵进攻南宋的中路，九月初四，忽必烈强行渡过长江，围住鄂城后不停歇地攻打，鄂城顿时危在旦夕。

忽必烈属雄才大略之辈，又是久经战阵的人物，因急于攻下鄂城立功，各种攻城手段层出不穷，但贾似道在最危险的时候进入鄂城，亲自指挥守城作战，与忽必烈斗智斗勇，并最终守住了城池。没有这份功劳，此后的贾似道不可能有那么大的威望在朝中兴风做雨，朝廷重臣也不可能将他当周公看待。

流传下来的史料文字中，对鄂城保卫战或贾似道在此战中的功绩也有大事赞扬的，如词人刘克庄，他对贾似道便大加赞扬："以衮衣黄钺之贵，俯同士卒甘苦卧起者数月。汔能全累卵之孤城，扫如山之铁骑，不世之功也。"（《后村先生大全集》卷一百三十二）如文天祥："己未鄂州之战何勇也。"但更权威的是《元史》中忽必烈对贾似道的评价，其中还提及贾似道作环城木栅的事："昔攻鄂时，贾似道作木栅环城，一夕而成，陛下顾扈从诸臣曰：吾安得如似道者用之。"（《元史》卷一百二十六"廉希宪传"）这段话是元臣廉希宪说的，他口中的陛下就是忽必烈。忽必烈看重贾似道，对他在防守鄂城时表现出来的才能大加赞赏，另有史料可与"廉希宪传"中的内容相印证：

（蒙古军久攻鄂城不下）诸将归罪士人，谓不可用，以不杀人故不得城。（忽必烈）曰：彼守城者只一士人贾制置，汝十万众不能胜，杀人数月不能拔，汝辈之罪也，岂士人之罪乎！

——《元史》卷一百二十六"郝经传"

其中的"贾制置"，说的就是贾似道，他那会儿是京湖制置使，兼江陵知府。

以忽必烈的地位权势，他实在没必要故意奉承抬高贾似道。而鄂州城在初步转危为安后，南宋朝廷又命令贾似道突围出城，转移到黄州组织新的防线。这在当时十分危险，毕竟鄂州已被忽必烈包围，且元军的野战能力很强，在没有城池依托的情况下，带少量兵力出城转移可谓冒险之至，但是贾似道在危险面前没有退却，他忠实地按朝廷的命令做了，在七百宋兵的护送下就出了城，遭遇蒙古军后打了一仗，终于安全地到了黄州，立即着手组织第二道防线。

其实，在得忽必烈看重之前，贾似道还得到另一个重量级人物的欣赏，这个人就是孟珙。孟珙以善于相人著称，他认为贾似道有卓越的军事才能，他死后有遗表上奏朝廷，请求以贾似道代替自己的职务：

> 珙卒，遗表举贾似道自代，而荐庭芝于似道，庭芝感珙知己，扶其枢葬之兴国，即弃官归，为珙行三年丧。
>
> ——《宋史》卷四百二十一"李庭芝传"

孟珙的举荐、忽必烈的夸奖，以及在鄂城保卫战中的出色表现，足以说明贾似道不是那种只知吃喝玩乐的花花公子，他在军事上的本领即便比不上孟珙，但绝对不会很烂，否则孟珙就是有眼无珠，忽必烈的夸赞就是胡说八道。而孟珙一代战神，又有善于相人的名声，不可能有眼无珠，忽必烈更不可能是胡说八道的那种人。

孟珙举荐贾似道代替自己，除了欣赏之外，可能认为贾似道的才能足以做一个地方军政大员，守土抚民。但是，南宋朝廷当时无人可用，宰相走马灯似的换，却没人能在朝堂内站稳脚跟。于是贾似道被破格重用，援鄂城时，还未进城，他就在军中被拜为右相，鄂城之战后，贾似道披上了英雄的光环，光芒耀眼，于是他顺理成章地进入朝堂，以其手段迅速攫取了权柄，成了一代权臣。

手握大权，贾似道自然不甘寂寞，当时的严峻形势也不容许他无所作为，贾似道大刀阔斧地就干开了。他先弄了个"打算法"，派人审计军中将领的开支，又搞了个"公田法"，限制官僚地主的土地数量。这两个法令的出台，都是在南宋财政趋于枯竭的背景下用于救急的，前者为了节流，后者则为了开源。但"打算法"逼得刘整投降蒙古，并逼死了曹世雄、向士璧等，削弱了宋军的实力，而"公田法"虽为缓解财政危机起了相当的作用，可此举得罪了一大片占有土地的官员，为他后来的身败名裂遗臭千古埋下了伏笔。

客观地讲，贾似道若是只做一个地方大员，治理数州之地，防守城池要道，他是一个相当不错的人选。此前他做湖广统领，知江州兼江南西路安抚使，再迁京湖制置使兼知江陵府，都做得不错，在鄂州保卫战中的表现也相当出色。但是做宰相，统领百官平衡各方，还要开辟财路约束统军将领，对他而言就有些难度了，无论是能力还是威望他都欠缺。

若是孟珙做宰相，文臣不一定服他，但统兵将领不敢不服，不能不服，他是身经百战的老将，资历及战绩都摆在那儿，将领们只有恭敬的份儿，哪敢生出其他心思。可贾似道没有多少战场上的资历，也就是打了一次鄂州保卫战这个大仗，凭借一次胜仗，要让将领们服他很难。另外他在朝中为官的资历也不够，没有深厚根基，否则推行"公田法"就不会遇到那么大的阻力，弄得朝野沸反盈天。

对此贾似道也没什么好办法，只能采取忽悠战略。夸大功绩，弄些无聊文人吹嘘自己，又以退为进，几次假意辞职，先在皇帝面前固宠，把理宗皇帝哄得团团转，一切事都全力支持他。这样他才能真正行使宰相的权力。

但贾似道的性子太急了，弄"公田法"、弄"打算法"，都是强制推行，谁不服就收拾谁，高压之下弄得人人自危，终于酿出了刘整叛逃之祸。

贾似道这样一个资历不够、能力并不很强的人之所以能做宰相，进而控制朝堂实行专权，实在是此时南宋人才凋零，已经无人可用。放眼朝野，看不到一个威望能力俱佳有宰相之才的能臣，朝堂上站班的那伙人也多为庸碌之辈，这才给了贾似道做权臣的机会。

试想在北宋仁宗年间，名臣如云，朝堂内外都是头角峥嵘之辈，如包拯、狄青、范仲淹、韩琦、富弼、庞籍、司马光、欧阳修、文彦博、唐介等，哪一个名字都是掷地有声。将贾似道放到这个时代，他那点儿小才根本就不值一提，别说做权臣呼风唤雨了，即便是混上朝堂站班也不容易。

所以南宋之亡，与其说是亡于财政危机，不如说是亡于人才凋零，因为不论何时，国家最大的财富永远都是人才，人才凋零之日，也就是国家灭亡之时。

四、吕文德

贾似道是孟珙举荐，并在孟珙死后才进入历史的视野，其成名之战鄂城保卫战也是元军第二次攻宋时的战役，所以他算是抗元第二代的人物。而吕文德与贾似道相交莫逆，相互勾结，其人生巅峰时期与贾似道基本重合，所以他也应算是第二代抗元人物。

鄂州之战后，贾似道进入朝堂做了权相，京湖、四川一代基本就交给了吕文德统管。元兵最后一次围攻襄阳樊城时，其弟吕文焕的官职是知襄阳府兼京西安抚副使，是防守襄、樊的主将，死守襄阳五年多，最后因援绝粮断而投降。因此，这弟兄俩与南宋兴亡的关系极大。

吕文德应算是南宋末年的一员猛将，善打硬仗。他长得人高马大、魁梧彪悍，其身高多少没有记载，但其曾经穿过的草鞋有一尺多长，由此推断其个头一定很高。赵葵招募他进入军伍也是凑巧，事情颇为有趣：

> 赵葵于道傍见其遗屦，长尺有咫，讶之。或云：安丰鬻薪人也，遣吏访其家。值文德出猎，暮负

虎、鹿各一而归，留吏一宿，偕见赵，留之帐前。

　　——《宋季三朝政要》，商务印书馆，1939，

第15页

　　从此吕文德就跟着赵葵开始了军旅生涯，他力气大、性子悍勇，在战场上屡立战功，因功逐渐升迁，成为一方主将。他是砍柴烧炭的出身，入伍前有一帮砍柴烧炭的穷兄弟，这些人后来知道吕文德发迹了，于是都来投奔。吕文德也不嫌弃，将他们都收为部下，作为自己的最信任依赖的武力班底。正因其部下多为烧炭人等贫苦民众，吕文德所统之军常被外人称作"黑炭军"。

　　黑炭军的战力不弱，在当时算是首屈一指的强军。不过吕文德因出身的关系，言行举止都很粗鄙，在宋代重文轻武的环境下，常被那些士大夫下眼看之。吕文德也不假充斯文，反倒以粗鄙为荣，做地方长官时，按惯例要去祭祀孔子，吕文德却不肯祭祀，反骂孔子"不曾教我识字"。

　　由此看来吕文德应该不认识字，即便做官后不得不勉强学习一点文化，但认识的字肯定十分有限。

　　粗鄙不文且以此为荣、扬扬自得，又公然蔑视调侃孔圣人，吕文德不受待见是肯定的。但黑炭军战力非凡，军中重要位置多是吕文德的兄弟子侄及相交好友，这支军队犹如他的私军，其他人看不惯也无可奈何。

　　令人诧异的是，粗鄙不文的吕文德对贾似道却热络得很，极力巴结讨好。鄂州保卫战时，吕文德、高达等好几路

援军进入鄂州城。那时候贾似道才被任为右相，威望有限，他过去又一直做的是地方管理及军队后勤保障一类事，没亲自打过仗，因此，要协调指挥这些过去互不统属的军队，难度确实不小。城中很多将领不服他，如高达、曹世雄等，每次开会商议守战大事，将领们各执一词相互争吵，把主持会议的贾似道弄得非常尴尬。这时吕文德就出声呵斥，说："宣抚在，何敢尔邪？"

贾似道入朝掌权后，吕文德与之来往更加密切，上下配合，形成了一种类似盟友的关系。凡吕文德举荐为官的人，贾似道便一路绿灯放行，而贾似道需要吕文德帮忙，如谎报军情等，吕文德也马上照办。

后世史家一般都把吕文德阿谀贾似道看作其不光彩的一面，我却觉得其中颇有积极的一面。鄂州保卫战中，诸将不尊重主持工作的贾似道，各行其是，明显不利于城池的守卫，若没有吕文德居中力挺贾似道，鄂州城或许根本就守不住。贾似道入朝掌权后也是一样，外有敌人虎视眈眈，而各地的将领又不尊重朝中的掌权者，心怀二意，这绝对是不能允许的。

想来吕文德、贾似道结盟也属于无奈，不受人待见的吕文德必须给自己找个靠山，而没有根基的贾似道则必须给自己找一个坚定的支持者，否则各地不听招呼，他岂不是被架空成了空头宰相。

吕文德大老粗掌军，打起仗来没话说，绝对是把好手。他也是身经百战的人物，且都是和元军打，因此对元军没有丝毫怯惧。刘整率泸州所属十五郡投降元人后，吕文德二话不说，立刻带兵打过去，很快就打败了刘整，将泸州诸郡又夺了回来。

但是，吕文德只是一员猛将，没有帅才，在洞察战场形势识破敌人计谋方面他差得太远，又有贪财的毛病。刘整设计在在樊城外设榷场，说是今后两国不打仗了，设榷场用以双方贸易。吕文德想也没想就答应了。接着刘整又派人以榷场安全为由，要求建筑围墙。吕文德虽心有疑虑，第一次没答应，可有劝吕文德的，一句"榷场成，我之利也，且可因以通和好"，吕文德就疑虑尽消，随即又同意了。刘整的计谋连吕文焕也识破了，派人送信给哥哥吕文德，可信件却被吕文德的亲吏陈文彬藏了起来。

当刘整与阿术领大军包围了襄、樊，且在城外大肆建设兀堡，吕文焕急着又向哥哥申报情况时，吕文德才大惊失色，恍然明白了刘整的计谋，气得顿足捶胸直喊："误朝廷者我也！"

拿吕文德与同样防守京湖一线的孟珙比，差距显而易见。

论死拼硬打的战力，吕文德或许不在孟珙之下，但论眼光、智谋，吕文德立刻相形见绌，无法与孟珙同日而语。

如果吕文德不死，由他率黑炭军援救襄阳、樊城，或许有成功的可能，但可能性也不是很大。因为忽必烈手下能征善战的将帅这会儿几乎齐集襄、樊，史天泽、阿术、阿里海牙、张弘范、李庭等，几乎都是智勇双全的人物，靠吕文德以蛮力硬拼，胜算的确不大。

可惜的是，吕文德就在这时因背上生疽而亡。这员猛将一死，南宋就更找不到援救襄阳的合适人选了。若是坚守城池、死战不退，南宋军中倒是能找出好些人选，可主动进攻，与敌人在荒野水上拼杀的将领，在孟珙之后似乎就难以寻找了。吕文德勉强算是一个，他一死，襄、樊两城的命运似乎也就定了。

五、张世杰

张世杰是归正人，犯了事从北边逃过来的。有人觉得他有奇才，推荐给吕文德。吕文德就招他为部下，先给了他个小校职位。张世杰对南宋非常忠心，打仗卖力，在抗击蒙古人的战场上多次立功，职位也就一个劲儿地升迁，最后被封为越国公。他是吕文德招募的人，又经吕文德培养提拔，因此算是抗元将领中的第三代。

当元兵在伯颜的率领下，逼近都城临安时，南宋朝廷慌了，急招统兵将领到临安勤王。可最后真正领兵到临安的人寥寥无几，而张世杰就是其中之一，这让宋廷上下感动不已，遂任命张世杰为保康军承宣使，总都督府兵。张世杰这时做了不少工作，派诸将夺取浙西诸郡，收复了平江、安吉、广德、溧阳好几个城池。

张世杰是宋末三杰之一，对南宋的忠心可昭日月，但是说起打仗，他却算不得优秀。张世杰打仗太死板，从没想过保存自己消灭敌人，老是死战到底的心态，不想着怎么消灭敌人，却先想着不给自己留后路。因此，一遇到元人的名将就一败涂地。在长江上与元将阿术的水战，就败得实在不该：

> （张世杰）令以十舟为方，碇江中，非有号令毋发碇，示以必死。元帅阿术载彀（gòu）士以火矢攻之，世杰兵乱，无敢发碇，赴江死者万余人。大败，奔圌山。
> ——《宋史》卷四百五十一"张世杰传"

在福州立七岁的赵昰为皇帝后，张世杰带兵护送赵昰由海路到泉州，在泉州被元兵所败，又辗转来到广东新会的崖山岛上。随后元将张弘范带兵追到崖山，双方在海上一场大战，决定了南宋最终的命运。

此时宋军战船有一千多艘，兵士人数应在四五万左右或者更多，而张弘范所领元军只有两万人，战船四百余艘。不论是兵士数量还是战船数量，宋军都占明显优势。但是张世杰的老毛病又犯了，不想着如何战胜敌人，却先将自己的所有后路全部切断。尽管有上次在长江上与阿术水战的教训，但张世杰似乎早就忘了，且这次做得更绝：

> 张弘范等兵至崖山，或谓世杰曰："北兵以舟师塞海口，则我不能进退，盍先据海口。幸而胜，国之福也；不胜，犹可西走。"世杰……曰："频

年航海，何时已乎？今须与决胜负。"悉焚行朝草
市，结大舶千余作水砦，为死守计，人皆危之。
　　　　　　——《宋史》卷四百五十一"张世杰传"

　　张世杰放弃了已经营多日的崖山岛，将岛上皇上赵昺及
兵士居住的房屋一把火烧了个干净，又将一千多艘战船全部
用绳索连了起来，在海湾里结成连环船，将皇帝赵昺乘坐的
大船围在中间。他认为这样可以防范士兵逃跑，激起大家的
死战之心。

　　这个决策拙劣至极。元将张弘范见机立即占领海口，截
断了宋军获取淡水和薪材的道路。没有薪材，宋兵无法取火
做饭，没了淡水，喝水马上就成了问题。

　　宋兵吃饭的问题倒是不大，无非是吃不上热乎饭了，大
家身带干粮，倒也饿不着，可喝水是个大问题。干粮越吃越
渴，渴得极了，大家只好手掬海水喝着解渴。可海水又苦又
咸，喝得宋兵既吐又泻，十多天的时间，宋兵就被弄得一个
个身无力气病歪歪的，哪还能有旺盛的斗志。

　　张弘范所率领的元军火攻了一次，没有成功，就大耍
诡计，每到吃饭时便奏乐。而到了总攻之日，以奏乐为攻击
信号。宋兵虽被海水喝得有气无力，可基本的警惕性还有，
勉强提神防备着元兵。可一听到元兵船上奏乐，大家立刻就
放松了，心想元兵要吃饭了，趁这工夫歇一歇。哪知乐声一
起，元人战船飞一样就冲了过来，大战突起。

　　就这样，一场大战下来，宋兵以倍数的兵力却惨败给了

元军，确实败得太冤，败得太不应该。

　　一代半的余玠，比起战神孟珙就有差距了，而第二代将领吕文德比起孟珙，差距就非常大了，更为可惜的是，第三代的将领张世杰，比起吕文德又差了许多。吕文德即便是个大老粗，不懂计谋什么的，可基本的作战常识绝对有，不会毫无来由地就将己方的生路全部断绝。"置于死地而后生"虽然有用，可死搬硬套地胡乱用，用得如此拙劣，恐怕只有张世杰指挥的崖山海战了。

　　三代将领，第一代的作战方式机动灵活，作战的目的很明确：打败敌人。为了这个目标，孟珙什么办法都用，偷袭、欺骗、骚扰、招降纳叛，兵不厌诈，种种计谋策略运用之下，孟珙总是以少胜多。而到了第三代张世杰时，情况刚好打了个颠倒，总是受敌人偷袭、欺骗、骚扰，兵不厌诈之下，被敌人以少胜多。

　　每况愈下，一代不如一代。

六、第三代文臣

　　孟珙抗击蒙古人时，宰相是乔行简，他算是与元人交战以来第一代文臣的代表。《宋史》上说他"历练老成，识量弘远"，但在抵抗元人入侵的大事上，他似乎没做出什么有特别贡献的事情，此人算是挺有眼光，但能力平平。贾似道算是第二代，虽然贾似道指挥过鄂州保卫战，但其身份是文臣，他更多的作为也是在宰相这个位置上。

　　贾似道之后，留梦炎被拜为左丞相，他却称病不出，谢太后亲临其家硬是将他请了出来，但这家伙没多久就降了元人。文天祥不久被拜为右丞相，这时，谢太后也已经投降了元朝，文天祥的任务只是作为使臣去和元军统帅伯颜谈判。

　　随即张世杰、陆秀夫等在温州拥立赵昰为天下兵马大元帅，成立了流亡政府。在流亡政府里实际起宰相作用的，是右丞相陈宜中，他之后则是左丞相陆秀夫。

　　陈宜中是个逃跑宰相，胆小怕事，毫无责任感。在临安时他的官职是同知枢密院事兼权参知政事，相当于副宰相。太学生上书指斥他的过失，陈宜中吓得立刻就跑回家，不敢来上朝了。在其母亲一再劝说下才回朝，也就是在时候，他才被任为右丞相。

　　谢太后此时已经决定投降，派人把降表及传国玉玺先送给伯颜。但伯颜要和宋朝宰相面谈投降事宜。陈宜中听说后，吓得又跑了。这次是乘船出海逃跑，从临安出海一直向南走，最后在温州附近的海面上漂泊。

　　陆秀夫等按谢太后的指示，带着南宋遗孤益王赵昰、广王赵昺到了福州，招陈宜中、张世杰等成立流亡政府。陈宜中这才上了岸，进入流亡政府。

　　流亡政府先在温州，后到福建的福州，在这儿立七岁的益王赵昰为帝，即宋端宗。后来又辗转泉州、九龙等处，最后的落脚点是崖山。

　　陈宜中以右相身份主持流亡政府的工作，能力及工作方法都十分拙劣，与几个主要大臣的关系也不和睦。他与陆秀夫意见不合，就弹劾陆秀夫，罢免了他的官，被张世杰一通指斥，说："现在都什么时候了，你还动不动就罢免人！"陈宜中吓得又马上召回陆秀夫。

文天祥被招到福州参加流亡政府后，和陈宜中也常因意见不合而生矛盾。他干脆就离开流亡政府，到外面召集离散士兵去了。

流亡政府到了广东海上后，陈宜中与武将张世杰屡生矛盾，弄得很不愉快。陈宜中遂宣称要去占城国借兵抗元，这一去是肉包子打狗，再也不回来了。据说他后来终老于暹罗。

陈宜中一走，主持流亡政府工作的担子就落到了陆秀夫身上，他被拜为左丞相。

流亡政府的日子不好过，海上漂泊，颠沛流离，疲于奔命。因为不断有元兵追击，他们先逃到南澳岛，在上面住了些日子，觉得不妥，又到了今香港九龙城一带，随即又上船转移到广州湾海面上。在这儿突遇台风，宋端宗不小心被巨浪卷入海中，虽被救起，但受此惊吓一病不起，随即去世。

端宗一死，人心离散，觉得南宋到此就彻底完了。陆秀夫说："度宗皇帝一子尚在，将焉置之？古人有以一旅一成中兴者，今百官有司皆具，士卒数万，天若未欲绝宋，此岂不可为国邪？"遂立七岁的卫王赵昺为帝。

一行人辗转又来到崖山岛上，陆秀夫指挥在岛上伐树架屋，上覆茅草，既有皇帝太后的居所，还建兵营供士兵安歇。虽然流亡在外，可陆秀夫每次面见杨太后和赵昺时，陆秀夫仍像在临安上朝时一样，手中拿着笏板，一脸端庄严肃。

崖山海战宋军一败涂地，张世杰砍断拴船的绳子，带着十一艘船冲了出来，又派人找陆秀夫欲接走卫王赵昺，以图再举。当时形势混乱，陆秀夫不放心将赵昺交给来人。此刻的他一手仗剑，先逼妻子跳海自尽，然后背负赵昺蹈海而死。

陆秀夫的忠义、气节光照千古，值得后人永远敬仰。作为宰相，能以死尽忠自己所服务的王朝，这在任何时候都值得尊敬。

但是，此刻的南宋，不只需要效死的忠臣，更需要忍辱负重不拘一格的开创性人才，带着南宋小朝廷走出一条新路。陆秀夫有忍辱负重的勇气，但没有不拘一格的开创性思维。感觉他太死板，没有战略眼光，只拘泥于一时的失败，只想着以死尽忠，却没想过或许逃走以后另有生路，在他处也可以延续南宋的道统。

当小朝廷在福建、广东一带海上漂泊，被元兵追得狼狈躲避时，身为宰相的陆秀夫就该为一行人的去向、命运做安排了。此刻他就是这批人事实上的首领，皇帝是个几岁的小孩子，而杨太后长居深宫，对外面的事情不了解，宰相此刻就该拿主意，一是让这批人活下来，二是延续宋朝的道统。

但是，陆秀夫领着大家只是在近海打转转，被小股的元兵打得四处乱跑。这不是个事呀，既然打不过元兵，就先逃跑，保存实力以图将来。远的不说，逃往台湾总行吧。二十多万人，一千多艘船只，其中有士兵，有将士家属，有宫女，有官员，这么多的人这么好的人口结构，在台湾这个化外之地完全可以定居下来，并繁衍生息发展壮大。

南宋时期海外贸易繁荣，台湾对宋人来说并不神秘，那会儿台湾的名字叫作琉求，除了做贸易的商人知道此地之外，福建广东一带的百姓携家带口移居台湾、澎湖列岛的也大有人在，一般的船工舵师也清楚其方位。诗人陆游的"感昔诗"便是例证：

> 行年三十忆南游，稳驾沧溟万斛舟。
> 尝记早秋雷雨后，舵师指点说琉求。

但是看不到陆秀夫试图带领大家逃命的记载，陆秀夫与张世杰的思维相似，总是将自己置于死地，总是想着以身殉国，对逃亡他处似乎根本不予考虑。

也可能是他们耻于逃跑，觉得即便死也要死在宋朝的疆域里。可当时的台湾尚为化外之地，谁占了就是谁的疆域，在那儿再建一个宋朝又有何不可。不去台湾也行，稍微偏一下航向，就是今日的菲律宾，当时这儿叫摩逸国，人口不多，各方面都比较落后，但与宋朝有贸易往来，且十分仰慕宋朝的文化，去这儿落脚也是个不错的选择。即便不能建国，暂寓此处，将宋朝文化、先进的耕作技术、手工业生产技术等带到这儿，对自己、对当地居民都是天大的好事。

还是那句话，人才，缺乏人才会导致国破家亡，而国破家亡后要复兴，更需要人才。需要不拘一格的开创性人才。可惜南宋到了末期，缺乏的就是这类人才。

第五章　两难抉择

　　南宋末期，人才的缺乏是其致命伤，不但朝中缺乏高瞻远瞩的宰辅人才，军队里也缺乏斗志旺盛有卓越战力的武将，在孟珙去世后这种情况更加严重。深知南宋底细的刘整在降元后就说："南人唯恃一黑炭团。"这话虽不全对但确有几分道理。

　　襄阳被围后不久，吕文德就因病而死，吕文焕顺理成章地成了吕氏军事集团的掌门人。当襄阳城坚持了五年多之后，基本到了弹尽粮绝的地步，守城将领吕文焕最后选择了投降。随即他就被忽必烈封为昭勇大将军，充当元人灭亡南宋的先锋，率军向东南的临安方向，一路上招降纳叛，为后续元兵开路。掌门人亲自招降，由黑炭团把守的城池自然纷纷倒戈，元军几乎没打几次硬仗就到了临安城下。

　　事实上不只是黑炭团迅速投降，即便是内地的州府，也是拼死抵抗的少，望风而降者多。《元史》记载元将阿里海牙坐镇鄂州，遣使说降的情景："遣使徇郴、全、道、桂阳、永、衡、武冈、宝庆、袁、韶、南雄诸郡，其守臣皆率其民来迎。"（《元史》卷一百二十八"阿里海牙传"）在阿里海牙以利诱与武力并用的情况下，荆南、淮西、江西、海南、广西等地五十八州迅速归顺了元人，这么多地方也并非没有一点儿抵抗，但抵抗的城池明显很少。"阿里海牙传"中以轻松调侃的口吻叙述其口舌劝降的威力："大率以口舌降之，未尝专事杀戮。"

以口舌降之当然是建立在强大的武力基础上，元人的武力与杀戮已经瓦解了南宋军民的斗志，这才有了望风而降的效果。至于什么元军纪律好，连宋人种的菜也不动一棵，因而"民大悦"，则完全是无耻的谀美之词。"恐惧"是望风而降的主因。

因此，襄阳城破，吕文焕投降后，南宋就注定了灭亡的命运。

下围棋有复盘一说，将每一步落子的情况重复一遍，仔细推敲，看哪一步或那几步关键的子儿没下好，用以总结提高棋艺。南宋的灭亡，也是一步步落子走出来的。若是复盘的话，可以看出，刘整叛逃是一个关键事件，樊城外设榷场筑围墙又是一个关键事件，这两件事南宋方面的落子不妥，致使情况恶化。

但即便棋盘能重来一次，这两件事的处理方式也难以更改。贾似道为了开源节流，行"打算法"是必然的，而为了如臂使指树立威权，对那些不服自己的将领进行排挤整治也是必然的，因此刘整的叛逃在所难免。而樊城外设榷场筑围墙的事，吕文德的智力就是那个水平，即便这一次不许元人设榷场筑围墙，刘整肯定会想出别的办法让他上当。

但还有一个关键事件却是可能更改的，南宋朝廷当时为这事也争吵过，犹豫了好久，这就是联蒙灭金还是联金抗蒙的抉择。这一步如果走对了，南宋无疑就会躲过这一次的灭顶之灾。

如果联合金国共同对抗蒙古，有金国的屏障，战场处于金国的土地上，南宋经济不致受到大的影响，财政也不至于特别恶化。虽说联合，南宋并不一定要派军队参战，只需给予金国一定支援就行了，比如军粮、弓矢等战略物资。金国此时虽被元人赶到了黄河以南，但金人紧守着黄河、潼关两个天险，元人一时也没有办法攻破。

有了南宋这个稳定的后方，金国没了后顾之忧，粮食及军用物资又得到供应，元人要将其彻底灭掉就难了。金国的实力还是不容小觑的，它在抗蒙的同时，还与西夏、南宋鏖战不休，即便这样，元人用了二十多年才灭掉它，最后一击还是与南宋联手。

可以想象，金国在南宋的支持下，即便最终击退了蒙古人，幸免被其灭掉，整个国家也已经残破不堪，筋疲力尽，再要欺负南宋恐怕不行了，心有余而力不足。而南宋躲在金国之后养精蓄锐，国力尚在，此刻的选择就多了。

不过，这个设想实现的难度极大，南宋与金国的仇太大恨太深了，金国将南宋欺辱得太过分了，南宋朝野很难冷静理性地看待金国的存亡利害。

一、世仇金国

南宋与金国对峙了一百多年，两国大致以淮水—秦岭一线为界，南宋在南，金国在北。两国间时而战争，时而讲和。南宋人最恨的国家就是金国，因为北宋就是被金国灭了的。

金国的女真人本属辽国治下，僻居于东北一隅，以渔猎为生，日子过得困窘至极。辽国的统治者契丹人从没关心过这个民族的生死，只是不断地要求他们进贡马匹、东珠和海东青。这个民族的存亡无关辽国的大局，辽国太大了，幅员万里、民族众多，女真只是其中一个很不起眼的存在，人数既少、出产也不丰富，因此无法得到辽国的重视。

但是后来穷困窘迫的女真人中出来了一个枭雄——完颜阿骨打，他领着女真人造反了。女真人打起仗来简直就是凶神恶煞，悍不畏死地往前冲，他们几乎天生就是战士，不用训练，骑马射箭的水平就是一流的。而完颜阿骨打不但武勇，而且智谋非凡，领着一群如狼似虎的族人，将辽国的军队打得毫无还手之力。

很快完颜阿骨打就打出了一片地方，建立了金国，并继续猛攻辽国，要置其于死地，彻底灭了它。

契丹人也是游牧民族，从小就在马背上长大，号称弓马娴熟。面对宋人的步兵时，契丹的骑兵来去如风，当其举起马刀列队向宋兵冲锋时，那种剽悍凌厉简直难以匹敌。可当契丹人面对女真时，情况不一样了。女真人的弓马比他们更为娴熟，女真人比他们更为彪悍凶蛮，女真人冲锋时比疾风还快，马刀砍下来时更为凌厉狠辣，于是契丹人害怕了。

当然，不是女真人天生神力，也不是女真人的战马品种优异，而是契丹人变弱了。在女真崛起之时，辽国建国已经一百多年了，作为统治者的契丹人，锦衣玉食、声色犬马，让他们的体质大不如前，和宋人频繁交往的同时，他们又爱上了宋人的诗酒风流，学起了宋人的诗词文章，弄得脱胎换骨，早已不是当初那些悍不畏死的契丹人了。

不堪金国攻击的辽国派人求救于宋朝，那会儿自然是北宋，希望宋人能提供援助，帮辽人对付金国，毕竟辽宋曾经约为兄弟之国。

但此时宋人却派了使者联络金国，表达与金国结盟共灭辽国的愿望，并希望在灭亡辽国之后，将燕云十六州纳入宋朝的版图之内。

燕云十六州一直是北宋人心中的痛。十六州上生活的都是汉人，却被契丹人统治着，而北宋没了这十六州，失去了长城一线，没了抵挡北方游牧民族的屏障，契丹人的骑兵随时可以南下，华北一望无际都是平原，拿什么来抵挡快速机动的骑兵呢？

为了燕云十六州，北宋与辽国大战过，连皇帝也御驾亲征，但仍旧没有收回来，还不得不屈辱地向辽国纳币求和，每年供奉给大辽的绫绢与银子合计三十万匹两，后来更增加到五十万匹两。北宋一直视此为奇耻大辱。但是辽国军力不弱，北宋只能供奉岁币以求安宁，要收回燕云十六州成了缥缈难及的梦想。

如今有了灭亡辽国的机会，北宋朝廷自然是欢欣鼓舞。

辽国急了，为了保住国家，再三派使者南下，祈求北宋不能与金国结盟，而应帮助辽人抵挡金国，直言唇亡齿寒，女真人虎狼之性，若辽国被灭，宋人就失去了北方的屏障，金国必将成为宋人的梦魇。辽国这时也真的无路可走了，完全放弃了过去的大国架子，为了求得宋人帮助，竟愿意向宋朝称臣。

当时宋朝在位的皇帝是宋徽宗，他毫不犹豫地拒绝了辽国的请求，却一个劲儿地派使者从海上坐船前往金国谈判，多次谈判后双方终于达成了协议：联合灭辽，然后宋收回燕京所属州县，而将过去送给辽国的岁币转送给金国。史称"海上之盟"（有关"海上之盟"的详情，请参阅本书第七章"作死的北宋"）。

宋、金结盟后，很快就将辽国灭了，不过悲惨的是，宋人只得到了一座空无一人的燕京城，城内人都被金人掳走了，燕京所属州县也一样，人口财物被金人一卷而空。更糟的是，金人不久之后就找了个借口，铁骑浩浩荡荡地南下宋朝境内，屠城略地，要置北宋于死地。

金人的借口是宋朝擅自接纳金国叛将。

这个叛将名叫张觉，原是辽国的将领，投降金国后，被封了官，出任南京留守。此刻金国将平州称作南京，完颜阿骨打将燕、涿、易、檀、顺等州都交给了宋朝，却不愿将平州交出去，还将燕、涿、易等州的人口强行迁移到平州，宋朝对此虽然不满，却也无计可施。

张觉虽降了金国，但他是汉人，觉得自己的归宿是宋朝，于是他举城降了宋朝。宋徽宗大为高兴，当即就接纳了他，任命他为泰宁军节度使，管治平州一带地方。

但是金国不答应了，立刻派兵征讨张觉。多次交锋后张觉战败，逃入宋人据守的燕京城，金兵随即包围了燕京，逼迫宋人交出张觉。防守燕京的宋将王安中遂杀了张觉，将其头颅交给金人，希望以此平息金人的怒火。

但女真人的怒火不是这么容易平息的，这时候金国开国皇帝完颜阿骨打已经去世，女真皇族的少壮派早就看上了宋朝的花花世界，觉得宋地富裕繁华，一个个眼红着想占了宋朝的江山。在少壮派的不断催促下，金国的第二任皇帝完颜晟以宋私自收容金国叛将为理由，发兵南侵。完颜晟是阿骨打的弟弟。

在当时，金兵的彪悍无与伦比，其残暴也无与伦比，南侵的过程中烧杀抢掠，动不动就屠城。宋朝的军队被打得毫无招架之力，金兵很快就打到了黄河以南，兵临汴梁城下。

宋军据城而守，各地勤王的宋军也源源不断地开来，宋徽宗又派出大臣出城求和，好说歹说，又拿出大量的金银财宝绸缎绫绢作为赔偿，女真人这才勉强退兵，携带着大量的财物、掳掠来的人口北返。

但时隔不久金兵又第二次南下，再次包围了汴梁城。这一次他们终于进入了汴梁的外城，制造了让宋人没齿难忘的靖康之耻。

这时候宋徽宗已经退位当起了太上皇，其子赵桓继位为帝，是为宋钦宗，他即位后用的年号就是靖康，这是北宋最后一个年号，也是南宋人提起来就咬牙切齿的两个字。

二、靖康之耻

金兵当时虽进了外城，占领了城墙，却没有攻打皇城，也不下城墙，宣称要与宋朝和谈，说自古就有南北之分，他们也不想灭了宋朝，只想与宋朝谈谈割地赔款的问题。

宋钦宗派了大臣前往金兵指挥部所在地青城，这是汴梁城外的一个小地方，因金兵营寨立于此，故称青城寨。金兵西路军元帅完颜宗翰、东路军元帅完颜宗望就住在这儿。他们希望与宋朝的太上皇，即宋徽宗面谈，并以满城百姓的性命相威胁，说见不到宋徽宗就要屠城。

宋钦宗身为人子，不能让自己的父亲犯险，就自己亲至青城，言称太上皇受了惊吓身体不适，实在不能前来，一切事宜都由自己代表。金人就让他写了降表，摆下香案面向北方金国首都的方向，请宋钦宗以臣子之礼先舞拜一番，然后宣读降表。

这一次倒好，宋钦宗受了些羞辱折磨又被放了回来，但第二次再入青城时，宋钦宗被扣了下来，金人随即传令，要求宋朝庭割地赔款。

割地倒也罢了，虽然肉痛，但割了就割了，可赔款数字太大，一下子难以筹措过来。金人要求赔偿金子一百万锭，银子五百万锭，绫帛一千万匹，马一万匹，少女一千五百人，女乐一千五百人，各种工匠三千人等。并要求将宋廷最为美貌的福金帝姬送入青城和亲。宋朝没有公主之称，皇帝的女儿叫作帝姬。

宋钦宗这会儿慌了，思来想去没有办法，只能指示大臣竭力按金人说的去办。

三天之后，福金帝姬夹杂在一批女乐中被送入青城金营。福金帝姬吓得面无人色，金军元帅完颜宗望命他的侍婢柔声安慰，设法将帝姬灌醉，当晚这厮就将帝姬给强奸了。

金人索要的金银绫绢等物，由朝中大臣协同开封府筹措。大宋的府库没有这么多金银绫绢，只能从民间搜刮勒索。

开封府奉旨出动，先命城中富户官员家出资犒军，金银绫绢马匹都要，将城中富户官员全部搜刮完毕，仍不够，继续搜刮中等人家，最后连城中的穷人也不放过，少女倒是寻够了，可金银仍差得太远。

宋朝大臣只好哀求金人减少金银数量，多次哀求后，金人给了个折中办法，准许宋朝拿人顶替金银，当然，不是随便胡乱什么人都能顶，金人重点要的是宋朝的公主、王妃等，并对这些人按身份贵贱标了价目：

> 契勘庶人手允事目，帝姬、王妃一人准金一千
> 锭，宗姬一人准金五百锭，族姬一人准金二百锭，
> 宗妇一人准银五百锭，族妇一人准银二百锭，良家

女一人准银一百锭。

——《靖康稗史之四》"二十二日"条

这个价目经宋钦宗签字同意，开封府也记录了一份。不过这些人并非全要，须得由金人选择性地接收，他们要挑肥拣瘦。

对于金人的要求，宋廷里自有官员赶紧照办，最后，公主妃嫔宗室官员之女等五千多人由开封府经手，络绎不绝地送入青城营寨。金人挑挑拣拣，淘汰了两千，只接收了三千人。他们随即将这些女子分了很多给各将军享用，官级高的多分几个，低的少分些，谋克级别以上的几乎人人有份。

金人随即招大批宋官入青城寨，命宋钦宗与众宋官下跪听旨。说是金国皇帝的旨意，废宋钦宗为庶人，并当场强行脱去他的皇帝衣冠。宋大臣李若水抱着宋钦宗的胳膊不让脱，旁边的金兵立刻就上来将李若水拉到一旁，乱刀砍死。

第二天，金人元帅完颜宗翰、完颜宗望一大早离开青城，带兵到汴梁南薰门瓮城。命宋徽宗带所有皇室人员前往。中午时分，宋徽宗带着自己的妻妾，宋钦宗的后妃，在京的所有亲王、公主、驸马，宫女等乘车坐轿赶往南薰门，当即就被金兵强行带往青城。

完颜宗翰斥责宋徽宗破坏宋、金之间的盟约，要求一众公主、宗妇、亲王的妻妾都嫁给金人，说是和亲。宋徽宗这时难得地表现出了硬气，坚决不许，说让她们离异再嫁有悖人伦。完颜宗翰、宗望一齐冷笑，说："不允和亲的话，你们就都是俘虏，你觉得很有面子？"宋徽宗气得发抖，说："我与你叔各主一国。国家各有兴亡，人各有妻孥，请二帅熟思。"完颜宗翰说："自来因俘皆为仆妾，因先皇帝与汝有恩，妻子仍与团聚，余非汝有。"

金人这一段时间不断派兵进汴梁搜寻赵宋皇室的漏网之鱼，凡宗室人口、宫女等，都逮住带往青城。与此同时，金军将帅在青城大开宴席，令被俘的后妃公主贵妇等陪酒，其间少不了搂搂抱抱各种下流猥亵动作。宋室的后妃公主哪受得了这个，免不了要反抗，但反抗的结果就是当场处死，也有女子受不了这个侮辱而自杀的。金人李天民所著的《南征汇录》对此记录详细，读之令人心酸：

> 是夜，国相宴诸将，令宫嫔等易露台歌女表里衣装，杂坐侑酒。郑、徐、吕三妇抗命，斩以徇。入幕后，一女以箭镞贯喉死。烈女张氏、陆氏、曹氏抗二太子意，刺以铁竿，肆帐前，流血三日。

这儿所谓国相，指的是时任西路军监军的完颜希尹，二太子指的是完颜宗望。宋室的妃嫔公主等在他们眼中连妓女也不如，敢不听话就杀，而且是虐杀，并以被杀者威胁其他人：敢不听话，这些人就是下场。

靖康元年金人围城、破城，当他们将在京的宋朝皇族一网打尽，将皇族妇女也搜寻净尽，将汴梁的工匠全部找到，又搜刮到了尽可能多的金银绫绢骡马大车后，已经是靖康二年的三月之末了。

金人开始用大车拉着赵宋皇族、抢掠来的女子及各种财物分批北上。将行之际，宋钦宗两眼望着汴梁城，伏地大哭着告别。宋徽宗央求金人将钦宗及皇室其他人员留下，说所有的罪错都由他一个人承担，其他人没有参与朝政，但金人根本不许。

一路上殴打、强奸不断发生，宗室女子及抢来的民女不断病死，或者自杀身亡。

好不容易到了金国的首都会宁，宋徽宗、钦宗被强迫穿上丧服，由金兵押着去完颜阿骨打的寺庙中拜谒，随即他俩又被押送到更北的五国城，宋徽宗被软禁在那儿一直到死。而一路上侥幸未死也未被金将抢走的女子，大多都被送进了金人的洗衣院。

赵构是唯一逃出来的皇子，他是宋徽宗的第九子，当时领兵在外，因此逃过了一劫。此后赵构即位为帝，在长江以南的临安建都，延续宋室的道统，史称南宋。

三、联蒙灭金？联金抗蒙？

1214年五月，金国被蒙古人打得狼狈不堪，失去了北方大片土地、财物，主力部队也被蒙古灭掉一多半，为避蒙古人的锋芒，金人将首都从中都，即今天的北京，迁往河南的汴梁——宋人曾经的首都。

同年七月，金国派使者到南宋临安，告知迁都之事，立刻在南宋朝野掀起了轩然大波。

南宋朝野从来都没忘记过靖康之耻，这是宋人的奇耻大辱，刻骨铭心，渗进了血液之中。金人不但灭了北宋，铁蹄南下侵略南宋的战争也多不胜数，强迫南宋签订条约，每年向他们进贡银子与绫绢，即岁币，还逼南宋皇帝称臣、称侄，极尽欺辱之能事。

如今金人竟然更进了一步，雀巢鸠占，将昔日宋人的首都当作自己的首都，可恨可恼！在恼恨之余，南宋朝野同时躁动不已，因为此刻的金人已是丧家之犬，被蒙古人打得落荒而逃，他们是被迫迁都，无法在自己原来的首都待下去了，迫不得已之下才迁来汴梁。也就是说，此刻的金人已经落魄，不复当年之悍勇。

金人落魄，宋人自然高兴不已。于是，关于如何对待落魄的金人立即就成了南宋朝野的热门话题。大臣们就这个问题各抒己见，奏章雪片般呈上朝堂。这些奏章虽议论各异，但大致可以分为两类，一类主张趁他病要他命，落井下石一雪前耻，另一类则认为强大起来的蒙古人比金人更为危险，对南宋的威胁也更大，应有限度地支持金国，让金国作为南宋与蒙古人间的缓冲地带。

主张第一类观点的人以秘书郎真德秀为代表。真德秀在奏章里首先强调国耻不能忘，认为南宋与金国有万世必报之仇，然后提出了上中下三策："练兵选将，直捣虏巢，若勾践袭吴之师，此上策也；按兵坚垒，内固吾圉，止使留币，外绝虏交，若晋氏之不与敌和，而鉴其宴安江沱之失，此中策也；以救灾恤邻之常礼，施之于茹肝涉血之深仇，若谢元之助符丕，此下策也。"

简单地说，他的上策就是趁机攻打金国，收复失地；中策是与金国绝交，不再给其岁币；下策则是救助抚恤金国。

很显然，真德秀希望朝廷按上策行事，直接进攻金国，趁机灭掉它报仇雪恨，即便实施上策有实际困难，至少也该采取中策，坚决不能行下策。

另一类主张以淮西转运判官乔行简为代表人物。乔行简在奏章中说："强虏渐兴，势足以灭金。金，昔吾之仇也，今吾之蔽也。古人唇亡齿寒之辙可覆，宜姑与币，使得拒鞑。"

乔行简认为金国虽是昔日的仇敌，但却是今日的屏障，应该继续给其岁币，让它有力气与元人周旋厮打。

朝中大臣们讨论时，支持真德秀意见的人占了绝大多数。直捣虏穴报仇雪恨太有号召力了，宋人被金人欺辱了百年，其仇不共戴天，如今有了报仇的机会，大家自然热血沸腾群情激昂，恨不得立刻就整军出发将金国打个落花流水。相较而言，乔行简的意见太客观太冷静，带着冷血般的理智，让大家难以接受。

朝堂上的争论倒没什么，更糟的是消息传到了外面，让太学中的学子们也知道了。太学中都是年轻的读书人，一腔热血涌流，眼中容不下半粒沙子。那时候理学在年轻人中已经大肆传播，理学以严酷要求他人著称，绝不与敌人妥协。而真德秀是朱熹的再传弟子，几乎相当于理学的掌门人，在一般读书人中享有很高的威望。于是，太学生们闹起来了。

　　在黄自然、周大同等人带领下，大批的太学生出了太学，浩浩荡荡地来到皇宫南面的丽正门前，一齐跪在那儿向皇帝请愿，要求杀了乔行简以谢天下。太学生们个个都是热血青年，他们从前辈先生的口中无数次听过曾经的靖康之耻，所以一提起金国金人，就恨不得生啖其肉生饮其血，在他们心中，谁替金人说话谁就是卖国贼汉奸，必须处死。

　　学生们忘记了北宋时曾经与金人结盟共灭辽国的事，大多数朝臣似乎也忘记了曾经的海上之盟，当时辽人派使者苦苦哀求宋朝支援他们，说唇亡齿寒，说辽是宋人的屏障，灭了辽国，宋人不受其利反受其害。大家只记住了靖康之耻，却忘了靖康之耻之前的那些因果。

　　这时的皇帝是宋宁宗，掌权的宰相是史弥远。本来这两位还犹豫着，想好好斟酌一下利弊，在两种意见中慎重选择，可被学生们这么一闹，觉得压力山大。于是决定采用真德秀的中策，先扣留岁币不给，以观形势。

　　虽然宋宁宗、史弥远有观望之意，并未断绝以金国为缓冲之地的想法，只是迫于朝内朝外的呼声暂停岁币，但金国没给他们进一步观望的机会，也没派使者前来陈说唇亡齿寒的利害关系，祈求南宋伸出援助之手。

　　此刻金国的君臣比南宋君臣更昏庸，更短视，也更弱智。如果说，联金抗蒙最终没能实现，南宋君臣该担二分责任，那么金国君臣就该担二十分责任。毕竟宋宁宗、史弥远留有余地，没有采纳真德秀所说的上策，没有直接发兵攻打金国。可狂妄弱智的金国君臣不理解南宋的难处，不了解靖康之耻在宋人心中的分量，他们竟然以岁币不至为借口，主动发兵攻打南宋，让宋金结盟的希望彻底破灭。

这时候，金国的皇帝是完颜珣，他是金国的第八代皇帝，在卫绍王完颜永济被胡沙虎毒杀后，完颜珣被拥立为帝，是为金宣宗。

四、宋金鏖战

金宣宗属于比较胡涂、昏庸的那类君主，能力不行，眼光也不行，不是当君主的料。他在位的大多数时间，权臣术虎高琪掌控着朝堂，他的话宣宗不得不听。

术虎高琪乃一介莽夫，水平比南宋的权臣还要差，半点战略眼光也没有。他主张堤内损失堤外补，在北边损失了许多领土、财物，都让元人给夺走了，金国打不过元人，最好的办法就是去打南宋，从南宋那儿抢夺领土和财物。

这种想法在金国朝廷内有不少人赞同，大臣孙大鼎就曾经直言不讳地说："吾国兵较北诚不如，较南则制之有余力。"意思是说：我们虽打不过蒙古人，可打南宋跟玩似的。这些人还沉浸在以往的辉煌里，狂妄地以为自己对南宋拥有压倒性的优势。

恰好这时候南宋停止了供奉岁币，金国在穷乏困窘中自然大怒，由术虎高琪全力推动，金宣宗也首肯，遂形成了集倾国之力进攻南宋的决议。

1217年的夏天，金国的兴定元年，金国集结了二十万兵力，兵分三路分别从两淮、京湖、四川向南宋发动进攻，攻城略地气势如虹，短时间内就接连攻克多个城池，将南宋打了个措手不及疲于应付。

但南宋在短暂的惊慌之后，立即组织兵力反攻，双方都是拼死力战，很多城池反复易手，南宋方面固然损失惨重，金国折损的将士也相当不少。

这一战，彻底将宋、金结盟的最后一丝幻想给破灭了，宋人对金国再也不抱任何希望，实在是感情上接受不了。当金宣宗在战争稍占上风时，派使者想与南宋和谈，走过去以战逼和的老路，宋人却坚决不予理睬，直接拒接金使入境。同时派出使者联络盘踞在华北的蒙古军大帅木华黎，希望蒙古兵在北方给金国施加压力。这个使者名叫贾涉，乃是贾似道的父亲，他受到了木华黎的热情款待。

金兵在战争前期占了不少便宜，可此时金国的国力已十分衰弱了，国土面积大幅减少，几乎被蒙古人压成了一个细长条状，无力支持长久的全面战争，渐渐地显出疲态。而南宋方面不论财力兵员都是金人无法比拟的。双方的战争遂由金国稍占上风而进入了胶着状态，成了拉锯战，一会儿你占上风一会儿我占上风，有时宋兵攻入金国境内，有时金兵攻入宋军境内，谁也占不到便宜，金国固然无法打得南宋屈服，南宋也无法将金国彻底打垮。

金、宋开战两年之后，金国红袄军起义首领李全投降了宋朝，率领红袄军四处击杀金兵，弄得金人损失更重。但即便如此，金宣宗仍不屈不挠，还坚持着与南宋混战不休。

这场战争一直打了七年，直打到金宣宗病死，金哀宗继位。

金国发动这场战争的本意，是要抢占些土地，抢掠些粮食、财物，要打得南宋屈服，乖乖地继续供奉岁币，但这几个目的一个也没达到，反而因战争而消耗了大量的财物，弄得边境一带民不聊生，更有大批的将士战死，国力大为损耗，对付蒙古人的进攻就显得更吃力了。

好在金宣宗终于死了，而继位的金哀宗与其父大不一样，他相当有头脑有眼光，即位之后，立即停止对南宋用兵，而南宋方面也做得不错，没有死缠烂打地揪住不放，随即也马上停战。

七年大战，双方都损失不小，而蒙古军大帅木华黎趁机攻占了金国的太原、平阳等地，鹬蚌相争，渔翁得利，金宋双方你死我活地打，占便宜的只有蒙古人。

五、拖雷借道

金哀宗有一代英主的潜质，头脑非常清楚，知道金国现在几面受敌，风雨飘摇，能做的就是立即结束与南宋的战事，稳住南宋，随即又趁蒙古人进攻西夏之机，与西夏和解，约为兄弟之国，结束了双方长久以来的敌对状态，在这之后，他马上着手调整国内政策。

金哀宗将抗击蒙古军作为今后的大方向，大力提拔任用这方面的人才。重用完颜赛不、张行信，招降曾经投降蒙古人的武仙。然后北向猛攻蒙古军，夺回了沦陷的太原、平阳等地，让金国有了些许中兴的气象。

蒙古人在北方失利后，退出了山西。成吉思汗兵锋移向西面，集中兵力攻打西夏的同时，对金国与西夏接壤的德顺州、临洮及彬陇、泾川一带也挥兵进攻。

德顺州、泾川属于金国的西北地区，离首都很远。金哀宗便叮咛防守这一线的武将们不必事事请示，可以随机应变、当机立断。金国名将完颜陈和尚、杨沃衍等不负金哀宗所望，多次主动提兵迎击蒙古军，打得蒙古兵难以寸进。完颜陈和尚更是勇猛，创造了以四百骑兵冲垮蒙古人八千精兵的战例，让暮年的金国上下为之一振。

蒙古人在攻打西夏、金国之时，忽有一支蒙古军南下，攻打与西夏接壤而属南宋地界的阶州与西和州，攻破了阶州后，大肆劫掠财物。南宋守军处置不当，受损严重。这两州都归四川制置使郑损辖管，这家伙一听到消息，连忙下令放弃包括阶州、西和州在内的五个州郡。蒙古兵遂闯了进来，掳掠无数。此后成吉思汗死在西夏，这支蒙古军才撤了出去。这就是"丁亥之变"。

因为丁亥之变，南宋对蒙古人的态度变了，变得高度警惕，之前双方往来的热络气氛瞬间冷了下来。

在灭金的战场上，直到成吉思汗临死之前，蒙古军也未能在西面战场上击败金国。成吉思汗在临死前留下遗言，说："若假道于宋，宋金世仇，必能许我。"

从南宋借道而过，直接攻击金国腹部，金国与南宋的战事结束后，将兵力主要集中在北面、西面，以抗击蒙古军的进攻，与南宋接壤的南面边境的兵力非常薄弱。借道南宋攻金，正是击其薄弱之处，成吉思汗的确眼光不凡。

不过南宋朝廷这时候脑子还是很清醒的，他们虽恨金国，却不愿意帮助蒙古人。当然，他们也不愿意帮助金国，两国就这么一直打下去那是最好，南宋此刻不愿看到金国被灭，更不愿给蒙古人提供方便灭了金国。

蒙古人在埋葬了成吉思汗后，又大规模地从西部进攻金国，但是毫无成效。金哀宗给西部守将充分放权，尽力搜集各种战略物资运往西部。西部诸将领也没让金哀宗失望，打得蒙古军接连败北，无法前进一步。

此刻的大蒙古国的大汗是窝阔台，他制定了三路兵马齐出的灭金计划，其中的一路四万人马由拖雷统率，借道南宋从背面攻击金国腹地。窝阔台公布了这一计划，下令各路军马出发。至于拖雷能否从南宋借到路，那得看拖雷的本事了。

那时候，蒙古人虽攻城略地气势如虹，但其内部并非铁板一块。窝阔台继承了大汗之位，但拖雷作为成吉思汗的幼子，继承了成吉思汗的大部分武装力量和财富。因此，窝阔台对拖雷有忌惮之意，若有借宋人或者金人之手除掉拖雷的想法也不奇怪。借道南宋进攻金国，本该属机密军事行动，只有在秘密状态下借道成功，对金国的打击才是最大的。而窝阔台将这个计划公然宣布，让后人不得不猜测其险恶用意。

但当时窝阔台是大汗，拖雷必须执行他的命令，除非公然造反，可拖雷此时显然没有造反的想法。拖雷先派遣汉大臣李邦瑞作为使者，到南宋接洽。南宋没有拒绝李邦瑞入境，但要借道却是不行，绝对不行，这事没得谈。

好说不行，拖雷于是强行叩关，从大散关闯关强行入境，很快就经凤州、洋州、兴元到了金州，即今天陕西的安康，随即沿汉水顺流东下。南宋辖管这一带的四川制置使桂如渊逃跑，各关隘城池各自为战。元军攻关陷城，杀人无数，给南宋军民造成极大的损失。他们沿汉水东下时所用的木筏，就是拆了无数的民屋，用橼檩捆绑起来做成的。等南宋朝廷反应过来，拖雷已经率军从南宋这边进入了金国境内。

南宋朝廷反应太慢的原因，仍在四川制置使桂如渊身上。

《宋史》记载，拖雷军队强行从凤州进入南宋后，有管辖权的蜀帅桂如渊不但不亡羊补牢，迅速布置兵力拦截，反而逃跑，事后还向朝廷报捷，说他打败了元军。而《元史》记载此人被蒙古使者一番话说动，不但向蒙古军供应粮草，还派了向导给蒙古军领路：

> 宋制置使桂如渊守兴元。按竺迩假道于如渊曰："宋仇金久矣，何不从我兵锋，一洗国耻。今欲假道南郑，由金、洋达唐、邓，会大兵以灭金，岂独为吾之利？亦宋之利也。"如渊度我军压境，势不徒还，遂遣人导我师由武休关东抵邓州，西破小关。
>
> ——《元史》列传第八

南宋朝廷的政策总是执行不力，封疆大吏们阳奉阴违，对朝廷能骗就骗能瞒就瞒。桂如渊以为尽快灭金是南宋之利，哪知道金国灭亡之日，就是南宋遭受侵略之时。

六、三峰山大战

拖雷带军借道南宋，沿汉水东下，从唐州、邓州突入金国境内，随后一路向北，直扑金国的首都汴梁城。但是当他们走到禹州西南三峰山一带时，遭到了金军主力的堵截包围。

这支金军由名将完颜陈和尚、完颜合达等为统帅，战力不俗，金国号称最为精锐的忠孝军便在其中，数量更是达到骇人的十五万，而拖雷所带的元军只有四万。

得知蒙古军借道于宋的计划，金军精锐就火速赶往这儿，意图拦截消灭。双方遂在三峰山大战起来。

窝阔台对于这次进攻金国的部署，从始至终也没有半点儿要保密的意思，而是堂而皇之地予以公布，因此对金国而言，拖雷所带军队的数量、行军路线等再也不是秘密，金国朝廷很快就知道了，这才派遣优势主力拦截，希望将之一网打尽。而窝阔台自己所率，从正面进攻金国的大军却行动迟缓，这时候还窝在原地没有动身，这也是金国能抽出主力对付拖雷的原因。

拖雷，才能卓越的拖雷，作为幼子的拖雷，对窝阔台的威胁太大了，窝阔台不得不忌惮他。按照蒙古人的习俗，幼子守灶继承父业，其余诸子则要被分出去，自谋生路。按这个习俗，拖雷继承了成吉思汗百分之八十的兵力，继承了成吉思汗在漠北的所有牧地和财产。更糟的是拖雷军事才能十分卓越，绝对高于老大术赤、老二窝阔台。

成吉思汗临终的安排令人不解，将汗位给了窝阔台，却将绝大多数武装力量的指挥权交给拖雷，这是搞相互制约，还是故意在儿子们之间制造猜忌？

窝阔台作为大汗，面对手中军力远超自己，军事才能也远超自己的弟弟，他不可能安然无视，于是就有了拖雷的三峰山之战。

三峰山大战，是蒙金战争史上最有名的战役之一，大战的时间是金正大九年的正月，公历1232年的二月。蒙古军四万对战金军的十五万，兵力十分悬殊，凶险异常，最后的神逆转更是让人大跌眼镜。

拖雷所部兵力的确太少了，不到金军的三分之一，在初始时，被金军打得难以招架、狼狈不堪，随时都可能全军覆没。拖雷无奈之下只能采取部下将领速不台的策略，用游击战术，尽力避免与金军正面作战。当金军进攻时，他们就逃跑，脱离战场。当金军扎营休息或吃饭时，他们就偷袭骚扰。当然，这种战法相当危险，因为这是在金国境内，地利人和都在金军一方，因为蒙古军对地形一点也不熟悉，更无人和之利。

哪知双方交战不数日，天气突变，下起了大雪，这一下就是三天三夜。三峰山一带变得寒冷异常。金国的女真人人住中原之后，从没遇到如此大雪，久在中原的他们已经不耐严寒，而蒙古人久在寒冷的塞外，早就冻习惯了，对这点寒冷毫不在意。当时金军士兵冻得受不了，脸色苍白，周身哆嗦，缩头缩脑的连排成队列行军也变得困难起来，而蒙古士兵仍剽悍敏捷一如平日。

形势变得对金军极为不利，而拖雷轮番休息、骚扰的战术此时也见了效果：

> 时雪已三日，战地多麻田，往往耕四五过，人
> 马所践泥沼没胫，（金国）军士被甲胄僵立雪中，
> 枪槊结冻如椽，军士有不食至三日者。
> ——《金史》列传第五十"完颜合达传"

即便到了这时，拖雷也没有急着进攻金军，而是放开了一条通往均州的道路，金军见有了一条生路，战意全消，就只想着逃出去。在金军疯狂逃走的时候，拖雷才投入吃饱睡好的生力军，从两侧夹击金军。金军遂全面溃败，死伤不计其数，逃回均州的没有几个。

这支主力部队就这样被消灭了，完颜陈和尚、完颜合达也都死在这一仗中，金军久经战阵的将领也大多死在了这一役之中。

这是金国最后一支主力部队。主力既灭，蒙古军又进入了金国腹地，黄河天险与潼关雄关已经起不到作用了。此刻的金国只有为数不多的守城部队，没有了与蒙古军在野外决

战的能力。可以说金国已经到了穷途末路，只有等死的份儿了，对南宋来说，它完全失去了屏障的价值。

三峰山之役蒙古军以少胜多，从而决定了金国灭亡的命运，而没有蒙古人借道南宋，就不会有三峰山之役。南宋此前的策略是两不相帮，也不允许蒙古人借道，但这个策略没有被严格执行。金国到了这一步，固然有多种原因，但南宋方面的原因也是其中之一。南宋封疆大吏的阳奉阴违，导致南宋失去了北面的战略屏障。

三峰山之战的结果让南宋非常被动，这时候，南宋再坚持两不相帮的政策已经没有什么意义了。垂死的金国对南宋而言失去抵御蒙古人的能力，而此刻帮助金国也是不智的，会导致与蒙古人的直接对垒。最好的选择，只能是与蒙古人联合灭了金国，先取点眼前利益，雪了百年之耻再说。

想来此刻南宋朝廷的权相史弥远也很无奈。联金抗蒙古的设想主要被金国葬送了，而两不相帮的策略又被自己的封疆大吏葬送了。权相虽能操控朝堂，却无法左右金国，连手下的地方大员也管不住，徒呼奈何。

第六章　历史的轮回

　　历史的巧合有时简直让人目瞪口呆，不敢相信。而在辽、宋、金、元时期，这种巧合相隔时间太短，一而再地上演，让后世叹为观止。

　　一百多年前，当完颜宗翰、完颜宗望率领女真铁骑南下，神挡杀神佛挡杀佛，杀得血腥满地狼藉一片，然后直接越过黄河，扑向北宋的国都汴梁城，将城中的女子玉帛赵姓皇族一网打尽，随之意气风发北上时，他们绝不会想到百多年后这一幕会逼真地再次上演，不同的是，这次是完颜氏的子孙几乎被一网打尽，金国皇室的妃嫔玉帛等被一扫而空。昔日女真人加之于北宋身上的，今日都由元人加之于金国身上，让人不由想起了"报应"这个词。

　　三峰山之战后，蒙古军四处掠地抢劫，河南等地彻底残破。随即窝阔台召拖雷北返，留大将速不台率三万蒙古军经略河南。速不台遂带兵围了金国的首都汴梁，要求金人速速投降。

　　城还是北宋年间的那座城，高大雄伟，与西域那些低矮的土城不可同日而语。这座城其实并非北宋所筑，而是当年后周的周世宗所建，的确坚固无比。传到了北宋再传到金国，历经三朝，汴梁城的雄姿依旧，只是再没有清明上河图中描绘的那般繁华景象了。

速不台将附近已经征服的州县之兵调了过来，又招募新兵，总共十万兵马将汴梁城团团围了起来。随即驱赶投降的金兵砍柴担石，填充到护城河中，然后以强弩为掩护，大军这才开始攻城。

但是这时汴梁城中的金军有了两种新武器，非同小可，一种叫作震天雷，第二种叫喷火筒箭，蒙古人从没见过，非常害怕：

> 以铁罐盛火药投于下，爆发，声闻数十里，名曰震天雷，迸裂百步外。我军（即元军）冒牛皮至城下，穴隧道。城人缚震天雷于铁绳。缒击之，又制喷火筒箭，激射十八步。我军唯畏此二器。
> ——《新元史》卷一百二十二"速不台传"

震天雷应该类似于今天的手榴弹，算是初级的热兵器了，喷火筒箭估计是内装石油一类的可燃物，点燃之后以风鼓之使其高速喷射出来，相当于火焰喷射器的雏形。关于震天雷的制法性能，《金史》中有详细记载说明：

> 震天雷者，铁罐盛药，以火点之，炮起火发，

其声如雷，闻百里外，所围半亩以上，火点着甲铁皆透。

——《金史》卷一百一十三"赤盏合喜传"

有了这两样利器，速不台换了种种攻城办法，让兵士披着牛皮攻城也罢，在城墙上挖洞也罢，都没用。金兵用绳索系着震天雷垂到城下，便能将牛皮与元兵一同炸碎。因此连续进攻了半个多月，却一点进展都没有。

但是在那个时代，诡计也是一种武器，比刚刚诞生威力还不很大的热兵器更为有用。百多年前，金兵占了北宋的汴梁外城，不敢下城墙，也没有进攻皇城，用"和谈"将北宋君臣骗得团团转，将宋钦宗骗到青城军营扣押起来，再让他下手令给城内宋人官员，命宋官给他们搜刮财物女人。如今速不台原样复制，攻不下城就准许金人讲和，让金哀宗将曹王讹送出城来作为人质，说："两国已讲好，尚相攻耶？"

金人相信了速不台的话，就像当初宋人相信了完颜宗望的话一样。金人当即从城中搬出酒肉犒劳蒙古军兵士，又抬出许多金币贿赂蒙古军将帅。以为这一讲和，接下来两国间就睦邻友好，大家都有太平日子可过了。

当时才是四月，速不台却以避暑为借口，离开了汴梁，退往汝州，却遣军到处掠夺粮食，要让汴梁城在缺粮状态下自己崩溃。当时汴京城严重缺粮，而四周的州县要么被蒙古人夺占，要么遭元军不断地袭击骚扰，弄得民不聊生。

不过，金哀宗尽力想办法解决汴京的粮食问题，同时号召城中军民勒紧裤腰带共渡难关，就这样过了两三个月，汴梁城中境况虽然凄惨，但仍没有崩溃。

速不台坐不住了，派了唐庆为使者入汴京见金哀宗，说元、金两国和好的事，必须金哀宗亲自到汝州与速不台详议。这明显是诱骗金哀宗离开汴京，好趁机扣住他。当年的女真人就是用这个办法扣住宋钦宗，进而要挟宋朝廷，然后灭了北宋的。

好在金哀宗还是很有些见识的，非宋钦宗可比，也或许是有了宋钦宗的前车之鉴，金哀宗知道这一去就是肉包子打狗——有去无回，所以他坚决不肯去，以自己身体不适死命推托。唐庆以为自己是蒙古人的使者，牛哄哄的，见金哀宗竟敢不去，恼怒之下说话就很难听了，不但说了些攻击性很强的伤人话，还态度嚣张跋扈——"令金主黜帝号称臣，金主不听，庆辄以语侵之"。

当天晚上，这个唐庆就悲剧了。金国几个近臣觉得自己的皇帝受了羞辱，气愤难当，遂带兵闯入唐庆所住的馆舍，不但杀了唐庆，连他所带的使团成员七十多人也全部杀了。

速不台得讯之后气坏了，立刻带兵又将汴京包围起来，要给金哀宗颜色看。但好几个月过去了，坚固的汴梁城仍旧攻不破，速不台十分无奈。

到了这一年的十二月，汴梁城内不只粮食紧张，还闹起了疫病，几十万人说死就死了。到了这时候，金哀宗也知道问题严重了。种种权衡之后，他将汴梁城托付给了参知政事完颜奴申、枢密副使完颜习捏阿卜等几个大臣，随后与皇后妃子子女们告别，点了部分兵马，大开城门就冲了出去，要出外寻找援兵，也有以自己的出走减轻汴梁城压力的意思。

这一走，汴梁城恍然又回到了百多年前。

一、青城，又是青城

围攻汴梁的时候，速不台将自己的指挥部放在汴梁城外的青城，这是百多年前金军围汴梁时指挥部的所在地。当然，这仅仅是巧合，但的确有点太巧合了。

汴梁城并不是蒙古军攻下来的。

金哀宗一走，汴梁城内带兵的西路元帅崔立坐不住了，他不愿意继续乘坐金国这艘即将沉没的破船，他要另谋富贵。崔立先私下纠集了几个党徒，密谋好了对策，在过年之后立即发难。届时他带着几个党徒与二百甲士闯入尚书省的大门。正在其内的完颜奴申、完颜习捏阿卜忙从办公处跑了出来，见情况不对，一个问："你们想干什么？"一个说："有事好好商量，不要胡来。"

崔立瞪着眼不说话，只向其党羽做了个手势。党羽们手起刀落，这两个被皇帝托付重任的大臣就人头落地。崔立又接连杀了一批碍事的大臣，派人晓谕城中的百姓们，说："两个宰相毫无作为，如今已经毙命，我现在主持大局，要设法给大家谋一条活路。"百姓们听说有了活路，立即欢声雷动，大声叫好。

崔立当即召集百官至尚书省开会，将前朝卫绍王的长子完颜从恪立为监国，令百官舞拜。又将自己的一众兄弟党羽封了官，或作宰相，或领军兵，都是实权人物。崔立自称太师、尚书令、军马都元帅、郑王，封其妻子为王妃。做完这一切，就派人到青城见速不台，洽谈投降之事。

速不台自然大喜过望，笑得嘴也合不到一起，不战而屈人之兵，这是天大的好事呀。速不台马上拿出酒来招待崔立的使者，酒后就让使者带话给崔立，命他搜集准备蒙古人需要的东西，择日送到青城献上。速不台要的东西除了金银绸缎，还有工匠、绣女、金国皇室的人员等。

崔立得到速不台的话，高兴得手舞足蹈。有了速不台的话，就表示元人接纳了他，蒙古人是胜利的一方，那自己也就进入了胜利一方的阵营了。

崔立兴奋之余，先将跟随金哀宗出城的那些官员将领的家属全部抓了起来，拘禁在尚书省内。挑选家属中那些妻女长得有姿色的来伺奉自己，荒淫无度日乱数人，把个金国最高的权力机构，当作了青楼妓馆。

监国完颜从恪这会儿已被软禁起来，汴梁城内不许婚嫁，到处是抓人搜寻金银财物的兵士。金国的达官外戚巨富首先是被抓的对象，这些人家的金银财物最多。郧国夫人被打得杖下而亡，宦官高佑、富户李民望等也耐不住拷打，一命呜呼。右相的妻子白撒夫人随即也被打死了，而更多自知经不住拷打的官宦纷纷自尽。

经过挖地三尺般的搜寻及拷打逼掠，崔立党徒们弄到了大量的金银财宝、绫罗绸缎，这些东西都是速不台要的，于是全部装车送往青城。送走了财物，再按照速不台的要求搜寻召集工匠、绣女、会看病的郎中，蒙古人的胃口很大，甚至连念经的和尚也要，拿着桃木剑捉鬼的道士也要，那些识字读书的学子蒙古人也不放过，认为他们有用处。这些人遂被强行抓起来，被兵士驱赶着列队行走，赶往青城寨中。

最后就是皇族与宫内的妃嫔一类人了。崔立组织了三十七辆宫车，请金国的太后第一个上车，然后是皇后，再后是各位妃嫔。金国皇族在汴梁城内的男男女女也没漏网，基本都被抓来了，有五百多人，他们也都被用车分批送往青城蒙古军大营。

做完这些，已是仲春四月了。崔立自己该做的都做完了，于是恭请蒙古军进城，完成对汴梁的占领。好笑的是，蒙古军进城之后，各种抢掠、强奸，而最先遭遇厄运的就是崔立，大兵们冲入崔立家中，先将崔立搜罗积攒的金银财物掳掠一空，然后就将其妻妾拽出来强奸。

对于这座几次攻而不下的汴梁城，速不台是非常痛恨的，他本来打算屠城，将满城百姓全部杀光，经宰相耶律楚材劝说，才心有不甘地弃了屠城之念。

速不台获得了数不清的金银财物及工匠美女，就要带上这些缴获物北上和林。临行之前，蒙古兵将金国皇族的男子集中在一起，一个个地验明正身，谁是曾当监国的完颜从恪，谁是亲王，谁是郡王，这些人的身份都得到确认之后，速不台举起手臂用力一挥，元兵立刻嗷嗷叫着持刀冲了过去，片刻之间，这些男子就全部倒在血泊之中。

那些金室妃嫔的命运并不比男子好多少，能活着到达和林的估计不多。即便到了和林能怎么样呢，能有什么好命运等着她们？

元好问诗曰："兴亡谁识天公意，留着青城阅古今。"宋亡金亡是否为天意值得商榷，但青城的确是见证兴亡的地方。

二、孟珙北上

金哀宗从汴梁出走后，先逃到归德。在这儿却被金国的带兵元帅蒲察官奴软禁起来，好不容易设计杀了蒲察官奴，金哀宗又急急忙忙地逃往蔡州，在这儿他任命了一些主要官员，将朝廷的架子草草搭了起来。蔡州于是成了金国的临时首都。

这时除了汴梁外，洛阳城也被蒙古军攻了下来，还在金国手中的城池只有息州、唐州、邓州、裕州、申州、莱州、潍州、归德等寥寥几处。而蒙古军大队早已随窝阔台北返，留在中原一带的只有速不台、塔察儿所领的小股人马，虽裹挟了不少投降的金军，但正宗的蒙古人兵士并没有多少，因此战力不强，更糟糕的是，中原这会儿到处缺粮，千里赤地，饿殍遍野，抢掠也找不到对象。

其实在蒙古军未攻入金国腹地之前，中原就闹粮荒了。拖雷带兵杀入后，这几年战火不熄，处处硝烟，粮食就更为短缺。侥幸未死的百姓只好扶老携幼逃往黄河以北，或者逃往南宋，希望离开中原能捡到一条活命。

　　蒙古军将领塔察儿得知金哀宗到了蔡州，遂受命带兵围住蔡州，想要破城立功。可蔡州有金哀宗坐镇，守城金兵顽强至极，蒙古军多次攻城都未能奏效，疲累之下反被金兵出城反击，蒙古军大败之下只得后撤，在离城稍远处用土筑垒，与蔡州城对峙起来。

　　但问题很快就来了，蒙古军也没吃的东西了。塔察儿无奈下，派了使者王檝进入南宋境内，希望能与南宋联合灭金，并请求南宋援助自己一些军粮。他攻蔡州劳而无功，没接到军令又不敢擅自北返，因此十分狼狈，目前只能求救于南宋。

　　王檝入宋后找到了京湖制置使史嵩之，史嵩之犹豫未决，问计于部将孟珙。这个孟珙就是战神孟珙，南宋末期最为骁勇的战将，没有之一，在战略和战术上都有非凡的见识。当时孟珙说："倘国家事力有余，则兵粮可勿与。其次当权以济事。不然，金灭，（元人）无厌，将及我矣。"

　　孟珙的意思是：宋若有力与蒙古人相抗的话，最好不给他们援助其粮食，不然灭了南宋之后，贪得无厌的蒙古人将会进攻南宋。如其不然，只能先结好他们，走一步算一步，暂且先给其军粮。

　　史嵩之得了孟珙的话，深以为然，遂将蒙古人的意思上报南宋朝廷。

　　这时金国的恒山公武仙在淅川聚拢了不少惨败离散的金兵，金哀宗遂下令让武仙带兵到蔡州勤王。武仙并非正宗的金国臣子，他是早年间北地民间居兵自强的豪雄，金宣宗时为了笼络这些豪强，给了他们公爵的封号，当时封了九个公爵，武仙便是九公之一。

接到金哀宗的旨意，武仙却不去蔡州，反而带兵溯流而上，强行进入南宋的金州地界，即今天的安康，当时属四川管辖。武仙想攻下南宋的四川，当作金国喘息暂居之地。

史嵩之接到消息，忙派孟珙拦截驱赶武仙。孟珙领兵出发，在马镫山大败武仙，迫降其兵士七万，接着孟珙驱兵进入金国境内，攻占了金国的唐州。

武仙愚蠢的举动让金国雪上加霜。史嵩之此刻也不再等朝廷对联元灭金的最后意见了，直接派兵配合元军进攻金国的息州。息州守将慌了，急忙派人到蔡州向金哀宗求救。可此时金哀宗哪有多余的兵力，无奈之下，一方面派了几百兵士赶往息州救急，一方面派使者到南宋以借粮为名，游说南宋帮助金国，告诫宋朝廷蒙古人凶猛，千万不能与元人结盟。

金国使者到了临安，转达金哀宗的求救之意，说："蒙古灭国四十，以及西夏，夏亡及我，我亡必及宋。"恳请南宋念及唇亡齿寒之理，伸出援助之手帮金国度过危难。

只是这会儿金国说什么都晚了，宋廷中联蒙灭金的意见占了压倒性的多数，只有乔行简、赵范等寥寥几人反对。众大臣觉得这会儿正是报仇雪恨之时，认为金国的灭亡已不可逆转，与其结怨正在强盛状态的蒙古人，不如痛打金国这个落水狗更好一些。况且蒙古人使者王檝许诺在灭金之后，将河南之地全部交给南宋。洛阳、汴梁等大城都在河南，大家觉得有了河南之地，即便紧接着就与蒙古人翻脸，据守黄河潼关也足可与蒙古长期抗衡。

正是在这种情况下，南宋朝廷做出决断：联蒙灭金。朝廷一方面让史嵩之通知蒙古人使者王檝，一方面选派带兵灭金的将领。这是与蒙古人并肩作战，所选将领必须能打出南宋的威风，否则败仗连连，不免被蒙古人轻视，强化蒙古人南下攻宋的决心。

挑来选去的，孟珙被选上了。也不奇怪，他在攻灭武仙的战役中打得漂亮，让南宋上下都眼前一亮。

1233年十月，孟珙率两万宋兵，携带三十万石粮食出发了，踏上了北上灭金的征程。粮食主要是给塔察儿的蒙古军准备的，他们已经断粮多日了。

金哀宗得到南宋出兵的消息，惶急无奈，忙派金兵拦截。但此刻的金兵已是强弩之末，又遇上了南宋不世出的大将，哪里还能拦得住。孟珙几乎没费什么力气就打败了金兵：

> 金兵二万骑繇真阳横山南来，珙鼓行而前，金
> 人战败，却走，追至高黄陂，斩首千二百级。
> ——《宋史》卷四百一十二"孟珙传"

《宋史》的记载可能有夸大其词的成分，因为接下来围攻蔡州时，仗就打得非常艰难，金兵虽不如全盛之时精锐，但据守于缺薪断粮的蔡州城，仍然拼死顽抗，拒不投降。

三、金国的末日

孟珙的到来，让塔察儿大为高兴，两人打猎饮酒间，约为兄弟。此后蒙古人进攻南宋，塔察儿带兵围攻蕲州，听说孟珙带兵救援后当即退走，便是因两人在蔡州城下并肩战斗过，塔察儿深知孟珙之能，不敢直撄其锋。

据《宋史》的记载，孟珙在攻蔡州之役中还救过张柔，即张弘范的老爹，元初的汉族世侯之一，当时他也领兵灭金，归塔察儿节制：

> 倴盏（即元将塔察儿）遣万户张柔帅精兵五千人入城，金人钩二卒以往，柔中流矢如猬，珙麾先锋救之，挟柔以出。
>
> ——《宋史》卷四百一十二"孟珙传"

张柔在元人麾下统领的汉兵中，一直以多谋善战而著称，其手下兵士也骁勇剽悍。这样的人竟被被金兵射得差点儿丧命，可见战斗之烈。

围攻蔡州的战斗的确惨烈无比，城内的金人是在拼命，因为城内已经断粮，金兵不仅仅是守住城就行了，他们会随时反扑，杀出城来猛冲敌军，要么杀出一条血路，要么就猛抢敌人的辎重粮食。孟珙刚到蔡州城下不久，就有万名金兵冲出东城门，杀向南宋兵将。孟珙没有与其死拼，而是断其归路，待其疲惫时将其逼入汝河。

　　这一仗下来抓获的金兵俘虏不少，俘虏们说之所以出来拼命，是因为城中早就没有粮食了。

　　此刻的蔡州城内犹如地狱，皮鞋马鞍破鼓之皮皆用来煮食，金兵往往以人畜骨头与芹泥相拌而食，老幼互食者也有，兵士打仗怕死退却者，立刻就会被斩了吃肉。在军队不断减员的情况下，蔡州城的民壮都被动员起来参战，妇女也搬运石块木料等守城物资，金哀宗亲自出来劳军给大家鼓劲。

　　孟珙领宋兵到来时，沂州、莱州、潍州等地已向蒙古军投降，蔡州完全成了一座孤城。塔察儿又在蔡州城外筑了环形长垒，将蔡州紧紧围住，以防城内金兵突围出走。可在这种情况下金哀宗仍旧不降，蔡州城在其动员下全民参战，誓与城池共存亡。

　　蔡州也的确易守难攻，柴潭与练江是其天然屏障。练江宽阔，柴潭水深，宋蒙联军袭扰多时毫无功效，最后只能以优势兵力拼死抢夺柴潭楼，在付出相当代价后才终于占了柴潭楼。联军决柴潭水进入汝河，但金国宰相完颜仲德迭出新招，他带人在城内墙下挖了一条壕沟，给盟军的进攻又制造了不小难度。

　　马上就是过年时间了，宋蒙联军仍攻不进城去，孟珙与塔察儿两个遂想了个损招。他们知道城墙上的金兵大多饿着肚子，于是召集部下兵将在城下大开宴会，庆祝新年，喝酒吃肉，大肆喧哗，以此来吸引金兵越墙投降。也有金兵忍不住诱惑溜下城墙前来投降的，但是数量很少，起不到大作用，反倒引来金兵出城偷袭。

此计无效，联军无奈下又强行攻城。

一直到了第二年正月初九，经过多次攻城偷袭突围反突围的大战，城内金兵消耗得差不多了，孟珙才与塔察儿发动了总攻。宋军、蒙古军这一段已经准备了许多云梯，总攻的鼓声敲响后，两军万人汹涌而登云梯，宋军主攻南门，蒙古军主攻西门，金兵则在城墙上城楼内射箭抛石，以木叉等物掀翻云梯，又以大锅熬油浇洒云梯上的宋元兵士。

激战中终于有人登上了蔡州城墙，第一人是宋军马义，第二个是宋军赵荣，随即更多的人登上了城墙。恶斗在城墙上展开了，金兵拼死不退，金兵元帅兀林达及部下二百余人都力战而死，墙上血流尸横，但喊杀声依旧震耳欲聋。

激战中西门打开了，蒙古兵一拥而入。此时宋将江海已抓住了金国大臣张天纲，带着他到了孟珙面前。孟珙问："完颜守绪在哪儿？"完颜守绪就是金哀宗的名字，而哀宗是他死后才由臣下拟定的庙号。

张天纲用手指着城内某个地方，说："城危时他就将自己关在小屋里自尽了，让死后以火烧化他的尸骸，就是冒烟火的那边，现在正在烧呢。"孟珙持刀急忙奔向烟火之处，塔察儿也飞奔前往。

金哀宗在宋元联军发动总攻之前，就知道蔡州已经山穷水尽，难以守住。他下诏将皇位传给将领完颜承麟，完颜承麟也是金国皇族血统，他做了多年将军，身体好、骁勇能战，对金哀宗极为忠心。

听了金哀宗的诏令，完颜承麟大吃一惊，死命推辞，毕竟金哀宗才三十多岁，不是让位的年龄。金哀宗只好苦口婆心地开导他，说："朕所以付卿者，岂得已哉？以肌体肥重，不便鞍马驰突。卿平日矫捷有将略，万一得免，祚胤不绝，此朕志也。"

金哀宗在联军围城之后，曾率军突围过一次，没能成功。此刻他料到蔡州肯定不保，而自己身体肥胖行动不便，跑是绝对跑不掉了，所以才说自己是在万分不得已的情况下，无奈传位，完颜承麟身体棒、又懂打仗，金哀宗就将希望寄托在他身上，让他在城破后设法逃出去，再招兵马复兴金国。

用心良苦啊，一番话说得完颜承麟只好接诏。金哀宗当即就招来百官，为完颜承麟举行即位仪式。仪式还没完成，外面就杀声震天，明显是宋元联军杀进城内了。完颜承麟当即与百官一起出外，领兵死拼宋元军队，而金哀宗在这个当口儿自缢而亡。

这一天，刚刚即位的完颜承麟战死。金国宰相完颜仲德率领一千多人仍与联军血战，待到金哀宗自缢身亡的消息传来，抬头看见烧化金哀宗的烟火，完颜仲德对其他人说："吾君已崩，吾何以战为？吾不能死于乱兵之手，吾赴汝水，从吾君矣。诸君其善为计。"说完这几句话，完颜仲德跳入汝水而死。

身边诸将士说："宰相能为国而死，我辈岂不能耶？"遂纷纷跳入汝河。除了军兵外，金国大臣参政孛术鲁娄室、兀林答胡土，总帅元志，元帅王山儿等也跳河自尽。

金国就这样灭亡了，有点儿类似于南宋之亡，亡得极有血性，皇帝自尽，而臣子兵将以死报国，亡而不辱，也算是个相当不错的结局了。

四、强梁世界，找谁说这个理

孟珙、塔察儿奔向烟火弥漫处，金哀宗的尸体正在那儿，四周柴草火焰熊熊。联军士兵遵令忙上前灭火。

待到火焰熄灭，孟珙、塔察儿上前抢夺未烧尽的尸骨，他们用刀划开尸骨，各抢了一部分，据说塔察儿只抢到一只手，余者为孟珙所得。抢完了尸体，又将金哀宗的仪仗、玉玺等物分了，带着这些缴获物各自回国。

金国灭亡，南宋官民一片欢腾，犹如盛大节日。朝野都组织了各种庆祝活动，宋人沉浸在大仇得报的欢乐中，觉得百年的耻辱一朝被洗刷净尽，从此可以在青天下扬眉吐气了。

金哀宗尸骨被送到了南宋都城临安，金国大臣张天纲作为俘虏，也被装在槛车内押到了临安。南宋理宗皇帝心情激动，备了礼物，带领群臣进入太庙，这是祭祀赵宋皇家历代祖宗的地方，一番叩拜之后，理宗诵读告慰祖宗的文章，内容不外乎是灭了金国报了家国之仇什么的。同时将金哀宗的尸骨献在宋徽宗、宋钦宗的画像前面，告慰他们大仇终于得报，可以真正地安息了。

但献过之后，如何处理金哀宗的尸骨，却让南宋君臣好一阵为难。这是战利品，意义非凡，扔掉了太可惜。可也不能总放在太庙里，否则似乎是对列祖列宗的大不敬，毕竟一具残缺不全的尸骨不是大雅之物，弄不好会惊吓了赵宋历代皇帝的魂魄。据《宋元通鉴》所言，这具尸骨最后被收藏到大理寺的狱库里，大家认为放在这儿最为妥当。

做完这些，就是提审俘虏张天纲了。张天纲是金哀宗任命的参知政事、御史中丞，在金国的职位不低。审问他的是临安知府薛琼。此刻审问，并非要问具体什么事，无非就是要他自承其罪，用他的嘴来骂一骂金国，侮辱一番金国君臣，让宋人舒心快意而已。但宋人没能达到这个目的，反被张天纲弄得恼羞成怒，狼狈异常：

> 薛琼问曰："有何面目到此？"天纲对曰："国之兴亡，何代无之。我金之亡，比汝二帝何如？"琼大叱曰："曳去。"
> ——《金史》卷一百一十九"张天纲传"

"比汝二帝何如"——这一句简直就是挖心裂肺之语，宋人个个听了都会瞬间脸红，继而恼羞成怒。靖康之耻时，二帝徽宗、钦宗的表现的确太差劲了，他俩不是战败被俘的，而是被金国两个小辈骗得团团转，最后双手奉上家国社稷。这是宋人万代的羞耻，永远也洗刷不净。而金哀宗是战败的，以帝王之尊，即便战败他也不愿做俘虏，所以选择了自尽，这一点比宋人的徽宗、钦宗强得多了。

后来再审张天纲，要他写供状，供状里提到金哀宗的地方必须写成"虏主"，张天纲却坚决不写，说："杀即杀，焉用状为！"弄得宋人非常无奈。宋理宗亲自审过张天纲，以死威胁，但张天纲不怕死，让理宗也毫无办法。

在南宋人的思维里，金国君臣该为靖康之耻负责，该为其先祖做下的事感到羞愧，在金国灭亡之际，他们该明白这是报应，对他们先祖背盟灭北宋的报应。他们明白了这一点，就该唏嘘叹息，羞愧内疚。

可是张天纲没有半点儿羞愧内疚的意思，而金哀宗生前也没有一丝一毫的羞愧内疚，反而认为南宋对不起自己。当蔡州被元军包围，金哀宗派使者到南宋求救时，对使者说：

> 宋人负朕深矣。朕自即位以来，戒饬边将无犯
> 南界。边臣有自请征讨者，未尝不切责之。向得宋
> 一州，随即付与……今乘我疲敝，据我寿州，诱我
> 邓州，又攻我唐州，彼为谋亦浅矣。
> ——《金史》卷十八"哀宗本纪下"

即便是向南宋求救，金哀宗也是理直气壮，满腹的牢骚委屈，觉得宋人辜负了他。至于靖康之耻对宋人的刺激伤害，则被金哀宗自动忽略了，觉得这是些无关紧要的陈年旧事。

不过，元朝人对宋人遭遇靖康之耻也不同情，反认为这

是宋人该有的报应。元人冯海粟就曾写诗说：

江南剩得李花开，也被君王强折来。

怪底金风冲地起，御园红紫满龙堆。

诗中说的是宋太宗赵炅（光义）强奸小周后的事，说宋人既有此恶行，怪不得后来遭了报应，弄出来了一个靖康之耻。

赵炅（光义）强奸小周后的事正史不载，真伪难辨，李煜被牵机药毒死的事正史上也见不到，后蜀花蕊夫人被赵炅（光义）射死的事正史也不记载，想来若真有此事，宋朝的史官也不敢记录，除非他不想吃这碗饭了。《宋史》虽为元人整理编就，但所依据的原始资料却是宋人的"国史""实录"等，原始资料中没有的东西，元人也不能凭空硬加进去。

不过花蕊夫人的丈夫——后蜀皇帝孟昶投降宋朝，被押送到汴梁封为秦国公后，第七天就不明不白地死了——这事正史可是记载了的。一个正值壮年之人，不明不白地死了，正史中只说："昶至京师，拜检校太师兼中书令，封秦国公，七日而卒。"（欧阳修《新五代史》）想来身为宋人的欧阳修不能说出真相，又不愿意说假话，无奈之下只能这么说。

金国攻灭北宋，好歹还有一个借口，说是宋人背盟接收金人的叛将，可宋朝攻灭南唐时，连个借口也懒得找，说什么"卧榻之旁，岂容他人酣睡"，这理找谁说去？

乱世争雄，你灭了我，我灭了你，没理由就没理由，一切都以武力的强弱决定。赵匡胤身为后周的臣子，说篡位就篡位了，后周的孤儿寡母又找谁说理去？

比起南唐、北汉、后蜀、后周，宋算是非常幸运的王朝了，不管怎么说，靖康之仇算是报了，靖康之耻算是雪了，宋人还有什么不满足的呢！

五、端平入洛

端平元年，即公元1234年，这是宋理宗最为兴奋快乐的年份，一是灭了金国这个世仇，可以扬眉吐气告慰列祖列宗了，二是掌控朝政几十年的宰相史弥远终于死了，自己再也不用看他的脸色行事了。

宋理宗开始亲政了，他想要干一番大事业，可干什么呢？他首先想到的就是收复三京，即东京汴梁、西京洛阳、南京归德。这三处地方都在河南。

宋与蒙古人结盟灭金时，蒙古人到底有没有将河南之地许给南宋，颇有疑问。《新元史》本纪第四记载："（元人）遣王檝使于宋，议夹攻金人。宋使邹伸之采报命。帝许以成功之后，归宋河南地。"这儿的"帝"，指的就是大汗窝阔台。按这个记载，金灭之后，河南该归南宋占领。

但是《宋史》"贾似道传"中说元兵追杀进入河南的宋兵，怒责宋人败盟："追兵至，问曰：'何为而败盟也？'遂纵攻淮、汉，自是兵端大启。"

灭金之后，宋军南归，而元军大部在之前就撤往黄河

以北，河南就剩下了塔察儿及速不台两支蒙古军，其余就是
小股的金国降兵。这么一点军力显然太少，河南形同真空地
带，因此宋理宗才起了收复三京的念头。灭了金国报了仇，
却没将三京收复未免美中不足。理宗认为收复三京之后，以
黄河、潼关之险，更容易抵御蒙古人的进攻。金国就曾以黄
河潼关挡住了蒙古军的进攻，逼得蒙古人不得不借道南宋。

　　让宋理宗想不到的是，收复三京的想法一提出来，大
臣们却多数持反对态度。而以乔行简与史嵩之的反对最为激
烈。乔行简上疏直接质问皇帝：

　　　　今边面辽阔，出师非止一途，陛下之将，足当
　　一面者几人？勇而能斗者几人？智而善谋者几人？
　　非屈指得二三十辈，恐不足以备驱驰。陛下之兵，
　　能战者几万？分道而趣京、洛者几万？留屯而守
　　淮、襄者几万？
　　　　——《宋史》卷四百一十七"乔行简传"

　　大臣真德秀、吴渊等也反对收复，理由是河南战乱之后
几乎千里赤地，人口极少，农业荒废，无法提供军粮。另外
黄河太长了，宋军没有大量的骑兵，需要多少人才能守住黄
河防线？

　　如果是双方盟约中约定将河南归还南宋，那么南宋朝
廷就不需要为是否出兵河南而争论，而应该派使者去要求窝
阔台归还河南，得到允许，这才派官吏和兵马去接收，不需

要打仗硬抢，乔行简的这一番强调军力强弱的话也显得毫无意义。

那么显而易见，归还河南的盟约可能有问题，不是《新元史》所说得那么简单，其中应该大有猫腻，因此才有南宋出兵抢夺的举动。

当时赵葵、赵范兄弟俩倾力支持收复河南，赵葵这时任淮东制置使，赵范为沿江制置副使。他俩觉得这是大宋中兴的契机，是不世出的盛举，认为收复河南之后，宋兵坚守黄河、占据潼关，对抵抗蒙古军南下极为有利。新任右丞相郑清之也同意赵氏兄弟的意见，认为应当收复三京，将河南之地纳入版图。

朝臣们意见不一，理宗皇帝遂乾纲独断，下令淮东淮西制置使全子才、赵葵两人出兵，却以襄、樊地近三京，令镇守襄、樊的京湖制置使史嵩之负责粮草等后勤供应。

史嵩之接到命令当时就发作了，上书朝廷坚决反对出兵，对于筹集粮草，他更是推三阻四，说京湖之地这几年收成不好，军民都饱受饥馑之苦，粮草很难筹集，请朝廷三思，以保万全，并提出辞职，说不愿误了国家大事。宰相郑清之写信请史嵩之不要意气用事，再三相劝，史嵩之最后虽不再坚持辞职，但对筹集粮草的事仍不积极，抵触情绪很大。

全子才却对出兵的诏令立即执行，他让兵士带上几天的干粮，自己领着先头部队一万人渡过淮水，出了南宋的旧疆界，风尘仆仆地向汴梁进发，他出兵的时间是端平元年的六月十八日。

　　"沿途茂草长林，白骨相望，虻蝇扑面，杳无人踪。"
三天之后全子才进入原金国的蒙城县城，城内一片萧条，只
有几十个伤残的居民。又三天后到了亳州，昔日繁华的亳州
如今满目苍夷，城内只有十多家居民，还有七名守军，这七
个人见到宋军，立刻就投降了。

　　沿途所过大小城池都残破荒凉，居民稀少，路途荒野上
则几乎见不到人。一路艰难行进，终于在七月初二看到了汴
梁的城墙。

　　汴梁城在投降蒙古人后，一直由降将崔立领兵镇守。听
说宋兵来了，崔立的部将李伯渊与李琦、李贱奴等马上杀掉
了崔立，率领汴梁城全部军民出城相迎。而此时这儿的居民
仅剩下了千余家，兵卒也只有六七百人。城内萧条荒凉，荆
棘满路，遗骸随处可见，哪有早年间的繁华景象，连个小镇
子也不如。

　　赵葵随后带了五万宋兵也上路了，不久之后赶到汴梁，
与全子才相见。责问全子才："你早到了，为什么不急着攻
占洛阳、潼关，等什么？"

　　全子才说："大家带的干粮早吃完了，史嵩之还没把粮
草运过来，怎还能继续走。"

　　史嵩之一直说筹措不到粮草，南宋朝廷只好让两淮方
面负责粮草。两淮距汴梁较远，加上当时正值雨季，路途艰
难，因此粮草迟迟难以运到。

　　心急的赵葵不愿意等待粮草，拼凑了一万多人让徐子敏
带领着探路，先行进入洛阳，又拼凑了一万多人让杨义领着

跟进。兵士们只给带五天的干粮。

徐子敏无惊无险地进了洛阳城，可洛阳已成了空城，寂然无人，路上走了八天，所带的干粮早吃完了，饥饿疲劳的宋兵只好在洛阳城内采蒿叶充饥。

当杨义所带的一万多人走到洛阳城北的龙门，正席地坐下休息时，塔察儿率领的蒙古骑兵出现了。山巅立起来了红、黄两把大伞，随即蒙古骑兵从附近的蒿草树林间冲了出来，疾风般扑向宋军。宋兵猝不及防，慌乱间纷纷起身逃命，可他们哪逃得过骑兵的速度，蒙古骑兵的几次冲锋，宋兵就所剩无几了。

侥幸逃了性命的士兵无处可去，遂逃进洛阳城内，将消息带给早先进城的徐子敏。而得胜的蒙古军不再掩藏行踪了，直接将军营扎在了洛阳城下。

城内的徐子敏这会儿心情十分沉重，城内没有粮食，士兵已经饿了好几天了，明显无法坚守。召集部下诸将商议，大家都认为此时只能撤退。徐子敏遂派小股人马骚扰袭击蒙古人军营，自率主力东渡洛水，随后向南而走。

塔察儿指挥蒙古骑兵不断追击宋兵，饿着肚子的宋兵沿荒僻小路急走，蒙古骑军紧追不舍，一直追杀了一百多里。等终于摆脱了蒙古骑兵，一万多的宋兵就只剩下三百多人了。

这三百多人在山野间采野果，吃桑叶，好不容易才逃回了南宋境内。而留在汴梁的赵葵、全子才得到消息，吃惊之下知道大势已去，遂带着已投降的李伯渊等南返宋境。

这就是"端平入洛"。蒙古人大举进攻南宋便是以此为借口，说南宋违反了之前的盟约。大汗窝阔台没有给南宋准备的时间，第二年，三路蒙古人的大军就直奔南宋而来。

蒙古大军南下与当年的女真南下何其相似，南下的借口也几乎一样，都是说宋人违反了盟约。不过，南宋比北宋好一点儿，边界地区山脉相连江河纵横，以机动快速著称的骑兵在这类地区作用有限，这给南宋的抵抗增加了很多有利条件。

南宋虽然亡了，但它是在不断地抵抗中灭亡的，虽亡犹荣，亡得悲壮亡得自尊，亡得大义凛然。金国也是在抵抗中亡国的，亡得也极有自尊。哀宗自尽，新即位的完颜承麟战死，宰相完颜仲德一众官兵投汝水而亡，一个王朝以这样的方式走向灭亡，的确难能可贵，让它的敌人也无话可说。

但北宋之亡不是这样的，北宋完全是自己作死，且死得毫无尊严，徒留下千古笑柄。

第七章　作死的北宋

确切地说，北宋的灭亡，是因为徽宗、钦宗父子俩一个劲儿地作死。

徽宗、钦宗父子俩让人很无奈，哀其不幸，怒其不争，繁华如锦的北宋硬是让他俩给活活地毁了，梦幻般美丽的汴梁城也被他俩给葬送了，《清明上河图》中的美景从此彻底消失，只将遥远而心酸的记忆留给后人。

当然，任何事都有缘由。如果说靖康之耻是南宋的噩梦，那么，燕云十六州就是北宋的心结。从宋太祖赵匡胤开始，历任北宋皇帝没有不想收回燕云十六州的，但却没有一个人能收回来。北宋初期，太祖、太宗时候，骁勇将帅如云，麾下又多是百战之师，皇室对军队的掌控也相当有力，如臂使指，但也仅能与辽国打个平手，此后情况每况愈下，禁军的战力越来越弱，收复燕云十六州便成了一个越来越缥缈的梦想。

到了徽宗、钦宗时期，北宋禁军的战力跌至最低谷，军中非战斗人员占比几乎达到一半。这些人包括：约一成的工匠，约一成的俳优，即表演节目做杂耍什么的，约一成的老弱病残，还有一成胥吏，如果再加上空缺，即冒籍领饷的，一万禁军中真正能上阵打仗的也就两三千人，至多三四千人。

这些占比极少的战斗人员的素质也极差，那会儿招兵困难，喜欢当兵的人不多，宋朝经济发达，稍微有点能力勤快点儿的就不至于饿肚子，禁军虽待遇不错，但当了兵一辈子也脱不了军籍，武人的地位地下，入了禁军就要在脸上刻字，怕你逃跑。所以只有那些实在混不下去的歪瓜裂枣才去当兵。

入了禁军，军中却不好好教给武艺，或者服侍军官，或者学手艺帮军官赚钱，或者差遣到官员家中去做仆役苦力。宋钦宗要求禁军勤习武艺，在诏书中指斥军中恶习，就说道：

> 诸将招军惟务增数希赏，但视形状不问勇怯，收充既不精当教习又不以时，既到军门惟以番直随从服事手艺为业。每营之中杂色占破十居三四，不复教以武艺。
>
> ——《三朝北盟汇编》卷三十七

这样的军队，指望其打胜仗基本就没有可能。北宋从澶渊之盟后，与辽国和平相处了一百余年，禁军的糜烂也正是因为没有战事。战力尚可的西军都在陕西一带防备西夏，与西夏的战事磨炼了西军，但汴梁城的防卫仍是禁军。

宋徽宗作死，是好大喜功，争着抢着要联金灭辽，打通金、宋之间的地理屏障，同时将宋军孱弱至极的战斗力暴露给金人，此举无疑是引狼入室，自取灭亡。

南宋联蒙古灭金有很多不得已的地方，直到金国被蒙古人打残，剩下了几座孤城后，才同意与其联合灭金，因为金国此刻已失去了屏障作用。而宋徽宗与金国结盟时，金国仅仅占据了东北一带，辽国在领土、人口、战争资源等方面仍处于优势，对宋朝的屏障作用仍在，金国与宋并不接壤，否则两国使者也不需从海上往来谈判了。

南宋不援助金国抗击蒙古人，因为金宣宗在受蒙古打击后，转而攻击南宋寻求补偿。而宋徽宗时，辽与宋人已和平了百年，两国约为兄弟之国，总体上相处得还算不错。

南宋与金有深仇大恨，这就是靖康之耻，而北宋与辽国谈不上深仇大恨，两国虽在前期打过仗，但互有胜败，谁也没把谁怎么样。当然，辽国占据着燕云十六州，还要北宋每年供奉岁币。但燕云十六州是五代时候，由石敬瑭送给辽人的，并非从北宋手中强行抢得。岁币自然让人不爽，可宋徽宗并不在乎岁币，因为他答应灭辽收回失地后，又将同样数量的岁币再转送给金国。

其实就当时的情况，在乎岁币又能怎么样，若辽国能做金与宋之间的屏障，使宋朝的繁荣与和平继续下去，即便再多给辽国一些赏赐也是值得的。对北宋的财力来说，那么一点岁币就相当于扶贫款，并没有多少压力。

当时金人并没有完全占领东北全境，一些地方仍有辽军坚守，燕云十六州也完整在辽人手中，将金与宋在陆上隔断。可恼的是，宋徽宗联金的主要目的不是灭辽，而是要打通这个屏障，要金人帮自己收回燕云十六州。

一、海上之盟

联金灭辽的想法最初源自辽国官员马植，他与宦官童贯认识，经童贯介绍从辽国叛逃宋朝。宋徽宗给他赐姓后，更名为赵良嗣。

赵良嗣是汉人，其家族在辽国算是大族，他在辽官至光禄卿，因此熟知辽国情况。他告知童贯、宋徽宗，说辽国的天祚帝耶律延禧即位之后，行事荒唐，昏聩不堪，无心国政却一味喜好游猎，弄得国内十分混乱，贵族之间的争斗愈演愈烈，而麾下各部族也不好好听话了，女真人就在完颜阿骨打的率领下起兵反辽，打得辽国无还手之力，此时宜与金人结盟灭辽，趁机收回燕云十六州等。

宋徽宗是个出色的艺术家，却绝对不是个政治家，没有半点战略思维，更不懂国家间的力量平衡，行事只凭冲动。赵良嗣的话让他冲动起来，想到百年梦想能在自己手中实现，顿时喜不自禁，遂不顾众多大臣的反对，派大臣马政一行乘船到辽东，以买马为名与金人联系。

因害怕马政等被辽军抓获泄露了消息，宋朝廷未给他们带任何官方文书。这一行人好可怜，上岸不久就被金兵抓住了，金兵以为他们是辽国的探子，差点杀了他们。马政等解释了半天，说自己是宋朝的使者，来见完颜阿骨打的。可这些兵卒疑心很大，仍将他们捆绑起来交给上司处理。

完颜阿骨打也不见这一行身份可疑者，派了完颜宗翰等见他们。完颜宗翰盘问了一阵，确认这些人确是宋朝的使者，而且是来寻求联金灭辽的，大吃一惊，忙将情况报告给阿骨打。

阿骨打当时面对的仍是体量庞大的辽国，虽说女真人骁勇善战，但女真的人数太少，东北一隅之地的资源也极其有限，能否与辽国长期对抗也是个问题，估计阿骨打这会儿真的没想过要灭掉这个超级大国。而宋朝也是当时的超级大国，能与辽对峙一百多年，人口众多地盘也相当广大，有宋朝相助，灭辽的可能性自然大大增加。

阿骨打很爽快地答应了宋朝联合灭辽的提议，至于燕云十六州的处置，他派了使者告诉宋徽宗："所请之地，今当与宋夹攻，得者有之。"意思很明确：那些地方谁攻占了就是谁的。

阿骨打当时并不清楚宋朝的情况，以为宋军很有些战斗力。可宋徽宗多少知道自己那些禁军的战力水平，就又派出使者，要与金人谈明白燕云十六州的归属。

前一次探路时没带任何官方文书，这次该有书面东西给金人，可该用什么规格的文书呢？赵良嗣建议用国书，这是两国对等交往的文件。可一些宋臣认为金人只是辽国的一个小部族，阿骨打充其量只相当于宋朝的节度使，用国书的话太高抬他们了。宋徽宗想了想，遂弃国书而用诏书。诏书是皇帝给下属的文件。

阿骨打见到诏书却勃然大怒，认为这是宋人故意侮辱自己，他将宋使扣押起来，扣了半年多才放其归宋，气狠狠地告诉使者说："跨海求好，非吾家本心。共议夹攻非我求尔家，尔家再三渎吾家，吾家立国已获大辽数郡，其他州郡可以俯拾！……若果欲结好同共灭辽请早示国书。若依旧用诏定难从也。"

使者回国将情况一说，宋徽宗傻眼了。童贯这时出了个主意，请宋徽宗写一封亲笔书信，派赵良嗣再出使金国。宋徽宗遂写信交给赵良嗣，信中核心内容是："据燕京并所管州城，原是汉地，若许复旧，将自来与契丹银绢转交，可往计议，虽无国信，谅不妄言。"

宋徽宗的本意，或许是用"燕京所管州城"代替燕云十六州，只是表意，就像给人送礼，礼物再重，也说是薄礼，一点小意思，但女真人哪懂汉人这种小把戏，阿骨打就将这封信当外交文件看待。这可苦了为宋朝利益力争的赵良嗣。

赵良嗣与金人谈来谈去地谈不拢，他要求将燕云十六州全部交给宋朝，阿骨打就拿徽宗书信堵他的口，说："你家皇上只要燕京所管之地，听皇上的还是听你的？"

赵良嗣好生无奈，最后只好与金人达成三点口头协议：一是宋攻燕京及所辖各州，金攻辽国中京，事成后燕京及所辖各州归宋，而宋将过去送给辽国的岁币转送给金国；二是双方暂以古北亭口、平州东榆关为界，金兵不许过界；三是宋、金双方都不许单独与辽人讲和。除了这三条，双方对出兵路线也有约定，还要相互通报出兵时间。但对燕京辖州之外其他汉地的归属却含糊其词，并未明确归属。

赵良嗣回宋后，将情况汇报给朝廷，宋徽宗却后悔起来，觉得这样不划算。对北宋而言，这个协议也确实不怎么样，燕云十六州只能收回属于燕京及所管的蓟、景、檀、顺、涿、易六个州，只是个零头。

宋徽宗想来想去，又派马政出使金国，这次给马政带了国书，国书中明确提出要将燕云十六州归属宋朝。阿骨打却不答应，态度很强硬，说宋朝如果这样要求，那就解除盟约。

宋徽宗彻底傻眼了，不知该怎么办。他倒是想过解除协议，但这时又传来消息，说辽国派了使者与金国讲和，准备封阿骨打为东怀国王，将东北之地赐予他管理。宋徽宗又犹豫起来，怕解除协议后，阿骨打真的接受了辽国的讲和，那宋朝就鸡飞蛋打，连燕京诸州也得不到了。想来想去的，宋徽宗最后还是决定与金人正式签订盟约共同灭辽。

盟约就这样签订了。

结盟之后的宋徽宗仍然犹豫，举棋不定。在这个关键时候，方腊起义蔓延东南一代，童贯带大军南下"征剿"，这一去就是一年多。当金国再派使者联络两路夹攻辽国的具体事宜时，因为皇上举棋不定，宋朝臣僚只好一味敷衍金使，金使在汴梁待了三个月，一无所获又回去了。

宋朝的犹豫拖沓惹得阿骨打很不耐烦，他不打算再等宋人了，就率军径直攻击辽国的西京。辽国天祚帝这会儿就在西京。一场大战之后，金军破城，而天祚帝不知去向。辽人认为他肯定战死了，于是在南京即宋人所说的燕京又立耶律淳为皇帝。

消息传到汴梁，宋徽宗觉得此刻辽国必亡无疑，遂又对海上之盟热心起来，恰好此刻童贯灭了方腊，扬扬得意地回来了。君臣俩一商量，怕金人再出兵攻占燕云之地，这些地方若被金兵攻占，想要回来就难了，遂决定马上出兵攻取燕京一带。

二、丢脸的宋兵宋将宋君

公元1120年，即北宋宣和二年的二月，正是早春时候，童贯正式出兵北上征辽。

童贯的后世名声很臭，但在宋徽宗时期，他却是宋朝数一数二的大将军，号称能征善战，曾在西部边疆与西夏打过多年仗，论资历论能力都算不错。

童贯以为此刻的辽国风雨飘摇，早已人心涣散，受宋、金两面夹攻，肯定军无战心，只等着天朝大军一到就望风而降。因此他进入辽境之后，一路张贴皇榜，号称吊民伐罪，又派使者进入燕京城，劝说辽国新立的皇帝耶律淳赶快投降，免得生灵涂炭。

耶律淳却怒冲冲大骂，骂宋人背弃百年前与辽国所订的盟誓，助纣为虐，随即就将宋使的人头给砍了。耶律淳这样骂是有原因的，宋与辽的澶渊之盟约为兄弟之国，如今又与金人结盟来攻辽，所以耶律淳称宋军为不义之师。

童贯心中憋火，很不高兴。因为宋军将领中也有人私下这么说。随军参战的西军将领种师道就说，盗贼入邻居家抢劫杀人，咱们不但不去救，反而要进去与贼分赃，这也太不对了。

为了标榜自己是仁义之师，童贯下令不许骚扰地方，不许主动挑衅进攻辽军，要尽可能地维护天朝大军的形象，这倒罢了，问题是他竟召集部将宣称："奉圣旨，王者之师，有征无战，吊民伐罪，出于不得已而为之。如敢杀一人一骑，并从军法。"

童贯是否真的接到宋徽宗这样的圣旨已经不重要了，问题是不许杀人，这个仗还怎么打？

种师道算是能征善战的老将，手下所领的西军也素以顽强能打硬仗而著称。但不许杀人的仗他没打过，种师道想来想去，挖空心思才想了一个办法，他准备了好多木棒发给士兵，认为这样总比赤手空拳好些，遭遇辽军进攻时多少能抵挡一下，只要不很用劲，木棒一般是打不死人的，这样就避免了违犯童贯的军令。

不许杀人的宋军很快就傻眼了，接连遭遇败绩，棍棒怎可能打败真刀真枪的辽军呢？宋军先在白沟败了两场，又在范村败了一场。围攻雄州时，辽军主动冲出城来反攻宋军，城下一场混战厮杀，直杀得惊天动地，人头滚滚。这一战宋

军大败，损失极其惨重，

　　童贯见事情棘手，难以收场，只好率残兵后撤，将打败仗的责任都推给了下属将领，主要推到了种师道头上，说种师道桀骜不驯不听指挥。结果种师道被皇帝撤职，第一次伐辽就这样稀里糊涂地收了场。

　　到了七月，辽国新立的皇帝耶律淳病死，阿骨打却又派使者来到汴梁，说辽国的天祚帝其实并没死，辽国虽然风雨飘摇，但也很可能死灰复燃，约宋人再次出兵攻辽。

　　宋徽宗这次派了大将刘延庆顶替种师道，命他率十万大军北上，仍归童贯指挥。童贯就命刘延庆一路向北攻城略地。

　　辽国这时的情况的确不妙，害怕两面作战。暂摄权柄的萧太后无奈下，派了使者韩昉找到童贯军营，捧出降表，说愿为臣属，永做宋朝的屏藩，祈求童贯不要进军。童贯这会儿哪肯见韩昉，叫人将他轰走。韩昉临走时泪流满面，大声喊道："辽宋两国，和好百年。盟约誓书，字字俱在。你能欺国，不能欺天。"

　　刘延庆遵令从雄州带兵北上进入辽境，他的运气好，进入辽境后还没打仗，守涿州、易州的辽将郭药师却主动前来投降，将涿、易二州送给宋朝。汴梁城中的宋徽宗得到消息也高兴得不行，当即大事封赏。

　　刘延庆、郭药师于是带兵朝燕京进发，在卢沟以南被辽兵挡住了去路。这是辽将萧幹从燕京城里带出来的辽兵，要阻击宋兵于城外。

郭药师打仗比刘延庆强多了，他建议绕过阻击的辽兵夜袭燕京，说自己先带兵乘夜色攻入城中，请刘延庆派人带兵接应。刘延庆同意了，派自己的儿子刘光世接应郭药师。

那一晚，郭药师带着六千兵士奇袭得手了，很快就攻进了燕京城。但是接应的刘光世却根本不见人影。郭药师在城内与辽军厮杀，辽军死战不退，郭药师很快就陷入劣势，他带的兵实在是太少了。

城外与辽军对峙的宋军毫无动静，而辽军迅速回城，与城内守军一起灭杀郭药师。

郭药师麾下死伤过半，拼命突围出城，辽人衔尾追杀，郭药师最后只带了数百人逃回。而辽将萧斡随即断了宋军的粮道。

宋主将刘延庆吓坏了，一把火将自家的营帐烧了，所有的辎重物资粮食都不要了，领着宋兵向南就逃。辽兵随后追来，在白沟又一次将宋兵打得大败。刘延庆这时吓得魂也没了，一路狂逃着进入了雄州城。

刘延庆逃走后不久，阿骨打亲自率金军攻占了燕京，又将附近的州县尽数收入囊中，此前金军攻占了辽人的西京大同。到了这时，辽国基本算是完了，燕云之地都在金人控制之下。

到了分胜利果实的时候，宋徽宗忙派赵良嗣为使者，向金人讨要燕云诸州。

金人哪肯答应，反倒各种讽刺、嘲笑、挖苦。嘲笑宋兵只知逃跑，挖苦宋朝廷痴心妄想，什么功劳也没有，只想着来摘桃子。

可怜的赵良嗣跑了多趟，费尽口舌，阿骨打只答应将燕京及六州交给宋朝，但也不是白给，他附加了条件，宋除了将过去给辽的岁币交给金国，还需另外出一百万钱，说这是燕京之地的带税钱。就这条件，金国将领也不高兴，几乎个个反对，连降了金人的辽将也反对，说辽之所以力压宋朝，原因就是据有燕云诸州，劝阿骨打不必理会什么"海上之盟"。

但阿骨打说："我死了之后你们想怎么就怎么吧，现在还是遵守盟约。"

赵良嗣力争无果，只好回京汇报。宋徽宗这会儿倒很大方，阿骨打提的条件全部答应，又打发赵良嗣再使金国，向阿骨打讨要大同及附近州县。赵良嗣跑来跑去的，最后倒是说动了阿骨打，他答应将大同交给宋人，但要求宋朝拿出二十万两银子的犒军费。宋徽宗二话不说，答应。就在此时，金国皇帝阿骨打死了，他是在返回上京的途中病死的，随即他的弟弟吴乞买坐上了皇位。

当初，金国内部支持按盟约将燕京诸州交给宋朝的，只有阿骨打一人，完颜宗翰、宗望等少壮派压根看不起宋人，宋军的战斗力太差了，他们觉得根本没必要将燕京还给宋人。

在阿骨打答应了宋人以岁币及带税钱为条件讨回燕京之后，完颜宗翰等私下找到宋使赵良嗣，说："咱们先不说银子的事，你我两国打一仗，宋赢了，我们不要一两银子就将燕京交还，你们败了，银子就加倍，行不行？"

赵良嗣哪敢答应，只能顾左右而言他。不过此时有阿骨打在，这些少壮派也不敢胡来，只是私下里使劲地嘀咕，各种不服。

现在阿骨打死了，宗翰、宗望等少壮派马上就找新皇帝吴乞买，要求抛弃与宋人的盟约，据守燕京诸州。吴乞买想来想去，却以先皇有意交还，他不能违背先皇之意为由，拒绝了少壮派的请求。

交割燕京诸州的时候，金人将诸州的人口财富全部掠走，只留下几座空城，并要求宋人在誓书上加入不得收留金国叛将等内容。宋徽宗无可无不可的，一切照办。

交付了银子，燕京诸州终于收回来了。宋朝于是举国欢庆，认为这是不世奇功，童贯被认为在其中出力最大，遂封了王，称作"广阳郡王"，自然，其他参与的人也个个都有封赏。

三、金兵南下

比起金军，宋兵的战力确实不堪一提，而宋将统军作战的能力也低劣至极。联金灭辽是个最好的展示平台，不但将宋兵、宋将的技艺淋漓尽致地展露，宋君徽宗眼光的短视、外交军事上的无能也一并被展露出来，被金国君臣看得明明白白。当这些全部暴露在金人面前，金军南下的脚步就无可阻挡了。在这种情况下，正处于上升时期，极具扩张意识的金国岂能饶过宋朝。

阿骨打的突然去世，让金军南下的脚步提前了若干年，这是北宋的不幸，对整个宋朝来说却是大幸运。

阿骨打雄才大略睿智非凡，他清楚金国的底蕴，女真人的数量太少，灭亡了地域广阔的辽国，必须有一段消化的过程。而宋人的岁币、带税钱无疑能助长金人的消化速度，加快金人恢复灭辽时的体力消耗。而宋人得到燕京及其下辖的六州七座空城，守军的后勤供应是一大问题，给这几州迁徙人口又是一大问题，帮助迁徙来的人口发展生产还是一大问题。种种问题，对宋朝的国力是个不小的损耗。

几年之后，金国的体力完全恢复，而宋朝在燕京几州耗费了不少国力，此消彼长下，双方的力量对比就是另一个样子了。此时金兵乘秋天马肥时节南下，铁骑所指，宋朝恐怕想偏安江南也不可能。

完颜宗翰、宗望等少壮派哪有阿骨打的眼光与谋略，以宋朝接收金国叛将为由，向皇帝吴乞买施加压力，虽最终促成了两路金兵南下，但两路兵马十多万人，真正的女真战士不到一半，其余的都是归降金人的奚人、契丹人、汉人等组成的杂牌军。这时候，金国拿不出更多的兵力，这是他们能够出动兵力的极限。

十多万人，以骁勇的女真骑士为核心，纵横华北可以做到，但无法占据整个华北，更谈不上占领江南江北以及西南中南各地，这才给宋人留下了一线生机，有了南宋。

走出了联金灭辽这一步，宋徽宗作死的任务就完成了。

辽国其实被灭与否都不重要了，只要打通了金、宋之间的陆上通道，金兵的南下就注定了。

之所以说宋徽宗的任务完成了，因为当完颜宗翰、宗望分别率西路、东路两支金兵南下时，宋徽宗惶急无措，气得当场晕厥过去。大臣李纲当即就上书建议他退位，让太子赵桓登基，以便号召民众抵抗金人。

宋徽宗也知道自己弄的联金灭辽玩出大麻烦来了，既羞又愧，啥也不说了，退位退位。太子赵桓当即登了基，改元靖康，他随即就成了后人口中的宋钦宗。

两路金军，西路的完颜宗翰在太原城被绊住了，只有东路的完颜宗望带军到了汴梁城下。第一次汴梁保卫战开始了。宋钦宗将李纲升为右相，授权他全盘统筹指挥汴梁的防御。

完颜宗望的东路军只有六万人，无法对汴梁城四面合围，而此时城内宋军有三万人。宋军打野战攻城什么的不行，守城还算凑合。汴梁城雄伟坚固，防御设施极其完善，每隔二三十米就有一个凸出的马面，可在其上对下交叉射箭。每隔约二百米，就有一座武器库，其中放满了各种守城器械箭矢等物，城内的钟楼、鼓楼、望楼等便于观察敌情临阵指挥，城外的护城河水深河宽，且与汴河、广济河、蔡河等相通，水源充沛，端的是固若金汤。

汴梁乃是一座千古雄城，相传当年周世宗建此城时，用的是虎牢关的土，那儿的土坚硬且黏性极大，筑为城墙后，投石机飞掷来的大石块砸在墙上，只能砸出一个小坑，而没有土粒掉落。一百多年后元军围攻这座城池，在城内断粮发生瘟疫的情况下，仍旧没能凭武力强行攻开，若非城内出了叛徒内应，强悍的元军也毫无办法，只能望城兴叹。

李纲是铁杆的主战派，组织工作也做得非常到位，当时宋军中还有许多火器，如蒺藜火球、霹雳炮等，其中的霹雳炮疑似金人守城时用的震天雷，估计是改了个名字罢了。那时的火器尚属初级阶段，杀伤力无法与今天的热兵器同日而语，打仗主要还是靠冷兵器。但火器是个新鲜东西，女真兵士大多没见过，霹雳炮爆炸时响声如同雷震，极具威慑效果，用来守城还是有相当作用的。因此完颜宗望驱兵强行攻城多次，都是无功而返。

当时的汴梁城内粮食充足，各种武器、箭矢应有尽有，城内一百多万居民随时可以组织起来进行后勤支援，青壮年经简单训练后也可以上城御敌，说是固若金汤也不过分，与金国灭亡时汴梁城内的形势根本不同。

此时汴梁城外的形势也不错，接到宋钦宗的勤王诏令后，各地勤王的兵马源源不断地赶了过来。种师中率领的西军精锐到了，姚可胜率领的陕西兵到了，韩时中率领的环庆路人马到了。西军老将种师道也带着兵马到了，且从安上门进了城。各地勤王兵马陆续到达，总数超过了二十万。

虽说大部分勤王兵马战力有限，但如此多的数量与金兵对峙，金兵攻城不下，又是千里奔袭，处于宋朝腹地，此刻的处境并不妙。若失手败过一次，很容易就会陷入宋军的汪洋大海中。

　　完颜宗望在攻城无望时，就玩起了议和的伎俩，要宋朝廷派亲王、宰相级别的人为人质，他们可以与宋朝谈判议和。

　　宋钦宗一听金人可以议和，立刻就在黑暗中看到了光明，在绝望中抓到了救命稻草。宋朝廷从来都不缺议和派，宋钦宗马上派了大臣李棁、郑望之出城前往金营议和。完颜宗望狮子大开口，索要金五百万两、银五千万两、牛马等各万匹、绢帛百万匹，还要宋朝割让太原、中山、河间三镇给金国。

　　这么明显的敲诈，宋朝廷内以左相李邦彦为代表的许多大臣竟认为应当答应。主战派右相李纲气得几乎吐血，吹胡子瞪眼说，这么高的要求，竭尽天下之财也不够给金人，汴梁城里哪有这么多金子银子？争来吵去的没有结果，宋钦宗只好请李棁与金人再议。

　　城内的主战派以李纲、种师道为首，议和派以左相李邦彦、张邦昌为首。宋钦宗一会儿倒向主战派，一会儿又倒向议和派，既想抵抗又想议和，二者却无法兼顾。这家伙也真是个善于作死的皇帝，竟在关键时刻将右相李纲、军事总指挥种师道两人免职，要不是太学生上书请愿，在宣德门外聚集了几万人，弄得全城轰动，逼得他恢复了李纲、种师道的职务，估计汴梁城这次就要遭难。

　　看到勤王兵马越来越多，宋钦宗也答应了割让太原、中山、河间三镇给金国，完颜宗望倒也不傻，立刻从汴梁城下撤退，领兵北返。

这时，宋廷主战派与议和派的大戏又开始了。李纲、种师道建议以西军精锐护送金兵北上，金兵渡黄河时，趁其半渡而击之，打残这支金军。宋钦宗认为这个主意不错，点头首肯。

但金兵渡河时，议和派大臣吴敏、唐恪领人在黄河边竖起大旗，严令宋军不许越过大旗追击金军，否则处死。从迹象上看，他们明显也是得到钦宗的首肯。

种师道无奈在金兵退走后又提了一个建议：屯兵黄河南岸，防止金人第二次渡河南下。吴敏、唐恪马上就反对，说金兵要是不来，这笔军费开支不是个小数，不能如此胡乱浪费。

宋钦宗此刻完全倒向了议和派，自然全听他们的。种师道被气得大病一场，终于去世，李纲倒是硬朗着呢，可宋钦宗免了他的右相之职，给了他个闲差事派往外地。

接下来，宋钦宗要拼命地作死。

四、神人郭京

完颜宗望北返不久，金国派了萧仲恭、耶律余睹二人出使北宋，看到这两人，宋钦宗的小心眼儿又胡思乱想起来。

原来这两人都是辽大臣降了金国的。耶律余睹降得早，在金国做监军，有点小小的兵权。萧仲恭降得晚，他一直随天祚帝逃跑，自己饿着肚子却把找来的一点饭食给天祚帝吃，冰天雪地冷得不行，他让天祚帝躺在自己身上休息。天祚帝被金人捕获后，他不得已之下才降了金国。

宋钦宗异想天开，认为萧仲恭一定和金人离心离德，就先说服萧仲恭叛金，又写了一封策动耶律余睹领兵叛金的书信，用蜡封了让萧仲恭带着，让他瞅时机交给耶律余睹。萧仲恭满口答应，回到金国后却马上变卦，将蜡封书信交给了完颜宗望。

宋徽宗策划联金灭辽，宋钦宗策划辽人降臣叛金，这父子俩都想着借助外力达到自己的目的，就是不想着怎样提高宋军的战斗力，不想着怎样让大宋强起来。两个喜欢投机取巧的帝王，手段却又笨拙至极。

蜡封书信惹得金军第二次南下，领兵将领仍是完颜宗翰、完颜宗望。黄河上没有宋军防守，金兵用小舟很悠闲地摆渡，每只船上也就装上十多人或几十个人，就这样将十多万人慢腾腾地渡了过来。这一次没有太原城的羁绊，完颜宗翰、完颜宗望领兵都到了汴梁城下，兵力比上次围城时多了一倍以上，达到十五六万，他们派了部分兵力西去封堵住了潼关，以防西军精锐过来勤王。然后以剩余兵力将汴梁城四面都围了起来，日夜攻打。

上次勤王的那些兵马多数被宋钦宗或支走、或解散了，有少数留在了城内。此刻城内兵力将近七万，稍后张伯奋带着万把人的勤王军强行冲进了汴梁城，于是城内兵力增加到八万左右。但此后就再没有勤王军前来了，因为新任右相唐恪、左相耿南仲下了命令，不许各地的兵马乱动。

奇葩皇帝任命了两个奇葩的宰相。

尽管形势严峻，但汴梁城并非完全不可守。城内还有一百多万居民，这些人中的青壮年就是后备兵源，将他们简单组织训练之后，便可以做许多辅助性的工作。另外，汴梁城高大坚固，金军要攻开并不容易。

可惜的是，上次的守城总指挥李纲被皇帝逐走了，奇葩皇帝这一次任命了一个更为奇葩的守城总指挥，再坚固的城池都起不到作用了。

这个总指挥名叫孙傅，官职是同知枢密院事，相当于副宰相。

金兵强行攻城几次，矢石交飞，但汴梁城巍然屹立。总指挥孙傅在城上亲冒矢石指挥，金人攻了几次见毫无效果，就又停歇下来。孙傅忧心防卫之事，就在书中寻找思路、办法。翻检诗书时，忽然看到两句诗："郭京杨式刘无忌，皆在东南卧白云。"这两句诗触发了孙傅的灵感，诗中所言的郭京等人，显然是神仙一类人物，而危难之际这几句诗跳入眼中，是否暗示郭京等神仙人物就在城内呢？

孙傅忙动员人手寻找，这一找果真找到一个叫郭京的人，此人是宋军龙兵卫中的副都头，自称会神仙法术，认识他的人也称他能施六甲法。孙傅兴奋极了，神仙人物终于被自己找到了。但他仍非常谨慎，先要检验郭京所言是不是可信，怎么检验呢？史料上是这样记载的：

令与殿前验之：其法用一猫一鼠，画地作围，开两角为生死道。先以猫入生道，鼠入死道，其鼠即为猫所杀。又将鼠入生道，猫入死道，猫即不见鼠。

——《三朝北盟汇编》卷六十五

郭京说用兵打仗就是这个道理，进了生道敌人看不见，当然就可以大获全胜了。郭京所弄的猫鼠试验无疑是江湖骗子耍的小把戏，但孙傅相信了，他如获至宝，马上就将郭京推荐给朝廷，要求重用此人。

宋钦宗如获至宝，当即给郭京封了个将军的官儿，又赏了无数金银绸缎，请他按仙法招募训练士兵，以仙法率领士兵打败金军。

郭京当即在城内大肆招募兵士。他不管武艺如何，能不能打仗，只挑选所谓命相合六甲的人。半个月时间，选了数千他认为合格的士兵。郭京宣称，有这些人就足够了。

这时金军攻城更急，朝廷官员一个个忧心忡忡，孙傅等便询问郭京何时出兵打败金军。可郭京一脸轻松，谈笑自如，丝毫不把城外的金兵当回事，他说："等我拣个好日子再出兵，三百兵士就能击败金人，直打到阴山。"

朝廷内也有不信郭京的大臣，他们找孙傅质疑，说从来没有靠神棍成大事的，汴梁存亡关系太大了，怎么就敢相信郭京这样的人呢？你弄这事真要出了乱子，整个大宋都要蒙羞。可孙傅此刻对郭京深信不疑，谁劝也不听，反而大发脾气斥责。

金军的攻势越来越烈，守城宋兵伤亡数不断增加。孙傅心中也着急起来，就催促郭京出兵。郭京却推三阻四起来，拒不出兵，被催促了多次，他实在找不到理由推托了，这才准备开城门出兵。不过，他自己才不去呢，他要保持神仙风度。那一天，郭京请了龙图阁大学士张叔夜陪自己坐在城楼上谈笑，同时下令开了城门，让他训练的那些神兵出城作战。但这一出去，戏法马上就被戳穿了。《宋史》对这个神人的荒唐之事也不吝笔墨，记载了下来：

> 京曰："非至危急，吾师不出。"栗数趣之，徙期再三，乃启宣化门出，戒守陴（pī，城上的小矮墙）者悉下城，无得窃觇。京与张叔夜坐城楼上。金兵分四翼噪而前，京兵败退，堕于护龙河，填尸皆满，城门急闭。
>
> ——《宋史》卷一百一十二"孙傅传"

按《宋史》的记载，郭京开宣化门出兵时，不许守在城上女墙边的士兵偷看，将他们都赶下了城墙。可他的神兵很不争气，出城后遭到金兵围攻，很快就败了，且败得狼狈不堪，很多人慌不择路向后逃跑时，竟掉进了护城河中，当然也有不少逃进城的，随即急忙关闭了城门。

即便把戏被拆穿了，郭京这会儿仍很镇定，不愧是神人呀。他不慌不忙地对张叔夜说："这些小子不争气，看来得我亲自下去作法了。"就抬脚施施然下了城楼，随即领着自己那群被打残了的神兵向南城急跑，瞬间便窜进汴梁城的小巷子里，不见了踪影。

金兵就是这时候登上汴梁城的，原因很简单，郭京出兵时不许别人偷看，所以将城头上警戒守卫的兵将全部赶了下去，"戒守睥者悉下城，无得窃觇"，金兵不是傻子，不趁这会儿登城还等何时。

五、作死到底

汴梁城破，群情耸动，宋钦宗失声痛哭，后悔自己没用李纲、种师道他们。

城内宋军组织兵力试图夺回被金兵控制的城门，却没能奏效，无奈之下准备与金兵在城内巷战，同时动员了十万青壮市民助战，并给他们分发了武器和衣甲。但是巷战没有发生。金兵很聪明，并不进入汴梁城的大街小巷。

金兵控制了城墙后，随后将城内砖砌的上城踏步全部拆除，却给城外砌上踏步。本来城防设施是对外的，防备打击外面的人，可经金兵这一改造，汴梁城的功能来了个大反转，成了防备打击城内的人。

金兵在墙上俯视着城内，大多数情况下都不下来。骑着战马在原野奔驰射箭，他们个个都是高手，可在城内纵横交错的巷子里作战，他们就不太习惯了。汴梁城的大街小巷多如牛毛，两边有二层甚至三层的酒楼、商店和民屋，每一个窗口内都可能埋伏着几个弯弓射箭的人，因此对金兵来说城内非常危险。

金兵的数量有十多万，可攻城时折损了一部分，城外的要地也得分兵把守，青城的金军总指挥部也得留兵保卫，因此上了城墙的金兵不会很多，城墙上也容不下十多万人。可汴梁城内的居民有一百多万，远远超过十比一的比例。金兵贸然进城的话，后果可能十分严重，此时汴梁城的居民，提起金兵可是满腔仇恨，下手绝不会容情的。当然，也有不信邪的金兵，想结伴下城掳掠一番，但结果明显不妙，很多都被市民给杀了：

> 京城流言颇汹惧，诸城夜有金人下城虏掠者，亦为百姓掩杀甚多。榜示军民近有以秽水代酒饮，在城与金人博易几至生事，自今敢以诸杂物博易者并行军法。
>
> ——《三朝北盟汇编》卷七十七

金兵有不怕死的敢下城掳掠，好笑的是汴梁居民也有不怕死的，居然拿脏水代替酒，与金兵进行赌博交易。

这时皇城还在宋兵手里，皇城的城墙上值守的也是宋兵。外城那几万宋兵虽被赶下城墙，可仍在大街小巷据守。这些宋兵在原野上拼不过金兵，但在城内巷战，金兵并无优势，加上居民相助的力量，绝对可与金兵一战。

但是，金兵这会儿却不打了，又耍起了议和的老套路。请宋朝的太上皇徽宗赵佶到青城金营去，威胁说徽宗敢不听话，他们就要屠城。

议和的老套路耍了多次，但每次耍都有效。宋朝君臣就是吃这一套，一听说议和，大家立刻就在绝望中看到了希望。徽宗虽胆子小不敢去，可宋钦宗敢去。连着去了两次，结果回不来了，被金人扣在了青城，胁迫他对城内百官发号施令，靖康之耻此时无可避免地发生了。

作死的宋钦宗，愚蠢的宋钦宗，被金人扣住了，你还发什么命令啊，你此刻哪怕碰头而死，也不失一个帝王的尊严，可你贪生怕死胡乱发命令，却让宋人蒙受千古之羞。

在金兵没有下城墙的情况下，按照宋钦宗的指示，宋朝的官员将宋兵手中的武器全部收缴，居民家中的刀枪利器也被搜罗干净，连同武器库中的兵器一起交给金人，就这样，他们自己给自己解除了武装。

宋朝的开封府官吏齐出，在城内给金人搜集美女、工匠、医生、金银、绫罗。开封府的档案中有皇后顶多少金子、公主顶多少银子的记载。

为金人拼命搜罗美女财物的宋朝官员有徐秉哲、莫俦、范琼、王时雍等。徐秉哲一次就搜罗了一千多美女，给自己选了不少姿色上乘的，将其余的用车送往青城金营。

说是搜罗，其实就是强抢。因为没有谁愿意离开汴梁，随金兵去遥远苦寒的北方。美女不愿意，工匠、绣女、医生等也不愿意。所以当时汴梁城中哭声震天，多少夫妻、母女抱头痛哭、拉扯着不舍分离。但宋官带着宋兵强行将他们拉开，将金人需要的人拖着带走。这些宋兵打金人不行，可进了自己百姓的家里，哪一个不是如狼似虎？

靖康之耻中，宋朝君臣的嘴脸比金人更为丑恶，更为无耻，也更无底线。宋朝的士大夫们一直看不起金人，认为金人野蛮落后，曾用"茹毛饮血，殆非人类"来形容他们，认为自己文明先进，但在靖康之耻中，宋官自己打了自己的脸，此时的宋官将文明的外衣完全脱了，将其丑恶的一面赤裸裸地暴露了出来。

其实，在靖康之耻尚未发生，宋军还在努力保卫汴梁城时，宋人的丑恶就开始暴露了。城外的金兵哇哇怪叫着攻城，汴梁城存亡在此一刻，但宋朝官吏似乎并不担心害怕。负责南城守卫任务的提举官李擢，在金兵推土填护城河时，他毫不理睬，却急着装修自己城墙上的指挥部，然后在里面喝酒烹茶，坐卧谈笑：

> （李擢）于城楼上修饰坐卧处，如晏阁宾馆，日与僚佐饮酒烹茶，或弹琴笑，或曰醒醉。守御使孙傅、王宗，宰相何皆知而不问，将士莫不扼腕者。
>
> ——《三朝北盟汇编》卷六十六

皇帝怕守城将士懈怠，派使臣巡视，每日给使臣有较高的报酬。于是权贵的亲戚、门生都纷纷寻门路当了使臣。他们人还没到城墙上，给他们请功的帖子就递到了朝廷。而那些真正在墙上卖命的兵士，真的立了功也未必有人呈报。

不给兵士报功，受了伤总得给抚恤费吧？"至于伤重军兵，有轻伤而得重赏，伤重而得轻赏者，有战死而作逃亡自死者。其弊不胜言，所以败国家之事也。"

　　腐败糜烂到了这个程度，国家将亡，仍旧不知半点收敛，这样的国家不亡待何，这样一个北宋不让金人给灭了，还真是没有天理了。只可惜的是那些美女、工匠等人，至于那些皇族，特别是徽、钦二帝，他们是罪有应得。

第八章　北宋皇帝的胆量与国策

　　女真的崛起伴随着浓厚的暴力因素，在当时的情况下，这个民族也难以和平崛起，于是阿骨打选择了暴力，而骁勇善战的女真人似乎也最适合用暴力宣告他们的强大。

　　在灭辽的整个过程中，不论是初期还是晚期，女真骑兵都表现得极其剽悍凶猛，让辽国君臣胆寒的同时，也让宋朝君臣感觉到了浓浓的血腥味道。"女真不满万，满万不可敌"，这是辽国人口中传出来的评价；"茹毛饮血，殆非人类"，这是宋国臣子的描述。去除各种评价描述中的感情因素，其内容基本一样，就是女真人极能打仗，极其凶恶可怕。

　　女真人用实际行动不断证明自己的可怕，在宋人眼中十分强大的契丹军队，遇到女真骑兵的话，几无还手之力，女真人在辽国境内纵横驰骋，想攻哪儿就攻哪儿，攻无不克，辽人没有哪座城池能挡住女真人的兵锋。

　　这样一个民族所建立的金国，其强悍狰狞的形象带着天然的威慑力，你不怕不行，这是一种威势，在血腥与暴力基础上建立起来的威势。猛虎出洞时，鹿、羊之类的动物迅速退避三舍，老虎的威势让它们不敢与之接近，更不敢与之周旋，除非不要命了。

徽宗、钦宗时期的北宋军队，其战斗力与金兵不可同日而语，徽宗知道这一点，钦宗更知道。赵良嗣到辽东找阿骨打商谈联金灭辽时，阿骨打有意让他观看金兵攻打辽人中京的情景，那场攻城战几乎把金兵的凶猛迅疾演绎到了极致，防卫森严的中京城不到一天时间就被攻了下来，这种战绩让宋人听了简直不敢相信。

不可思议的是，宋徽宗、宋钦宗对金国似乎并不害怕，没有退避三舍不敢招惹的意思。徽宗敢联金灭辽，不厌其烦地派使者与金人周旋，争多论少，最后竟敢公然违反盟誓，接收叛金将领张觉。

钦宗的举动也不可思议，金人以宋朝违约接收张觉，派兵南下将华北弄得一片残破，完颜宗望的兵马还直冲到汴梁城下，逼得钦宗割让北方三州。按说教训够深刻了，金人的凶猛彪悍亲眼见识了，老虎的屁股不能摸，太危险。可钦宗仍是不信邪，见缝插针还是要弄个蜡丸信，挑拨辽朝降将叛金，制造借口让金兵第二次南下。

若说徽宗、钦宗是英雄豪杰，浑身是胆，敢于降龙伏虎斗顽敌，所以不怕金人，要与他们周旋到底，扬宋朝的国威，那也能讲得过去。可徽宗、钦宗显然不是英雄豪杰。这两个家伙贪生怕死，胆子是很小的。他们都是生于深宫之内，长于妇人之手，其见识阅历都难以成为英雄，而宋兵的疲弱状态也不足以为他们壮胆，朝中大臣里议和派的势力庞大，动不动就要给人赔钱割地以求平安，这些人也不足以给徽宗、钦宗壮胆。

若这两位是那种傻胆大的鲁莽之辈，无知者无畏，那也解释得通，可他俩一点儿也不像傻胆大，倒是更像谨小慎微的书生。

那么，他俩为何那么胆大，与金国周旋时敢于屡屡犯规捋虎须？

一、北宋皇帝的无畏

说起来，北宋的皇帝似乎从来没有害怕过，他们不知害怕为何物。九位北宋皇帝中，或许宋真宗曾经很短暂地害怕过一次，其余的皇帝却从来没产生过害怕这种情绪。这不是遗传，而是环境使然。

宋朝从诞生时起，就是中原的霸主，汉地四处分布的小国没有哪一个是宋的对手。南唐也罢，北汉也罢，后蜀、南汉、荆南、吴越诸国，除了向宋称臣之外，剩下的就是等着宋军来讨伐，在当时，这些小国没有一个有灭亡大宋的实力。也就是说，汉地的小国只有害怕大宋，没有大宋怕他们的道理。

当然，也有不怕大宋的主，这就是北面契丹人建立的辽国。辽国幅员广大，其国土囊括了今日的蒙古国以及我国的内蒙古、东北、西北及华北的一部分，比宋统一汉地诸国后的面积还要大。契丹人为辽国的主体民族，契丹骑兵来去如风，在五代时曾数次侵入汉地，除了大肆抢掠外，还参与汉地王朝的废立。后唐、后晋就是因为契丹人的出手才灭亡的。

不过当宋朝代替了后周，赵匡胤东征西讨耀武扬威时，辽国已经建国半个多世纪了。这个时候的辽国渐渐敛去了锋芒，变得温和起来，侵略性、扩张性大不如前了。契丹贵族们加速了汉化的步伐，游牧民族的特色缓缓地淡去，他们向往安逸富贵的生活，骑射之术已大不如前了。

而新兴的宋朝此刻却锋芒毕露，英姿勃勃，军队的战力恰在巅峰状态，对契丹这个老牌帝国毫不畏惧。当大宋以铁血手段征服汉地诸国时，辽国的契丹人视若不见，不予理睬。契丹人这会儿安于享乐，似乎不再愿意出兵干预汉地的事情了。

只有当大宋灭亡北汉时，辽国才有了反应。北汉一直与辽国关系密切，为了抗衡大宋的威胁，北汉紧抱辽国的大腿，称辽国皇帝为父皇帝。所以宋要灭北汉，辽国不好意思置之不理，只能出兵救援。

但是没用，处于巅峰状态的宋军不怕契丹骑兵，他们击溃了契丹的援军，然后猛攻北汉首都太原，硬是逼得北汉投降。

这会儿的宋朝皇帝不需要怕任何人，因为宋朝的军队足够强大，完全可以保家卫国。不过，此刻宋军自保有余，可真要打败辽国骑兵却并不容易。宋朝没有养马之地，缺少骑兵，作战以步兵为主。而辽国的主力部队是骑兵，机动性极高，形势不妙时拨转马头就跑，有了机会风一样地又扑了过来。所以宋太宗主动北伐辽国，想将燕云十六州强夺回来，却没能成功。

宋太宗是在雍熙三年，即公元986年率军北伐的，当时宋人兵势雄大，分三路倾力北攻，打得辽兵连连败退。但是作为主力的东路军求功心切，孤军深入致使粮草不继，主将曹彬退兵到雄州带了粮草后，不停歇地又向北攻，被辽军乘其疲惫击败。东路军败退后，辽人集中兵力反攻其他两路宋兵，宋军兵败如山倒，损失惨重。

雍熙北伐将辽人尚未泯灭的好战性又挑了起来，契丹人虽汉化严重，但骨子里流的仍是游牧民族的血液，对纵马抢劫杀戮的记忆仍在。而北伐的失败致使宋军力量严重削弱，从此宋、辽的攻守易位，辽军开始频频南下骚扰进攻宋朝。

说宋真宗曾短暂地害怕过，是因为在他当上皇帝后，辽军仍不断南下挑衅，而宋军战力已开始衰退，不能与赵匡胤、赵炅（光义）时期相比了。在他即位的第七年，辽人对宋朝发动了大规模的入侵。二十万辽兵在辽圣宗耶律隆绪统率下，势如破竹般滚滚南下，迅速推进到黄河北岸的澶州。若辽军攻下了澶州，便与宋朝的首都汴梁隔河相望，这也太凶猛了，宋真宗当时的确受到惊吓了，差一点儿就要迁都金陵以避辽人的锋芒。

就在这个时候关键时刻，大臣寇准出手，在朝堂上大声呵斥主张迁都的大臣，声称出此主意的人应该杀头。他敦请皇上亲征，到澶州以鼓舞宋军士气，力争打败辽人。

宋真宗哪里肯去，隔着黄河他都害怕，如今去了澶州直接面对辽人，这太危险了。可寇准岂容他推辞，扯着袖子逼着皇帝非去不可，一番大道理劈头盖脸地砸过来，宋真宗真的就没脾气了，只好被寇准拉着过黄河去了澶州。

皇帝亲临一线，黄龙旗在澶州城头飘舞，宋军果然士气大振，竟将辽人的统兵大将萧挞凛以伏弩射杀，大挫了辽人的威风。

接下来就是澶渊之盟了。辽人取胜无望，只好与宋人议和。澶渊之盟开启了宋人以银子换平安的时代，为宋、辽此后百年间的和平奠定了基础。

平心而论，澶渊之盟宋人并不吃亏，面子上里子上都讲得过去。两国约为兄弟之国，两国皇帝也以兄弟相称，宋真宗为兄，辽圣宗年龄稍小些，是弟。宋每年给辽国岁币——银十万两，绢二十万匹——这一条看起来宋人吃了亏，可盟约中还有一条，就是在边境设榷场，政府与民间商人都可以在榷场互市贸易。

辽国人做生意哪比得过宋人哪，此后宋朝光是在边境榷场赚来的钱，就远远多于给辽人的岁币了。而宋辽和平，宋朝不需要重兵长期驻守北部边疆，不需要再支出巨额的战争费用，榷场的双边贸易又为宋人的商品提供了相当不错的销售渠道，辽国从此成了北宋商人的巨大市场。北宋的经济腾飞实际上就是在宋真宗时期实现的，准确点儿说，是在澶渊之盟后实现的。

与辽国实现和平后，宋人还有西夏这个外患。只是西夏较小，实力有限，难以给宋朝造成重创。澶渊之盟后，宋朝也有了以钱买和平的经验，西夏扰边，宋人或是出动重兵打击，或是给点小钱安抚，称作"岁赐"。西夏的野心也不大，国穷民寡，宋朝给点小钱就欢天喜地地表示臣服。而在宋人的经济腾飞后，军队的战力虽每况愈下，可钱多得是，对付西夏这种小国，基本没有什么压力。

至于大理、吐蕃等地方，在北宋时期相对算是比较安宁，没有什么较大的敌对行动。这种特殊的外部环境，造成了北宋皇帝的无畏，他们不需要害怕什么。特别是真宗以后，宋朝已经习惯了用钱解决问题，朝野着眼点的重心基本都在发展经济上，连许多禁军几乎都成了建筑队、工匠营，急急忙忙给主帅军官赚钱。

而宋人在与辽、西夏打交道的过程中，形成了一种概念，认为游牧民族虽然打仗强悍，但其打仗的目的就是抢劫财物，只要有钱就不用怕他们，大不了多割点肉喂喂他们，待其吃饱了肚子，就没有嗜血的凶性了。

二、宋朝的心病

说北宋的皇帝无畏并不准确，事实是，他们不怕外边人，从不担心来自外部的颠覆，但对内部的威胁却敏感得很，特别是内部军方的威胁。他们怕军人，怕手握强兵会打仗又甚得部下拥戴的将军，很怕很怕，所以他们宁愿让文人领兵打仗，即便是文人不太会打仗也无所谓。

怕武人几乎是所有宋朝皇帝的通病，北宋尤甚。宋朝皇帝的怕，是一种心病隐疾，其中也掺杂着历史的记忆。

在宋之前的五代，后梁、后唐、后晋、后汉、后周，这五个朝代中就有三个是被内部手握兵权的武将直接灭掉的。而宋太祖赵匡胤是灭掉前朝的武将之一，他当时是后周的归德军节度使、殿前都点检，掌管后周最为精锐的殿前军。

赵匡胤精通武艺，打仗英勇，跟随后周皇帝柴荣南征北战，立下的功劳确实不少。他善于带兵，甚得部下拥戴。所以当柴荣死去，遗命以自己七岁的儿子柴宗训继承帝位，赵匡胤的部下却在陈桥驿兵变，将龙袍强行穿在赵匡胤身上，拥着他回到汴梁城做了皇帝。于是后周灭亡，宋朝建立。这就是陈桥兵变。

关于陈桥兵变，赵匡胤将所有责任都推给了属下将士，说自己很无奈，将士们绑架了他，强行将龙袍穿在他身上。但仍有人认为根本不是那么回事，是赵匡胤、赵匡义兄弟俩策划导演了这出戏码，私下里联络好了相关将士。

是被逼无奈也罢，是私下策划的也罢，总之宋朝立国不正，江山是窃取来的，从后周的孤儿寡母手中窃取的，不是自己讨伐无道、堂堂正正打下来的，这一点成了赵宋皇室的心病，一个无药可治的心病。

过去的人讲究这个，认为立国要正。汉高祖刘邦提剑打天下，认为自己是诛灭暴秦，很正义，可到了要坐皇帝龙椅的时候，仍要假装死命推辞，说自己的德行仍不够，不敢坐这张椅子称帝，群臣要连请三次，这才诚惶诚恐地坐上龙椅。曹丕篡汉之前，国家的军政大权就全握在他手中，他要篡直接就篡了。可他不敢，要顾忌名声啊。他得先让汉献帝下诏禅位与他，然后死命推辞，假装诚惶诚恐不敢接受，需献帝连下三次诏书，群臣又极力拥戴推他上位，这才敢受诏坐上龙椅。

赵匡胤因陈桥兵变干脆利落地当了皇帝，可落下了千古的话柄，而且再无办法补救，心中难免不好意思。更要命的是他怕别的武将也这样做，只要是武将，谁手下没有几个信得过的铁杆弟兄啊，若是大家都将陈桥兵变当作教材活学活用，那宋朝的江山还能长得了？

所以从赵匡胤时起，就开始防范武将，能打仗得部下拥戴的更要重点防范。这种防范成了宋朝的国策，几百年也不动摇，贬狄青杀岳飞就是这个国策的实际应用。

宋朝的重文轻武政策也是因此而来的。赵匡胤、赵匡义弟兄俩不管怎么说，都在军队里待过，对打仗不陌生，对控制武将多少都有些办法。可他俩身后的那些皇帝都是在深宫内长大的，从小滚在绫罗绸缎堆里，没见过血腥，对行伍的规矩半点儿不懂，没有和粗鲁武人打交道的经验，这样的皇帝怎么能控制武将呢？

重文轻武为这些皇帝解决了问题，尽量用文人统军，对武将尽可能地打压、猜忌，从制度上限制束缚他们、贬低他们。在宋朝，地方官必须由文人担任，武将靠边。武官与文官哪怕是一个级别，见了文官也须行礼参拜，像对待上司一样。

宋朝对军队的控制也极其严格。调兵权与统兵权完全分开。殿前司、侍卫马军司、侍卫步军司这三个衙门有统兵权，负责军队的日常训练和管理，可是不能调动军队。调动军队必须有枢密院的命令，可枢密院平日却不管军队。

不光如此，军队的将帅还要经常更换，要达到"兵不识将，将不识兵"的效果，防止武将给自己培植私人势力。要打仗了，皇帝才点兵点将，然后枢密院下命令调动军队。武将带着一支完全陌生的军队上前线，上下难以协调，指挥起来非常别扭，要打胜仗就比较难了。当然，要仿效陈桥兵变也不可能了。

在皇帝刻意的重文轻武政策下，宋朝特别是北宋社会形成了对武将的普遍鄙视。大将军狄青出生入死保家卫国，立功无数，积功而升为枢密使，可脸上仍留着参军时刻的字。狄青在朝廷谨言慎行，不敢越雷池半步，可他是武将，又是声誉极高甚得兵士拥戴的武将，所以被处处猜忌刁难，不得不自求离任，最后抑郁而终。

武人在社会上地位低下，被认为是粗人，没出息的人。那时候禁军需在脸上刻字，罪犯也要在脸上刻字，很多时候，犯了罪的人就被发配军前效命。因此，社会上常将兵士与罪犯同样看待，称之为"贼配军"。

在武人被贬低压制的同时，宋代却是读书人的黄金时代，"天子重英豪，文章教尔曹；万般皆下品，唯有读书高"的话出自北宋，而"书中自有黄金屋""书中自有颜如玉"更出自宋真宗赵恒之手。整个社会从上到下都鼓励读书，对读书人也是百般呵护、奉承。

在宋朝，你要做官的话，必须读书参加科考，想靠门第出身谋官比较难，想靠立战功做官也比较难，即便做上了，也多受歧视。在宋朝，读书人与文官可以随便给皇帝上书言事，怎么说都行，宋朝不杀士大夫与上书言事的人，这是赵匡胤立了誓碑的。碑子就存放在太庙的密室里，皇帝到太庙祭祀或太子即位时，都须到这儿来诵读碑文，并按碑文要求来做，否则就是不孝子孙。

别看仅仅是不杀头，在封建时代，这一点就相当难能可贵了，对读书人来说简直就是甘露福音。因为其他朝代因言获罪因言被砍头的事儿太多了，吓得读书人夹着尾巴做人，即便有想法有意见也不敢乱说。宋代的读书人没了被砍头的顾虑，就变得大胆多了，不管是在朝还是在野，都敢据理力争。

三、文官与文人的黄金时代

宋朝是文官、文人的黄金时代，朝廷重用信任他们，整个社会宠爱奉承着他们，武人巴结仰慕着他们。他们得意扬扬享受着这一切，陶醉着快乐着，在这个时代留下他们的浓重痕迹。

通过科举考试进了官场的文人就是文官，其待遇非常优厚，优厚得让人咋舌。除了正常的工资，政府还要发给他们春秋的服装、做饭的米面、喂马的饲料、烤火的薪炭，连喝茶喝酒钱也发，所雇仆人的衣食费用也发。可以说，一进官场，政府几乎就将你所有的花费都包了，不用你操一点儿心。

设酒宴喝酒，可以叫官妓陪酒唱歌，完全是免费的，但不准与官妓上床，否则就要受到处罚。但官员自己给家里买歌儿侍女则不管，买多少都行，只要你养得起。也没有人因此而鄙视你，反倒认为这是一种风流雅趣。

文官们衣食无忧，留恋风月诗酒之余，有点本事的，就想着建功立业，扬名立万。这个没问题，皇帝是绝对信任文官的，只要你有本事，想建什么功业都行。宋初文人奇缺，赵普这个半吊子文人也做到了宰相高位，传下了以半部《论语》治天下的佳话。

真宗之后，宋朝的读书人多如过江之鲫，文官也济济满堂，这个时候，文官与文人的黄金时代真正到来了。

范仲淹、富弼、韩琦、庞籍、文彦博等，一大批文官在这个时期成长起来，参与朝廷、地方的重大决策与实施，这些人在那个时代简直如鱼得水，得意时入朝为相，与皇帝坐而论天下，失意时就到州郡去做官，按自己的理念治理地方。和平时就发展经济与民同乐，有了战争他们就是大帅，率兵抵御侵略反击敌人。

"军中有一韩，西贼闻之心骨寒；军中有一范，西贼闻之惊破胆"，这说的是韩琦、范仲淹经略陕西抵御西夏的事。文官能当到这个份儿上，足以自傲自豪了，也只有在北宋，文官才能被如此大胆地使用。可范仲淹仍不知足，还要以"先天下之忧而忧，后天下之乐而乐"来抒发心中的郁闷和牢骚。

富弼、庞籍、文彦博等与韩、范一样，都是入则为相出则为将的人物。在那个时代，这些人敢说话，敢与皇帝权臣公然争辩论理，他们不害怕，没有后顾之忧，大不了被贬出京，到地方上去当州郡的官儿，到地方做官甚至更为惬意。

欧阳修的《醉翁亭记》，将地方官的悠闲快乐描摹得让人神往不已。携宾客悠游林泉，诗酒风流与民同乐，喝得醉醺醺的，在夕阳下，被宾客与僚属搀扶着回府。当然，要这么悠闲快乐，你必须先将地方治理好，让地方安靖民无讼事。对于那些能干的文官来讲，治理地方本就是一种乐趣，按自己的理念治理更是如此，很有建功立业的成就感。

欧阳修、苏轼等曾从朝中被贬，出任地方的州官。欧阳修在滁州建醉翁亭，在扬州修平山堂，到了颍州，颍州西湖就因他的游赏而名闻遐迩。苏轼任杭州太守，西湖上多出了一条苏堤；苏轼到徐州，徐州多了一座十丈高的黄楼。他在黄州比较可怜些，不是州官，只是一个团练副使，还是戴罪之身，受监督管制的，但苏轼在这儿依旧逍遥，他通过关系弄了五十亩地，过起了隐居生活，种田植桑，钓鱼写诗。"大江东去，浪淘尽、千古风流人物"的词就是这时候写的，两篇《赤壁赋》也是这时候写的。

在宋代，读书人只要有真才实学，基本都能靠科举考试而做官，当然也有例外，比如柳永。

柳永的文才绝对不错，写得一手好词，名声一直到现在都很响亮。但柳永有点浪子性格，喜欢流连山水，还喜欢和妓女厮混，过听歌买笑的生活。他离家准备去汴梁参加科举考试时是1002年，结果在路上走了六年，到1008年才到汴梁。原来他走到杭州，见到杭州的繁华盛景、歌榭舞台，他就走不动了，在这儿过了好几年放浪惬意的生活，这才继续赶路。可走到扬州，他又走不动了，扬州的繁华不亚于杭州，风流场所也极多，柳永流连难舍，在这儿又逍遥了许久才离开。

柳永爱写儿女情长的词，擅长铺排罗列，在这方面的天赋极好。科举考试时，估计这种天赋过度发挥，让宋真宗很不高兴，认为他"属辞浮糜"，被无情地删了名字，狼狈落第。

这本没什么，再考就是，可柳永年轻气盛、大发牢骚，还写了一首词发泄不满：

> 黄金榜上，偶失龙头望。明代暂遗贤，如何向？未遂风云便，争不恣狂荡？何须论得丧。才子词人，自是白衣卿相。
>
> 烟花巷陌，依约丹青屏障。幸有意中人，堪寻访。且恁偎红倚翠，风流事，平生畅。青春都一饷。忍把浮名，换了浅斟低唱！
>
> ——柳永《鹤冲天·黄金榜上》

词中对官场很不敬，对自己倚红偎翠的生活大肆张扬，说青春苦短，与其考中了做官得些没意思的名声，不如浅斟美酒听意中人唱歌，只有这种风流事才最能让人心情欢畅。

这首词一出，瞬间就流行开来，为很多人所知晓。柳永因此而悲剧了，因为连皇太子赵祯也知道了这首词。

　　过了些年，柳永再次参加考试。这时赵祯已经登基为帝，就是宋仁宗。本来柳永已经考上了，可临发榜时，名字硬是被赵祯黜落了。赵祯说："且去浅斟低唱，何要浮名！"

　　宋仁宗并非不喜欢柳永的词，陈师道的《后山诗话》中说："柳三变（即柳永）游东都南北二巷，作新乐府，天下咏之，遂传禁中。仁宗颇好其词，每对酒，必使侍从歌之再三。"可见仁宗对柳词是相当喜欢。

　　问题是柳永在青楼妓馆闹腾得太凶了，在汴梁这些年，他一有闲暇就去妓院游荡，在歌者妓女的簇拥下吃喝玩乐写词。柳永的词写得好，常将口语糅入词中，易懂且很有亲和力，歌妓们个个都喜欢。柳永的人也风流倜傥，温柔多情，这一点尤其让歌妓着迷。当时的歌妓以认识柳永为荣，若能得到柳永的青睐，陪他共度良宵，那就是永生难忘的幸事，倾囊倒贴也高兴无比。能得柳永光顾且赠词的歌妓，身价立刻倍涨。柳永在家中排行老七，歌妓亲热地称其为柳七，在她们中有几句流传的顺口溜："不愿千黄金，愿得柳七心；不愿神仙见，愿识柳七面。"可见柳永的炙手可热。

　　想来宋仁宗是顾忌大宋官场的名声，这才不得不下狠心将他黜落，否则柳七考中做了官，那些歌妓隔三岔五地到官府门前献花索词，柳七出门时，她们一路狂热地尾随，那大宋的官场也太不成体统了。

　　不管宋仁宗是什么意思，对柳永而言是失望透顶，他当即离开汴梁，号称"奉旨填词"，开始了四处流浪的生涯。没有生活来源时，就到妓院歌馆为歌者妓女写词。那时候的妓女与现在的三陪女不同，她们必须有一定的文化素养，能陪客人谈今论古，还要会唱词。但歌妓总唱老词不行，人会听腻的，她们不断需要新词，特别是通俗易懂抒写男女感情的新词，而柳永最擅长的就是这个。

过了几十年浪迹天涯倚红偎翠的生活，柳永于五十岁左右终于考中进士，做了个小官。不过，他的名头主要是未做官的那段时间闯下来的。宋代的社会相当宽容，允许他这种浪子文人存在，他以词作就能养活自己，还能引得大宋歌妓疯狂的追捧，让后世许多人艳慕不已。

南宋的姜夔也是一位词人，终生未仕，和柳永一样日子也过得不错。姜夔不靠歌妓养活，他的办法是干谒，即靠着自己的才名词作，到做官的朋友或富豪家去打秋风。那会儿的文人了不起，拿着一两首写得较好的词作上门，就会得到欢迎照顾。

姜夔去范成大家，就带了《暗香》《疏影》两首词，范成大看后极为欣赏，留他住了好些日子，临走不但赠送财物，还将自己家一位色艺双绝的歌妓小红赠送给他。

当然，没做官的文人总体上不如做了官的，他们即便混得不错，与当官的相比还是很寒酸的。说宋代是文人的黄金时代，只是相对于其他朝代而言。

四、北宋无将

重文轻武的国策，在造就文官与文人黄金时代的同时，其负面作用也是显著的，大批优秀人才都去做文官，没人愿意做武将，名将凋零，战时不得不用文官客串武将。

北宋前期，主要是赵匡胤、赵炅（光义）两朝，五代时遗留的那些老将还在，如潘美、杨业、李继隆、呼延赞等，赵匡胤自己更是一等一的大将，这会儿北宋的武将阵容相当强大。但之后，随着老将故去或者战死，后继者无人，武将阵容迅速失血，名将寥若晨星。在北宋的中后期，名将除了狄青一人，能被后人记起的几乎没有，童贯倒是常被后人提及，但不是作为名将，而是作为奸臣与高俅、蔡京等人同列。

重文轻武造成了北宋文、武人才的严重失衡，战时以文臣客串武将虽能救一时之急，但弊端也显而易见。文臣打仗太不专业，文臣骨子里流的不是武将的血，没有武将的狠辣与血性，没有武将对战场形势的感性认知。他们做个参谋官军师什么的可以，但做将军，太难为他们了。

文官做武将，可以足智多谋，可以运筹帷幄，但计谋策略能否贯彻下去，就不敢说了。而北宋大多数时候，拿文臣当大帅用，这更为文臣增加了难度。大帅不是坐在帅府里发号施令就行了，他首先得识人，清楚手下武将的长处短处，用其所长；其次大帅得有威慑力，命令一出，手下将领须严格遵守不敢有违，可文臣很难做到这一点。

文臣长期与书本文章打交道，对文章经义的感觉敏锐至极，对文士的观察也相对准确，可面对一伙浑身散发彪悍野气的武人，他们的感觉就迟钝了。文臣讲究温文尔雅，讲究处变不惊，身上没有长期战阵血腥中炼就的杀气，对手下武将的威慑力很弱，战阵之上，武将不一定在心中服他们，阳奉阴违的事多得很。

韩琦与范仲淹在陕西抗击西夏，李元昊率十万大军来犯。韩琦在正面严阵以待的同时，派将军任福领兵一万八千人，绕到西夏军背后，或者击其后背，或者设伏以断其归路。他对任福反复交代不许贪功冒进，能战则战不能战的话，就找地方设伏，绝对不可贪小便宜，并下了严令："苟违节度，虽有功，亦斩！"

任福口头上连连答应，可绕到敌后，打了一个小胜仗之后，马上就把韩琦的话扔到耳朵背后，看到西夏军败逃后满路丢弃的武器财物，当即沿路捡拾，一边捡拾一边追赶。当追赶到一个叫好水川的地方，大家都跑累了。却见路上乱七八糟地掉落了许多木盒子，盒内还发出扑棱扑棱的响声。

宋兵疑惑着将一个个木盒子打开，里面瞬间飞出一群鸽子。鸽子呼啸着飞上高空，不大一会儿，宋兵就发现他们被西夏军包围了。

原来这是西夏人设的计谋，看见鸽子，各路兵马即向鸽子飞起处围攻，之前的正面进攻只是假象。

好水川一战，宋军大败，将士死伤无数，军心动摇。韩琦无奈只得退兵，他与范仲淹也因此战而被降职。

好水川之战后，西夏军又派兵攻击宋泾原路。泾原路招讨使王沿也是个标准文臣，以精研《春秋》而出名。他命令武将葛怀敏领兵出战，并告诫葛怀敏不能孤军深入，尽量背城而战，有机会的话以设伏奇袭取胜。

　　葛怀敏领了数万军兵前往截击西夏人，根本不按王沿说的办，认为是书生之见。他领军一直赶到定川寨，结果被西夏人断了归路，断了粮道和水源。宋军饥渴交加，疲惫不堪，结果被西夏军打得大败，葛怀敏也在此役战死。

　　一连串的败仗逼得北宋不得不与西夏讲和，送银子绫绢安抚，文臣客串武将的后果由此可见一斑。

　　其实，文臣领兵的最大缺陷，是文臣从来不亲自领兵出战，文臣总是躲在后方城池中遥控指挥，预先设定计谋策略，要武将按自己设定好的策略行事。先不说武将是否阳奉阴违，即便武将完全听话，坚决执行，靠这种预先设谋定计的办法也难打胜仗。

　　战场上形势错综复杂，瞬息间就可能千变万化，必须随机应变，根据新出现的情况采取相应的对策。那种坐在屋子内想好了锦囊妙计，让将领临阵打开锦囊依计而行的做法，只有在小说中才能行得通。

　　童贯领兵北伐辽国时，部将种师道倒是位善战的大将，也严格执行上峰的命令，可童贯的命令太为难人了，他要求不许杀辽军一人一马，否则军法从事。结果让种师道先机尽失，被辽军打了个稀里哗啦。

　　宋神宗时期王安石变法，针对宋军战力疲弱，将不知兵、兵不知将的局面，强力推行"裁兵法""置将法"等法令，淘汰老弱兵士，废除更戍法，将整个宋军按地区防务分为许多单位，每个单位有兵数千或万把人，设将军管理训练，打仗时就由这个将军带兵出击，将军确定之后，不随意更换。

当时整个大宋设置了九十二个将军，将军从此就与自己所带的兵捆在一起，形成一个整体，负责本地区的防务安全。并且规定，州郡行政长官不许干预军事，兵士平日的训练战时的指挥都不许干预。

王安石希望彻底解决宋军的积弊，可惜他的变法在新旧官僚的巨大压力下失败了，不得不辞职离朝。变法的成果后来几乎被反对派全盘推翻，而西军是仅存的硕果。

鉴于西夏对宋朝屡屡用兵，反对派在其他地方完全废除了王安石的"置将法"，在陕西诸路却仍旧保留，并随后演变成了将军世袭，形成了府州的折家军、麟州的杨家将，青涧城的种家军等，这就是宋朝后期所称的西军。

到了徽宗、钦宗时期，除了西军之外，宋朝的军队基本都糜烂得毫无战力。西军最擅长的是山地战，兵士能吃苦打硬仗，富于牺牲精神。但是，在宋军整体糜烂，皇帝又一味作死的情况下，西军也无力支撑起北宋的天下了。

五、文化艺术的大繁荣

军队的糜烂与皇帝的作死导致了北宋的灭亡，北宋灭亡之后的千百年间，仍为后人津津乐道怀念不已的，是北宋的诗词文章、绘画书法，以及灿若晨星的诸位大家。

重文抑武使军队糜烂，却成就了北宋的文化。北宋文化的繁荣是空前的，诗如海浪翻滚滔滔不绝，词如潮涌无尽无休，文章如春草烂漫，书法、绘画名家如雨后春笋。唐人本已将诗词文章书法等发展到了一个难以企及的高度，似乎无以为继，北宋却在唐人的基础上别开生面，另辟蹊径，让诗词文章书法绘画等又一次焕发异彩。

唐宋八大家里，有六位是北宋人，他们是欧阳修、王安石、苏轼、苏洵、苏辙、曾巩。

宋书法四大家里，全是北宋的人，南宋不占一席。他们是苏轼、黄庭坚、米芾和蔡襄，最后一位蔡襄有争议，也有人认为该是蔡京，无论蔡襄还是蔡京，都是北宋人。

绘画大家中李成、范宽、关仝、米芾、李公麟、王希梦、张择端、郭熙等，都是北宋人，他们的名字至今在画坛仍掷地有声，他们是巨匠，是几乎无法超越的存在，宋代之后，传统的中国画几乎都笼罩在这些人的阴影里。

对画坛之外的人来说，他们的名字或许有些陌生，但若提起《千里江山图》《清明上河图》，还是有很多人知道的。《千里江山图》的作者就是王希梦，《清明上河图》的作者就是张择端。

至于写词的大家，就更多了。柳永、范仲淹、张先、晏殊、欧阳修、王安石、苏轼、秦观、黄庭坚、贺铸、晏几道、周邦彦等，其风格或委婉缠绵、柔情万种，或豪迈超脱、疏朗隽永，或清丽轻快、曲折深幽。

宋词能与唐诗并驾齐驱，闪耀千年而清新如故，其名声绝非幸致。宋词在唐五代词的基础上进一步发展，境界更为开阔，题材更为广泛，风格形式也更为多样。在宋人的手中，词由不登大雅之堂的小道变成了不可或缺的诗歌形式，这一过程的完成就在北宋年间。

比起唐诗，宋词更注重挖掘人的内心世界，将内心的各种感触、各种微妙情绪以巧妙的形式呈现在读者面前。宋词善于捕捉人难言的内心隐秘，对人心的洞察更为清晰，对人性的描摹更为生动。

写词的大家基本上同时又是诗人，欧阳修、王安石、苏轼、秦观、黄庭坚等，其诗无论在质量还是数量上都不亚于其词，除了这些人之外，王禹偁、文同、陈师道、林逋、苏舜钦、梅尧臣等在诗词方面也都享有大名。因此，以词著称的北宋，其诗也灿烂夺目，蔚为大观。

在北宋，以苏轼为代表的才子辈出，在诸多方面都有卓越的建树，为当时及之后的人仰慕不已。苏轼的诗汪洋恣肆，苏轼的词豪放不羁，苏轼的散文行云流水，苏轼的书法妩媚天真，而苏轼的画作只求神似，用来托物言志，与王希梦、张择端等画匠的画作迥然不同。在诗词文章书画每个领域，苏轼都是大师级别。欧阳修、王安石、黄庭坚等也与苏轼类似，在诸多方面都有建树，并且都堪称大师。

重文抑武是北宋历代皇帝倡导并始终坚持的国策，这个国策导致了北宋文化艺术的大繁荣，同时，文化艺术的繁荣又对北宋皇族产生巨大的影响，皇家子弟包括皇帝多以不文为耻，对读书学文十分认真，多少都有点文艺范儿。

宋太祖、太宗不算文人，这个不用多说，他俩在五代的战乱中长大，一生几乎都在打仗，直至身亡天下还没太平，即便喜欢读书习文，也没有做文人的那种心境和时间。

　　第三位皇帝真宗赵恒就有点文人样子了，他爱写诗，字也写得不错，其楷书很有儒雅风范，可惜诗作相对平庸，没有什么意境。但能书会诗，多少算是有点文艺范儿了。

　　第四位皇帝仁宗赵祯，就是"狸猫换太子"中的那个太子，他既能写诗还会填词，但诗词都有浓重的说教味道，见不到上乘之作。不过赵祯的书法相当好，尤其擅长飞白体。宋人王辟之所著的《渑水燕谈录》中说："仁宗天纵多能，尤精书学，凡宫殿门观，多帝飞白题榜。"他不但喜欢给宫殿寺庙的门额上题字，还曾以书法作品赠送辽国皇帝耶律宗真，也就是辽兴宗。当时辽兴宗派使者送给赵祯五幅风景画，赵祯就以自己的书法回赠。

　　赵祯的文艺范儿明显稍浓一些了。

　　第五位皇帝宋英宗只做了五年皇帝便英年早逝，第六位皇帝宋神宗忙着与王安石一块儿搞变法，王安石辞世后，他亲自操作变法，整个心思都在变法上，很难有清闲习文的时间。第七位皇帝宋哲宗登上皇位倒是比较早，九岁就登基，可不幸的是刚到二十四岁，他就因病离开了这个繁华而富裕的世界。这三位帝王都是聪明好学之辈，可惜因早逝或忙碌而文名不彰。

　　但是随后的宋徽宗横空出世，弥补了这个缺陷。

　　宋徽宗不是个好皇帝，但他绝对是个好文人。其他皇帝即便喜欢诗词书画，也最多当个票友，偶尔上台客串一下，如此而已。但宋徽宗是专业级别的，他对诗词书画等喜爱到了痴迷的程度，并且成就非凡，超过了北宋所有的皇帝，与真正大师级别的文人如欧阳修、苏轼等相比，宋徽宗也毫不逊色，足以卓然独立自成一家。

宋徽宗的成就是多方面的，其中书法、绘画的声誉最盛。

在书法上，宋徽宗是开山立派的大师，他的字称瘦金体，是现在印刷字体中应用最为广泛的宋体的前身，在当时及后世，这种书体都影响极大，引来众多的模仿学习的人。但很难有人得其神髓，因为这种书体不但需要习作者有深厚的笔力素养，还需神闲气定的心境，身居高位掌控乾坤的那种感觉，而习作者中，同时具备这三者的人的确很难找到。

宋徽宗的绘画以花鸟画为主，讲究形神兼备，既有气韵意境，还需形象逼真，看起来栩栩如生。他传下来的作品《芙蓉锦鸡图》《腊梅山禽图》等，也确实达到了这个要求，堪称山水画中的精品。

第九章　汉化？腐化？或者其他？

女真人最初生活在东北一带，有契丹国籍的被称为"熟女真"，反之则称为"生女真"。"熟女真"主要生活在今辽东半岛，"生女真"则主要生活在松花江流域、黑龙江的中下游等地。

在金国建立之前，女真人比较落后，"无城郭，分居山野，无文字，以言语结绳为约束"。他们过的是半农耕、半渔猎的生活，不过他们种植的谷物品种很少，产量也不高。《大金国志》上说女真人"饮食甚陋，以豆为浆，又嗜半生米饭，溃以生狗血及蒜之属，和而食之"。

他们没有文字，也没有历法和纪年，女真人甚至不知道自己的年龄，只知道每年草原上草绿一次再枯萎一次，遇到汉人问其年龄，就说曾见草绿或草枯过几次。

女真人非常喜欢打猎，看到地上有野兽的脚印，他们马上就跟踪前往。他们能根据脚印判断出是何种野兽，摘下片树叶子含在嘴里就能模仿那种野兽的叫声，将之吸引出来然后射杀。

他们的日子过得很苦，勤于耕猎基本可以吃饱肚子，如此而已。部落间或与外族打仗时，女真人是很卖力的，个个奋勇争先，因为打了胜仗就有不菲的战利品，甚至可以将战俘作为奴隶为自己牧羊种地。

后来，女真人与契丹、宋人有了贸易往来。宋、辽商人进入女真地方收购马匹、毛皮、东珠、海东青等物，同时将布匹、铁器、茶、酒等物卖给他们。女真人的日子因此而渐渐好过起来。

女真男人特别嗜酒，不用大碗喝就不过瘾，糟糕的是他们的酒量并不大，很容易就喝醉了。醉了之后，这些家伙就认不清人了，拿起刀胡乱挥舞砍杀。所以，女真的风俗是对醉酒者必须用绳子绑起来，直到酒醒才能解开绳子。

那个时候女真人是非常质朴的，虽然没有法律，但部落内有很多约定俗成的规矩，比如不能杀人，不能偷东西。杀人偷东西都是重罪，要被部落处死，被处死者的妻儿也要成为奴隶。

但是女真有一个"放偷节"，这一天可以随便偷东西，任何东西都可以偷，包括女人。这一天偷东西不受任何处罚。直到金国建立很久，这个"放偷节"的风俗仍在东北女真人间延续着。宋人洪皓在东北女真人间待了十多年，确认"放偷节"是农历的正月十六。他对这个节日的记载非常有趣：

> 正月十六日，则纵偷一日，以为戏。妻女、宝货、车马，为人所窃，皆不加刑。是日，人皆严

备，遇偷至，则笑遣之，既无所获，虽畚锸微物，亦携去。妇人至显入人家，伺主者出接客，则纵其婢妾盗饮器。他日知其主名，或偷者自言，大则具茶食以赎。

——洪皓《松漠纪闻》载于《说郛三种》卷八，上海古籍缩印本，1988年，第170页

青年男女之间暗中来往已相约嫁娶的，女孩儿这一天就故意留在家中，等着男孩子来偷。男孩儿潜入其家，拉起女孩儿偷偷溜走，偷窃就算成功了，女孩儿的父亲不愿意也没办法，只能允了他们的婚事。

之所以有偷女孩儿的事情发生，是因为女真人出嫁女儿，要的彩礼相当高。男方要带着几十匹马来女方家，请女方家长挑选。男孩子家穷的话，很可能没有这么多马匹，那么利用"放偷节"偷走女孩子就是非常划算的办法了。

东北地区寒冷，女真人在居室中都盘有土炕，炕内可以烧火取暖，冬天的饮食起居都在炕上。娶媳妇时，女方的亲属全部被请到炕上团团而坐，男方的人则在下面站成一排问候，并将饭菜等招待之物捧到炕上。

金国初建国时，皇帝的居室和平民也没什么两样，就是炕稍大一些。上朝的时候，皇帝大臣们就坐在土炕上议事，觉得冷了就命人给灶坑里添柴烧火。

金国的开国皇帝完颜阿骨打雄才大略，而此刻的女真人则近似一张白纸，想怎么塑造他们都行。质朴刚健的女真男

子本就精于骑射，彪悍能战，经阿骨打的训练鼓励，又以辽国堆积如山的财富、女人、土地作为诱惑，将女真人的贪欲彻底激发，于是，女真骑兵变成了一支贪暴残忍快如疾风的狼群，所到之处无人能敌。

可是随着女真在灭辽战场上的节节胜利，金国的地盘不断扩大，各种问题也随之来了。首先是各种命令的传达出了问题。女真没有文字，虽有极少数女真人认识契丹文、汉文，可绝大多数军将都不识字，军令总靠口口相传容易出错，特别在复杂的情况下。

另外就是规章制度问题。部落联盟时期，一切都可以粗糙点，有些约定俗成的规矩就行，可建立了国家，领土在不断扩大，人口一个劲儿地增多，各种管理机构也逐渐完善，官职随之增加，分工越来越细，军队的管理，民事的管理，后勤、外交，立了功如何奖励，不听命令造成损失如何处罚，事情越来越繁杂，过去粗糙的规矩明显不适应新情况，形势要求阿骨打必须新建立一系列规章制度。可是，在没有文字的情况下，靠什么建立一系列规章制度？即便建立了，如何推行？怎样让大家熟悉这套规章制度？

当然，可以用契丹文字，那时候很多女真人会说契丹话，阿骨打本人也会说，虽然懂契丹文字的人不是很多，但可以请老师教大家认识契丹文字，大力宣传推广契丹文字。只是，这有点伤阿骨打的自尊，他正领导族人要灭了辽国，将契丹人彻底打垮，如今还没实现目标，却在本民族中推广契丹文字，这让女真人好没面子。

阿骨打无奈做出了一个决定：创造女真文字。

一、文字，鬼泣神惊的文字

阿骨打在决定创造女真文字时，一定没有想到文字具有鬼泣神惊的力量，估计也没时间想，他只知道有了文字，调动军国大事时就方便多了，或许他想到有了文字，本民族就有了发展文化的立脚点，随着金兵铁骑的征战，女真文化将传播四方。但他绝对没想到，文字是人类开启智力的第一步，而智力就像潘多拉盒子，在打开之后，会迅速蔓延扩散，再也不受盒子持有者的控制。

文字总是与书籍联系在一起，如果说文字是一架梯子，书籍就是悬在这架梯子上面的一个世界。这个世界光怪陆离，有无数人的梦想、理想，有无数人的情感体验，有无数人的故事历程，更有无数人的智慧结晶，以及种种关于人生关于宇宙的怪诞思维。

金国大臣完颜希尹接受了阿骨打创建女真文字的命令，召集了一些懂契丹文、汉语，又能说女真话的人才就忙活开了。他们以契丹文和汉字的楷书为基础，增减变化，这儿去掉一笔，那儿增添一点，赋予新的读音和含义，很快就搞出了一套女真文字。金国的天辅三年，即公元1119年，阿骨打下诏将这套文字颁行使用。

有了文字，各种文化教育事业就开始提上日程了。

阿骨打建了一所女真文学校，让女真贵胄官员家的好学子弟入学，学习女真文字。但此刻只有女真文字，没有女真文的书籍。读书识字，没有书让学生怎么识字呢？可女真人本来就没有书，书这东西也不是随便想有就有的，它是文化积累到一定程度的产物，女真人才从蒙昧状态走出来，哪能立即就有本族的书籍。于是，女真人只好请人将在辽、宋都大名鼎鼎的四书五经翻译成女真文字，供学生学习。

四书五经是儒家经典，包括《论语》《孟子》《诗经》《春秋》等，这些书要么讲汉人的道德伦理，要么就是汉人的诗歌故事，学生们这一学，女真族的汉化之路就轰然开启了。

对爱学习的人来讲，读书是种乐趣。女真学生中，聪明好学之辈还是不少，他们认了字，读了四书五经，还想再读点书，尴尬的是却再也无书可读了。四书五经既然称作经典，其内容博大精深，对初学者来讲，还有很多地方不容易理解。汉人有许多给四书五经做注释解读的书，女真学生好希望能读读这类书。

当金国灭了辽国，接着又灭了北宋，女真治下的汉人数量突然间大增，同时女真学生的眼界也大开。宋人的书籍真多呀，几乎什么书都有，经史子集门类齐全，讲圣贤之道的书籍固然不少，怡情悦性的诗词类书籍更是洋洋大观，甚至还有叙述故事的传奇志怪类书籍，这让女真学生们惊叹不已。

可惜的是这些书籍都是用汉文写成的，而中原之地绝大多数的人都讲汉语，饱学老儒在中原一带多如牛毛，他们读过的书极多极多，随口就能说出一串一串的圣人道理，更吸引人的是，他们竟然会作诗填词，能写文章，这可都是新鲜事物，对学生们的吸引力极大。

于是学习汉语就成了学生们的不二选择，因为不懂汉语他们就无书可读。

从金国朝廷来讲，打下了中原，就需要管理，需要会讲汉语能同汉人打交道的女真官员。不会汉语的女真人做地方官是很麻烦的，无法和治下之民交流，遇到审案子一类事情，就必须花钱聘请翻译，麻烦且罢了，问题是容易误事，有时还闹笑话。

金国初年，武将银珠不懂汉语，他做燕京留守时就闹过笑话。这家伙打起仗来非常勇猛，可大字不识一个，也从没做过地方官，如今勉为其难地做了燕京留守，可对汉人的情况一点儿也不熟悉，虽给自己请了个懂女真话的汉人翻译，但常被翻译糊弄。当时燕京地方有个富裕的汉人和尚，将钱借出去了讨不回来，大怒下写了状纸告到官府，状纸落到了银珠手上，他却不懂状纸上写的是什么。

欠债的几个民户却慌了，他们凑了些钱，求银珠的翻译给想个办法，好拖延一下还债的日期。但这个翻译贪心重，他向那几个民户要了更多的贿赂，许诺说自己有手段整死那个和尚，让欠债民户永绝后患，并且他真的成功了。这件事被记载于洪皓的《松漠纪闻》中，其中翻译翻云覆雨的手段可见一斑：

僧既陈牒，跪听命。通事潜易它纸，译言曰：

"久旱不雨，僧欲焚身动天以苏百姓。"银珠笑，
即书牒尾，称"塞痕"者再。庭下已有牵拢官二十
辈驱之出。

——洪皓《松漠纪闻》

翻译在那时就叫通事，而"塞痕"是女真话，很好的意
思。翻译弄鬼，欺银珠不懂汉语，就胡乱翻译，说和尚要自
焚祈雨以救百姓，银珠就说很好很好，那个倒霉的和尚就被
拉出去自焚去了，而外面的柴草早就准备好了。

在金国初主汉地时，这类闹笑话的冤案估计不少，因为
聘请翻译的女真官员不是银珠一个，几乎所有的女真官员都
不懂汉语，这些人全都要聘请翻译，借助翻译的帮助才能履
行公务。所以，金国朝廷并不禁止贵胄官员及其子弟学习汉
语。那时候，金国境内既有以学女真字为主的学校，也有汉
语学校。女真贵胄官员中也有仿汉人习惯，请老师到家里给
子弟上课的。

贵胄官员们不重视子弟的学习不行，金国朝廷在太宗天
会元年就尝试搞科举考试了，虽然暂时只对汉人，但接下来
就会涉及女真人的，因为金国上层人物一直对女真人质而不
文感到遗憾，而当时的形势也的确需要大批有文化的女真人
为国家出力。论起打仗，女真人自认天下无敌，可现在他们
占据了广阔的领土，治下的子民众多，目前最紧要的任务明
显不是打仗，而是治理地方。那些打起仗来悍不畏死的将军
们，对管理地方太外行了，特别是管理汉人聚居地，因此金

国朝廷必须尽快培养一批能读书识字的人才，毕竟他们现在有了一个国家，这个国家人口众多，各种问题也比较复杂，很难用过去管理部落的模式来管理这个国家。

在上层特别是皇室的一再推动下，女真上层人物的子弟们读书热情大涨，成了一种风尚，贵胄子弟以不文为耻，在这种氛围里，汉语尤其受到重视，得到很多好学子弟的推崇。那会儿汉语在金国地位一个劲儿地被拔高，不懂汉语似乎就不配称作读书人。因为女真文字的书籍实在太少，契丹文书籍虽稍多些，但也比不过汉人书籍，况且契丹人也早汉化了，他们也以会汉语为荣。

阿骨打的嫡长孙完颜亶在贵胄子弟中算是佼佼者，他很小就跟随汉官韩昉学习汉语，稍长就到皇家图书馆阅读汉语典籍。金兵南下时，将北宋朝廷的藏书几乎全部抢来了，就存在金国的皇家图书馆里，贵胄子弟去那儿读书非常方便。

完颜亶读了大量的汉人书籍，对汉家文化爱得如痴如醉，他十六岁就即位为金国的第三任皇帝，后世称作金熙宗。《大金国志》中说起金熙宗完颜亶的汉化之深，让人忍不住发笑：

> 熙宗自为童时聪悟，适诸父南征中原，得燕人韩昉及中国儒士教之。后能赋诗染翰，雅歌儒服，分茶焚香，弈棋象戏，尽失女真故态矣。视开国旧臣则曰"无知夷狄"。
>
> ——《大金国志》卷十二"熙宗孝成皇帝"

完颜亶即位为帝时，距金国建国只有短短的二十年，距金灭北宋只有八年。如此短的时间，金国贵胄子弟的汉化就如此之深，这不能不说是一个奇迹。完颜亶不但学会了汉人写诗绘画的技艺，还学会了汉人的茶艺、围棋、象棋等，他的思维观念已经完全是汉人的那一套。"夷狄"本是汉人对周边少数民族的蔑称，如今完颜亶竟用这个词来称呼金国那些开国元老，还在这个词儿前加上"无知"二字。

汉化如此之深的完颜亶，在女真上层的年轻一辈中很多，他的弟弟完颜亮的汉化程度就一点也不比他差，用汉语做诗词的功力甚至超过完颜亶。

完颜亮是阿骨打的庶长孙，比完颜亶小两岁。完颜亶会的汉人技艺他都会，小小年纪就将汉人名士的派头学了个十足，一副风流倜傥的样子，经常穿着汉人书生服装，和辽、宋降金的那些文士交往。品茶下棋他会，谈古论今他会，古今中外的文韬武略他也会，这世上简直就没有他不懂的事情。

先看看完颜亮的两首诗，基本就可以想象出完颜亮的鲜明形象了，因为他的诗个性十足，一气呵成，完全看不到刻意雕琢的痕迹。第一首是咏竹，语言清朗洒脱，干净利落，极有力度：

孤驿萧萧竹一丛，不同凡卉媚东风。
我心正与君相似，只待云梢拂碧空。

第二首诗是起了心思要灭南宋，找人了解南宋及其首都临安的风物，心生羡慕向往，于是灭南宋的欲望更强，心潮澎湃下写的：

> 万里车书一混同，江南岂有别疆封？
> 提兵百万西湖上，立马吴山第一峰！

这首诗中飞扬的气势，即便南宋那些文人看了也暗暗心惊，认为宋诗中像这样的豪迈之作不多。而完颜亮的词作，如《念奴娇·咏雪》《鹊桥仙·待月》等，其文采与气势都不亚于其诗。

完颜亮后来做了金国的第四任皇帝。

连着两个皇帝都是这样，金国上层的汉化程度可见一斑。而两任皇帝在任上都是大力提倡推行汉人那一套，在政治制度上废除金国初期实行的勃极烈制，按宋人的办法设置衙署官位，在文化上大力提倡汉学，在生活习惯风俗等方面也尽量模仿汉人。

完颜亶在位时，金国除了猛安谋克制度外，其他制度已全部汉化，政教号令与宋朝几乎没什么差别。完颜亮在位时更进了一步，将首都南迁汉地燕京，确立了以燕地为皇业根本的思路。

二、猛安谋克的腐化与汉化

女真人的基层组织叫作猛安、谋克。《金史》"兵志"

上说："其部长曰孛堇，行兵则称曰猛安、谋克，从其多寡以为号。猛安者，千夫长也，谋克者，百夫长也。"这是建国之后的情况。建国之前，猛安谋克是兵民合一的组织，一谋克有多少人并不固定，或多或少，一猛安统御多少谋克也不确定。完颜阿骨打后来决定起兵反辽，为了方便管理，才确定三百户为一谋克，十谋克为一猛安。

猛安谋克既是基层组织的名称，又是官位的名称，管理一个谋克的官员，其官衔就叫作谋克，管理一猛安的官员，其官衔也称作猛安。在入主中原之后，女真人为了强调自己的身份，又往往自称猛安谋克，就像后来的满族人自称旗人一样。他们觉得身为猛安谋克是一种骄傲。

世代定居东北的女真人，在金国灭掉北宋之后，逐步开始移居中原一带，金国朝廷组织的大规模的迁徙有三次，分别在1134年、1141年、1153年。前两次都是以屯田的理由南迁，用迁徙来的女真人监视控制中原的汉人。最后一次则是完颜亮做了皇帝，将首都迁到了燕京，他担心留在故都上京的宗室联络族人反对自己，遂将宗室及大批女真人一起强行迁往中原。

中原因战乱，死亡人数不少。这些死者的田地以及政府过去的官田，都分给了迁徙来的女真人。女真人又用猛安谋克的身份巧取豪夺汉人的土地，官府都是女真人掌权，汉人虽进行了激烈的反抗，但基本都失败了。很短的时间内，迁徙南来的女真人就拥有了大量的土地，而汉人失地者人数众多。

女真人将一部分土地撂荒作为围场，用作跑马打猎的地方，将另一部分土地租赁给汉人耕种，自己不用干活，靠出租土地的收入养活自己。没有多长时间，那些霸占土地较多的女真人就成了富豪，于是，猛安谋克的腐化开始了：

> 山东、大名等路猛安谋克户之民，往往骄纵，不亲稼穑，不令家人农作，尽令汉人佃莳，取租而已。富家尽服纨绮，酒食游宴，贫者争慕效之。
>
> ——《金史》食货志二

女真人也不可能个个都是富豪，也有些不太富裕的。但既然穿纨绮酒食游宴成为猛安谋克的风尚，大家都以此为荣，不太富的甚至贫穷的女真人都争相仿效起来，不这样做会遭族人耻笑的。那些较穷的女真人无力华服酒宴，就向租地的汉人提前收取租金，甚至将两三年的租金都预借来了。

有地租能预借的女真人算是比较幸运的，还有些官宦子弟，随父兄在任所混吃混喝，父兄死后，他们失去了生活来源，却仍不肯回原籍家中，整天结伙游荡。金世宗到上京视察时，便听说有一群这样的子弟，很是生气，想让大臣宗尹处罚他们，可听说这是一群宗室子弟，又心软了。

夸豪奢、游荡的女真人不久又学会了赌博。金国的监察御史陈规巡视各地，见到在河南屯田的女真官兵整天喝酒赌博，根本就不懂种地，气愤之下便给朝廷上奏章，其中说：

> （屯军）分布沿河，使自种殖，然游惰之人不
> 知耕稼，群饮赌博习以成风，是徒烦有司征索课租
> 而已。举数百万众坐糜廪给，缓之则用阙，急之则
> 民疲，朝廷惟此一事已不知所处，又何以待敌哉。
> ——《金史》列传第四十七"陈规传"

当初质朴刚健如狼似虎的猛安谋克消失了，腐化成了一群酒鬼赌徒，让金国朝廷徒呼奈何。金国的胜利来得太容易了，本来生活困苦的猛安谋克，忽然间得知所有能威胁本族的敌人已不复存在，万里江山全成了女真人的，他们这会儿除了尽情享乐，谁还愿意再固守过去的传统。这会儿让他们屯田种地出力流汗，太难了。

金国到了中后期，上层人物如皇帝、宗室子弟、大臣、将军等，读汉书做汉诗已成潮流，许多贵胄大员醉心于做个学者、书生，苦心孤诣研究儒家经典，诵读《资治通鉴》，甚至雨夜寒窗拿个毛笔写蝇头小楷，像个刻苦认真的小学生。至于与汉人书生饮酒茗茶谈论古今，玩象棋、围棋这类事，已不足表达女真贵胄大员们对汉文化的虔诚了。

上层人物的言行很自然地影响到了下层的猛安谋克。不过猛安谋克们粗人比较多，没有上层人物那么浓的雅兴，弄不来寒夜写字读书这种事。但上行下效，他们用另一种方式向汉文化靠拢，就是穿汉人衣裳，改汉人姓名，学汉人的习惯风俗。

到了金世宗、章宗时期，猛安谋克穿汉服起汉名已蔚然

成风，以此为时尚，言谈举止也尽量学汉人的样子，相互见了拱手作揖，觉得这样才新潮有派，否则就是不入流的土老帽儿。汉人过的节日如春节、元宵节什么的，他们也有样学样地过起来，学汉人的样子贴门神，放鞭炮，或者糊个灯笼挂在门外显摆。

上下的影响是相互的。猛安谋克按汉人风俗过汉人的节日，金国朝廷渐渐地也就承认汉人的节日了，还在端午节、中秋节、元宵节等时间放假。到了金国末年时候，官方承认的汉节已有二十多个，届时官员们都有一到三天的假期，以便与民同乐。

汉化加上腐化，让金兵的战斗力大幅下降，骑射本是女真人的优势，但到了金国中后期，这种优势已经消失殆尽。金世宗在大定十年过生日时，南宋派了使者提着礼物到燕京恭贺，当时金世宗喝了几杯酒，高兴之下就让自己的护卫与南宋使者比试射箭，可结果让金世宗大跌眼镜：

> 上因命护卫中善射者押赐宋使射弓宴，宋使中五十，押宴者才中其七，谓左右将军曰："护卫十年出为五品职官，每三日上直，役亦轻矣，岂徒令饱食安卧而已！弓矢不习，将焉用之？"
> ——《金史》本纪第六"世宗上"

金世宗完颜雍是继完颜亮之后金国的第五位皇帝。受汉化大潮的影响，他也熟读汉文典籍，崇尚儒家思想，对汉人

的那一套都比较熟悉。但卫士比箭输给宋使的事让他受到的
震惊不小，后来留意之下，发现宫中卫士闲聊说笑用的全是
汉语，几乎没几个人会讲女真话了。而自己的儿子、孙子也
是这样，对汉人的那一套浸淫极深，琴棋书画诗词茶艺个个
精通，提起汉人的典籍如数家珍，可女真的风俗习惯早就忘
了，没几个会讲女真话的。即便会的也不讲，因为大家说汉
语已习以为常了。

金世宗震惊之余，意识到了女真的危机。于是，金国朝
廷一场反汉化的努力开始了。

三、不许汉化

大定十三年，即公元1173年，金世宗的护卫与宋使比试
射箭之术之后的第三年，金世宗发布诏令："禁女真人译为
汉姓。"大概这道诏令效果极其有限，没能起到什么作用，
四年之后，金世宗又发了更为严厉的诏令："禁女真人改称
汉姓、学南人衣装，犯者抵罪。"

除了严禁女真人改姓改衣装外，金世宗大力推广女真文
字。猛安谋克的职位是世袭的，父死子继。金世宗就规定猛
安谋克的子弟必须学习女真字，否则不许承袭职位。他还对
贵胄府邸的属官及宫中卫士下令，要求不熟悉女真话的人必
须强制学习，从今以后不许再讲汉语。

金世宗在发布命令的同时，借各种机会向朝臣推广女真
话，宣传女真风俗习惯的可贵。他不厌其烦地对大臣们讲：

"女真风俗最为纯真，虽不知书，然其祭天地、敬亲戚、尊耆老、接宾客、信朋友、礼意款曲，皆出自然，其善与古书所载无异。"

大臣们连连点头，心中到底信了几分却无从得知。很多大臣可能真的相信这些话，但他们已养成了读书的习惯，奈何女真人没有书，只能去读汉人的书。

金世宗可能也知道这一点，遂组织了一个班子，将汉人的经、史、子、集大量翻译成女真文字，印刷成书，其中就有《史记》《汉书》《新唐书》《贞观纪要》《老子》《孝经》等，希望以此吸引更多的人学女真话，认女真文字。

这些被翻译成女真文字的汉人书籍，对女真人吸引效果到底如何，现在很难得知，没有这方面的资料，但估计效果不是很好。书虽是女真字，但里面说的都是汉人的事，汉人的思维观念充斥其中，靠它们阻挡女真人的汉化，有点像是抱薪救火。

金世宗当政期间，女真人过汉人的节日已经若干年了，不但民间过，皇宫里也过。除夕之夜，皇宫里大摆宴席请大臣们喝酒，还张灯结彩以示庆祝，气氛热烈。金世宗因反对汉化，下令不许再张灯结彩，但宴请大臣的酒席却没敢撤除。

不久金世宗又留意自己的儿子孙子的名字，发现儿孙们取的学名、小名，用的都是汉字。他很不高兴，就和宰相商量，让他给自己的儿孙取些女真名字，把他们的汉名换掉，学名倒罢了，小名一定得换掉。

金世宗的儿孙们汉化的程度都很深，尤其是被立为皇太子的长子完颜允恭。这个完颜允恭，性格倒是不错，与诸弟兄相处很友爱，待人接物也落落大方。但他太爱汉人的那一套了，看起汉人的书就忘了饥渴，熬到二半夜也不睡觉。只看书还罢了，多看些治理国家一类的书倒也没有坏处，问题是他主要看文学类的书，还写诗作词。写诗作词倒罢了，就是玩一下，消闲遣兴而已。可他竟然学习汉人画画，且最爱的是北宋画家李公麟的画，一有时间就观赏揣摩，兴致来了立刻提笔临摹。

痴心于绘画的完颜允恭在当时名气挺大，他画的墨竹风格独特，大受好评，画的獐鹿、马也工笔传神。后来元代人写诗开玩笑，说女真灭宋时，嘲笑徽宗耽于花鸟画、不懂治国，可自己的皇太子却偏学宋人画马："金家武元靖燕徽，尝诮徽宗癖花鸟。允恭不作大训方，画马却慕江都王。"

金世宗好生无奈呀，他很爱这个长子的，否则也不会立他为皇太子。这个儿子有才气，也很孝顺，就是痴于绘画这一点难改。他的汉化太深了，身为金国的皇太子，竟不怎么会说女真话，平日见到皇帝老爹请安也用的是汉语，这让金世宗情何以堪。

金世宗为了警醒太子，特意安排了一场活动，命太子与诸大臣到宫内听歌。歌女们轮番上场，唱起当时最流行的词曲。往日唱词，全是以汉语唱，但今天歌女们以女真话唱。金世宗用心良苦，让太子与大臣们听过词曲后，又谆谆告诫，将女真风俗的淳朴实在一个劲儿夸奖，让太子及大臣们千万不要忘了老传统。

　　不过这种传统教育效果也不是很大，起码对太子的作用不大。太子完颜允恭基本不会说女真话，能否听懂女真话也令人怀疑。

　　让金世宗老怀稍慰的是孙子完颜璟。完颜璟是完颜允恭的儿子，聪明伶俐，女真话也说得十分熟练，不过金世宗平日忙于军国大事，和孙子们甚少接触。那一年，完颜璟被封为原王、判大兴府事，完颜璟进宫谢恩，金世宗这才知道自己还有一个会讲女真话的孙子，因而感动不已：

　　　　十二月，（完颜璟）进封原王，判大兴府事。入以国语谢，世宗喜，且为之感动，谓宰臣曰：'朕当命诸王习本朝语，唯原王语甚习，朕甚嘉之。

　　　　　　　　　　　　　　　　——《金史》本纪第九

　　这一年是大定二十五年，而皇太子完颜允恭在这一年的六月因病去世，没能继承皇位。金世宗干脆就将会讲女真话的孙子完颜璟立为皇太孙，希望他能继承自己的遗志，阻止女真人继续汉化。

　　大定二十九年，金世宗驾崩，完颜璟即位为帝，他就是金章宗，那个能写一手漂亮的瘦金体书法，绘画诗词技艺都十分高超，疑似宋徽宗转世之身的金章宗。

　　金章宗对汉人诗词书画的痴迷是女真历代皇帝之最，应该也是所有女真人之最，他比汉人还要汉人，就诗词书画的造诣来说，南宋没有一个皇帝能比得上他，北宋除了宋徽宗与他差相仿佛外，其他皇帝都不能望其项背。靠他来阻止女真人汉化太不靠谱了，没人相信他能做到。

不过金章宗不愧是才子，他对汉人那一套虽熟，对女真人那一套也不陌生，这一点比他父亲强多了。他父亲不会女真话，惹得大臣时有微词。金章宗的女真话却熟得很，流利顺畅，他判大兴府事时过问案子，遇见汉人就用汉语问，遇到女真人就用女真语问，两种语言随意自然转换，没有一点滞涩，让很多贵胄子弟啧啧称奇。

金章宗在位期间，也发了许多诏令，严禁女真人穿汉服、改汉姓，但用处不大。打铁先得自身硬，完颜璟自己用汉字取名，又喜欢做汉人书生打扮，活脱脱一个汉人皇帝模样，女真人怎么会将他的诏令当回事。此后因要缓解汉人与女真的矛盾，完颜璟又发诏允许女真与汉人通婚，无形中让女真人的汉化更为深入。

四、女真，好学但方向有误的学生

女真人的汉化速度之快，在中国历史上绝无仅有，远超鲜卑、契丹等。但"汉化"这个词很笼统，像个大口袋，什么都可以往里装。比如喝酒赌博，几乎绝大多数民族都会喝酒赌博，与汉化完全是两个概念。这是腐化，归之于汉化大为不妥。

再比如绘画，这是个艺术门类，汉人可以绘画，契丹人也可以绘画，女真人当然更能。可为什么金章宗喜欢绘画，世人就认为他这是汉化？

再比如象棋、围棋，就是个游戏而已，简单易学，谁都可以玩，难道因为这东西是汉人发明的，其他民族就不能玩了，玩了就是汉化？

举个简单的例子，汽车、火车、飞机不是中国人发明的，电灯、电话、空调等也不是我们发明的，那么，我们用这些东西就是崇洋，就是洋化？道理显然不是这样。

诗词文章其实也是这样，中国人能写诗做文章，欧洲人也可以写诗做文章，任何人都有言志抒情的需要，诗歌文章也由此而诞生。汉人可以写着玩儿，女真人写一写也很正常。

所以，拿"汉化"这个词用来形容女真人爱好文学艺术、战力下降的状态，不是很准确，误差相当大。

先解剖一个麻雀，拿公认的汉化最深的金章宗完颜璟来说事。这个才子皇帝诗词书画样样精通，在这方面耗费的时间精力都不少，爱得如痴如醉，金国人觉得他宛然就是一个汉人皇帝，后世的人也认为他是女真人汉化的典型。

但是，像金章宗这种皇帝，放在汉人王朝里也是奇葩、另类，犹如北宋的亡国皇帝宋徽宗。在汉人的世界里，宋徽宗一直是个坏典型，是书画误国、玩乐误国之君的代表性人物，千百年来被人讥笑、被人抨击。说他什么都会，就是不会当皇帝，将他归入最没出息、最丢人现眼的那类皇帝之列。即便徽宗国亡被俘，但后世同情他的人不多，反倒觉得他活该如此。

不论从哪个角度来讲，宋徽宗不是汉人皇帝的代表。或者汉武帝、汉光武帝、隋文帝、唐太宗等才是汉人皇帝应有的正面形象。

奇怪的是，金章宗会诗词书画，爱得与徽宗一样痴迷，大家就认为他汉化了，这是为什么？

我倒觉得完颜阿骨打不畏强暴反抗辽人，颇与汉人皇帝汉光武帝、明太祖等相似，但从古至今没一个人说阿骨打汉化了。

其实，道理说穿了也很简单。在宋、辽、金、元之际，宋人重文抑武且比较富裕，大宋境内美酒弦歌处处、吟诗咏词之声不断，而其他几家则是铁骑萧杀、战刀浴血。于是给人一个刻板的印象，宋境的人与灯红酒绿、诗词书画相关联，而宋境的人是汉人，随即就给汉人头上贴上了灯红酒绿、诗词书画的标签。

金章宗被视为汉化，是这个原因，女真下层士兵喝酒赌博被视为汉化，也是这个原因。

但这并非真正的汉化，说是"宋化"也不准确，因为在宋朝，不但有赵匡胤、赵炅（光义）这类枭雄，也有岳飞、宗泽等铁血壮士，灯红酒绿、诗词书画根本无法涵盖所有的宋人。

但印象就是印象，不求全貌只取特点。毕竟与辽、金比起来，宋人的诗词书画更为盛行，富裕的宋人浅斟低唱、轻歌曼舞的事儿更多，对文事与享乐更为重视。所以，女真人玩起了诗词绘画，也喜欢华服饮酒享乐了，大家就说他们汉化了。

汉文化博大精深，精华与糟粕并存，既有长处不免也有不足之处。既有催人奋进积极向上的内容，也有人生如梦及时行乐的消极思想。

以宋朝来讲，重文抑武造成了宋朝社会的畸形状态，文化大繁荣的同时，军队糜烂丧失了战力。在经济繁荣人们耽于逸乐的同时，尚武精神严重缺失，这是宋朝特别是北宋末年的重大缺陷。在宋朝社会繁荣时期，赌博盛行，斗鸡、斗狗、斗蛐蛐都是赌博的工具，相扑运动也经常与博彩挂钩，而饮酒也为许多人所钟爱，不醉不归的场景在城市乡村都能时时见到。

虽说有这些现象，但赌博饮酒并不是宋人的正面形象，公子哥儿或浪子一类人爱这些，正经过日子的人家一般不弄这些。

好笑的是，女真人偏偏将宋人的缺陷或非正面的东西学了，而且乐此不疲，觉得时尚新潮、有趣好耍。而汉人对"玩物丧志"的批评他们却视而不见。更好笑的是女真人自己认为这就是汉化，后世的人也觉得这就是汉化。

但从另一个角度来看，女真人这样做是情有可原的，他们的家底太薄了，此前在文化方面空白一片，太质朴纯净了，很难分辨宋人文化里同时具有的积极、消极因素，他们好奇爱学习的心思又太重，就先拣新奇好玩的学，而正面的东西往往都不好玩。

早年间的女真人，"同川而浴，肩相摩于道。民虽杀鸡，亦招其君同食"。这种淳朴，在宋人的世界里无法想象，即便上推到尧舜时代，似乎也没有百姓杀只鸡就请君主来品尝的事儿。

白纸一样的女真人，遇到了浩瀚如海的汉文化，让他们分辨哪些可学，哪些不可学，分辨哪些东西有趣却有副作用，哪些东西枯燥乏味却含有正能量，这样子要求他们，标准太高了。女真人能在短短几十年间，从白纸状态变得和宋人几乎没有差别，这就相当不错了，难能可贵。

另外，女真人也并非一味地只学宋人的短处，宋人在科技方面的长处他们也积极学习，并加以应用。建于金章宗时期的卢沟桥，多孔且跨度较长，其建造在技术上多有创新，至今仍耸立在永定河上。

另外，金人继承了宋人的火器技术，并在此基础上制造了"震天雷"。"震天雷者，铁罐盛药，以火点之，炮起火发，其声如雷，闻百里外，所爇围半亩之上，火点着甲铁皆透。"（《金史》"赤盏合喜传"）这种类似手榴弹的武器在汴梁保卫战中大显神威，多次打退了蒙古人的进攻。

与此同时，女真人学会了制造舟车，也能烧炭炼铁了，对一般的木器、铁器的制造，也都基本掌握了。

在卢沟桥的建造、震天雷的制造中，肯定有汉人工匠的参与，铁器、木器的制造，在开始阶段肯定也是拜汉人工匠为师，但桥能建成、震天雷能制造出来，农具兵器等最终能制造出来，与女真人爱好学习汉人技艺不无关系。

金国在数学、医学方面也有创新，但这些都是汉人做的，与女真人就没有关系了。女真人学习并亲自实践的，多限于政治架构、官职及诗词绘画等文艺方面，兴趣还没扩展得更远更大。

五、金国因汉化而亡？

数百年前的北魏孝文帝，主动带着族人汉化，要求鲜卑人用汉姓汉名，穿汉服，他称汉语为正音，称鲜卑族的语言为北语，下诏禁止在朝堂上讲北语，必须统一讲正音，否则就免去官职。

女真人的汉化（暂且还是用汉化这个词，虽不准确，但女真人也的确有汉化的地方，如改汉名，穿汉装），金国朝廷有点遮遮掩掩，只做不说的意思，金世宗倒是真心想阻止汉化，可很多措施也是扬汤止沸，基本上没起到什么作用。

到了金国灭亡前夕，女真人在语言服装观念习俗等方面，已经与汉人没有区别，而大量通婚，使两个民族进一步加快了融合的脚步。在南下的蒙古人眼中，对女真、契丹与汉人基本不加区别，笼统地称之为汉人。

对于女真的汉化，后世有许多评论。元人说金是"以儒亡国"，言下之意是指女真崇尚儒学，导致全民汉化，因而失去战斗力而亡国。忽必烈登基前就此还专门问过手下幕僚张德辉，张德辉的回答也很妙，他说："国之存亡，自有任其责者，儒何咎焉！"

清代的评论与元人相似，认为汉化导致女真丢失了尚武精神，弄得国势屡弱。乾隆皇帝对汉化最深的金章宗就大为不满，说："乃祖嘉习国语，为孙宜守旧物。服御渐染华风，疏忌那闻吁咈。付托却喜柔弱，驯致金源道诎。惜哉大定规模，直使章宗衰讫。"这些啰啰唆唆的话就一个意思：祖宗之法不能变，变了就要衰弱灭亡。

但是身为金国人，经历了金国灭亡全过程的刘祁，对金亡的原因却持完全相反的观点，他认为金国汉化的还不彻底，还没有变其家政，即祖宗之法，且将汉人与女真人分别对待，不能得到士大夫阶层的倾力支持，认为这才是金国灭亡的真正原因。他说：

> 金国之所以亡何哉？……大抵金国之政，杂辽宋非全用本国法，所以支持百年；然其分别蕃汉人，且不变家政，不得士大夫心，此所以不能长久。
>
> ——刘祁《辩亡》

刘祁是金末的太学生，亲眼见到金国末年的乱象，按自己的观察理解，觉得金亡有三个原因：即分别蕃汉人、不变家政、不得士大夫心。但这几个原因似乎说得并不透彻，让人很难有一个直观的了解。刘祁虽是金国人，但他只见到金亡的过程，没有见到金国衰弱的过程，他以读书人的立场觉得士大夫很了不起，却不知金国兴起时，全凭女真人悍不畏死地大杀四方，与所谓的士大夫毫无关系。

女真族是金国统治的核心，金国勃然兴起是女真族奋力拼杀的结果，而当女真族人不再愿意奋力拼杀时，金国就开始衰亡了。世人都以为女真人在后来之所以不愿奋力拼杀，是因为他们汉化严重，却没有说清楚为什么女真汉化后，就不愿意奋力拼杀的原因。

真正把这个问题说得直观明了的，应该算是崔陟、孙淮夫、梁叟这几个人。这几人本是北宋故地应天府的人，家中世代在北宋做官，北宋灭亡后，他们在故地生活了一段时间，又南逃到了南宋境内。他们见识了女真人由强变弱的过程，且敏锐地观察到了女真人由强变弱的原因。他们在上南宋朝廷的折子里，分析女真变弱的原因，说：

> （金国兴起之时，女真人）当时止知杀敌，不知畏死，战胜则财物、子女、玉帛尽均分之，其所以每战辄胜也。今则久居南地，识上下之分，知有妻孥、亲戚之爱，视去就死生甚重，无复有昔时轻锐果敢之气。
>
> ——《三朝北盟汇编》卷二百三十

女真人在建国初期，几乎没有什么财产，一穷二白，辽人的剥削压迫，让他们的日子过得非常苦。这会儿打仗与辽军厮杀，死了就死了，而若打赢了，则有大量的收获，战利品不但包括各种财物，还包括人口。所谓光脚的不怕穿鞋的，那会儿女真人就是光脚的，他们之所以悍不畏死地厮杀，就是因为他们没有任何负担，活得本就不尽如人意，大不了一死了之，而打胜了马上就能成为人上人，获得丰足的财物和其他生活资源。

但当金国灭了辽国，继而灭了北宋，女真族拥有了肥沃的土地、不菲的财物，生活也安稳下来，有足够的时间和心情享受丰足之乐，体验娇妻在怀、爱子绕膝的家庭温馨，换句话说，他们这时活出了人样，于是对自己的命也看得重了，过去那种悍不畏死的骁勇之气也就消失了。

光脚的不怕穿鞋的，无产者才最有战斗性，在辽宋金元时代，这个原理一次一次地被验证。女真族人的战斗精神大幅减弱，是因为他们穿上了鞋子，生活过得富足安乐了，与汉化与否没有一点儿关系。

建国之初，穷困且单纯的女真人为了一个目标打仗，这个目标就是过上好日子。当灭了辽国灭了北宋，女真人真的过上了好日子之后，金国高层再也提不出一个更高的目标，于是，上下都安逸起来，乐呵呵地享受获得的一切。在安逸中消磨了斗志，沉沦了精神，一个曾经战无不胜、攻无不克的民族，就这样变得平凡庸俗，终于被灭掉。

如果站在皇帝的角度，总是希望自己的帝国国祚绵长，这一点无可厚非。但是，任何民族在经济、政治地位改变后，其生活习惯、民族性格都会发生相应的变化，仅靠提倡传统作风，希望以不变应万变是不可能奏效的。

金国初期生活艰苦，女真人常年牧马射猎，要应对恶劣的自然环境，还要与周边的部落争斗，所以"俗勇悍，喜战斗，耐饥渴苦辛，骑上下崖壁如飞，济江河不用舟楫，浮马而渡，精骑射，每见巧兽之踪，能蹑而摧之"。可是在征服了周边部落，又灭辽灭北宋之后，一下子成了统治阶级，又大批地进入富庶的中原地区，吃香的喝辣的，又高高在上受人恭敬，此时让他们保持耐饥渴苦辛的旧习惯，还能精骑射喜战斗，这太难了。

六、历史的脚步

在冷兵器时代，弓箭是最易携带的长距攻击武器，在相距百米左右处就可以射杀敌人，与刀、矛等近距攻击武器比较起来，有着天然的优势。而马是冷兵器时代最为快速机动的装备，骑兵不论在奔袭、突击等作战中，都比步兵优越得多，在速度与力度上，再好的步兵也无法望其项背。

古代农耕民族的悲剧就在这儿。在农耕民族与游牧民族的冲突中，农耕民族总是处于被动的一方，因为在冷兵器的战争中，游牧民族有天然的优势。

游牧民族弓马娴熟，骑马射猎本就是生产生活的一部分，而农耕民族平日没有骑马射猎的机会；游牧民族居无定所，哪儿牧草丰茂就去哪儿，哪儿猎物鱼虾多就去哪儿，而农耕民族不行，自己的土地在哪儿，就得定居在哪儿，否则便无法耕作。正是因为这个原因，在漫长的古代，农耕民族总是受到游牧民族的威胁、骚扰，他们纵马如风就打过来了，打赢了就趁机抢劫一番，打输了纵马便跑，要追上或找到他们不容易，马的速度是那时候的极致速度，而且他们居无定所。

所以，在农耕民族与游牧渔猎民族的较量中，后者多是主动进攻的一方，而前者想得最多的是防守。游牧民族绝不会修建长城，那是给自己制造麻烦；而农耕民族也很难做到长时期的主动进攻，深入草原寻找游牧民族打仗，这太损耗国力了。

不过，在经济层面上，游牧民族却处于劣势。农耕比游牧、渔猎的效益要高得多，同样大小的一片地方，农耕可以养活一百个人，游牧、渔猎能养活的人不会超过十个。同样多的劳动者，农耕能供一百个人吃饱饭，而游牧渔猎最多只能供养十多个人吃饱饭。

因此，农耕民族可以腾出更多的人从事手工业、文化或科研，游牧民族就很难做到这一点。正是这个原因，使得中原汉地文化发达、产品众多，在生活优裕的同时，侵略性扩张性也相应减弱。

女真南迁进入中原汉地，逐步接受了农耕文化，加上他们是统治民族，生活比一般汉民百姓更为优裕。住上了比过去好得多的房子，穿上了轻暖漂亮的衣服，有美酒美食，甚至还有丫鬟伺候，这会儿再让他们悍不畏死地上阵拼杀就很难了。此刻的女真人吃得饱穿得暖，在社会上还挺有地位，他们就想过有点情调的生活，素质高有文化的弄点诗词自娱，素质低没文化的只能喝酒赌博或者炫耀富贵。

这就是光脚的与穿鞋的区别。女真人富贵了，就觉得自己的命值钱了。当年日子过得不好，只有一条穷命的时候，他们什么也不怕，敢赤着膀子与最强大的敌人搏斗，他们不怕失去什么，日子本来就过得不好，或许拼一拼能闯出一条路来呢。可现在过得挺好，再去拼老命，他们就有些舍不得了。

如果只强调尚武精神，将女真族永远放置在白山黑水之间，让他们继续过半农耕半渔猎的老生活，继续受辽人的压迫，他们的尚武精神就绝不会减弱。只是，哪个民族愿意永远过苦日子呢？只要有机会，谁都想翻身做一回土豪，大鱼大肉地吃饱肚子再穿上绫罗绸缎显摆一番。

人与动物相似，再凶猛的动物，吃饱了肚子，其攻击性就下降了，就想躺下来眯着眼睛舒服一下。饿着肚子的动物最具杀伤力，但哪个动物愿意总是饿着肚子呢？

因此，游牧文化被农耕文化吸引是一种自然趋势，人总是向高处走，总想日子过得越来越好，这是人的本性。女真族的汉化也是如此，不是皇帝下几个诏令就能阻止的。

清朝不肯变祖宗之法，各地驻守的旗兵军营保持独立状态，尽量减少兵士与汉人接触，八旗制度二百多年不改，却没能阻止腐败的发生。那些兵士抽大烟抽得两腿发软无法上操，就想法子雇人替自己上操，清廷实在无奈，这才让袁世凯到小站去练新兵。

金国的灭亡虽有种种原因，但主要是外部原因。元人灭亡的国家有数十个，西域中亚那些国家与汉化毫不沾边，更不知儒家为何物，还不照样被一个一个地灭掉了。

　　女真族的汉化虽有种种弊端，但民族进步与民族融合的方向，谁也难以变更。中华民族走到今天，不断地融合吸收其他民族的优点长处，即便是汉族，也在不断地学习融汇其他民族的优点，不然何以能走到今天。

第十章　互相渗透的文化

　　胡人是汉人对中原以外族群的称呼，更偏向于指称居住在北方、西方的族群，最初与夷狄一样，多少有点儿蔑视的味道，但后来应用渐广，成了个中性词，很多北方西方的少数民族也开始自称胡人或胡儿。

　　　　遥看孟津河，杨柳郁婆娑。
　　　　我是胡家儿，不懂汉儿歌。
　　　　　　　　　　　　——民歌《折杨柳词》

　　这是南北朝时北方鲜卑族人的民歌，质朴刚健，歌者自称胡家儿，并不认为其中有蔑视之意。而从汉朝以及之后，汉人言语中提及胡商、胡姬，语气也非常平和，仅仅只作为分别族群身份，看不到一丝一毫的歧视。因此可以说，汉之后古人所称的"胡"，和我们今日口中老外的"外"字一样，外商、外国人、老外等，只是指非中国国籍人士，没有其他附加含义。

胡人与汉人之间虽有战争，但双方相安和平共处的时间也不少。汉人的客商经常组队到胡地经商，贩卖汉地的瓷器、丝绸、茶叶等物品，胡人也有来汉地经商的传统，开酒楼似乎是胡人最擅长的项目，胡人的少女胆大泼辣，敢抛头露面卖酒，和酒客调笑斗嘴也不以为意，这一点很吸引古人的眼球，因为汉人开的酒楼可没有这种风景。

> 胡姬年十五，春日独当垆。长裾连理带，广袖
> 合欢襦。头上蓝田玉，耳后大秦珠。两鬟何窈窕，
> 一世良所无。一鬟五百万，两鬟千万余。
>
> ——（汉）辛延年《羽林郎》

这是西汉人辛延年的诗，就是说至少在汉代，就有胡人在中原做起了生意。

到了隋唐时期，中国疆域宽阔国力强大，民族心态空前地包容开放，中原的汉人对夷夏之别也不怎么在乎了，胡汉一家和平共处，长安城里的胡人随处可见。胡人开的酒楼一家挨着一家，生意兴隆无比，胡姬笑靥如花当垆卖酒，引逗得长安城的少年子弟文人墨客成群结队前来消费。反映在唐诗里，就有了很多写胡家酒楼的诗篇，如李白的《少年行》：

> 五陵年少金市东，银鞍白马度春风。
> 落花踏尽游何处，笑入胡姬酒肆中。

　　胡汉杂处，胡人在衣着语言生活习惯等方面，不免受汉人的影响，发生汉化现象，但同时，汉人也无时无刻不受胡人的影响，发生胡化倾向。

　　魏晋及之前，汉人没有坐凳子的习惯，都是踞地而坐，双腿蜷屈。但后来学习胡人坐起了凳子，那时叫作胡凳，因为是从胡地传进来的。而汉语中的胡饼、胡床、胡琴、胡笛、胡舞、胡服骑射等词语，说明汉人一直受着胡化的影响，影响涉及服装、饮食、音乐、生活习惯等许多方面。

　　这种影响是正常的，任何民族都不可避免，除非与世隔绝。各民族就是在相互影响相互交流中，不断地进步、不断地融合。

　　北宋在最繁盛的仁宗年间，就有不少爱新潮尚奇异的宋人，以胡人的装扮打扮自己，估计人数不少，影响很大，惹得宋仁宗发诏令禁止"士庶仿效胡人衣装，裹番样头巾，着青绿，及乘骑番鞍辔"。到了宋徽宗时期，女真人的打扮也影响到了宋人，学女真人的发饰竟也成为一种时尚。

　　北宋被灭后不久，女真人大批地从东北迁居内地，北部中国广大地区胡汉杂居，女真人不免受影响而汉化，同时汉人也因种种原因而胡化。可悲的是，最初汉人的胡化并非自愿，而是被强迫的。女真人以征服者的身份，居高临下地发布命令，要求汉人必须放弃汉服，改穿女真衣装，发饰等也如此，否则就要大刑伺候。

一、金国汉人的转变

金太宗即完颜吴乞买时期，女真人就开始强迫汉人改服易发。天会四年，金国的枢密院发布命令："今随处既归本朝，宜同风俗，亦仰削去头发，短巾、左衽。敢有违反，即是犹怀旧国，当正典刑，不得错失。"

所谓左衽，指衣服的前襟向左掩过去，用带子或结子与后襟相连。汉人的衣服一直是右衽，即前襟向右掩，而北方的少数民族在传统上一直左衽。古代的汉人对衣服左衽还是右衽极为重视，认为这是大是大非的原则问题，是华夏与夷狄的重要区别。春秋时北方的孤竹人南下中原，兵势极盛，灭了好几个诸侯国，后被齐国的管仲率兵打败，孔夫子感慨万千，大赞管仲的功劳，说："微管仲，吾其被以左衽矣。"意思是说，假若没有管仲，他就要被迫穿左衽的衣服了。

金国枢密院命令中的削去头发，指的是将头前部的头发削去，后面的头发结成辫子，这是女真人一贯的发式，一直到清朝也是这样。

不过，枢密院的命令被层层加码，到了执行的层面，变成了不许汉人穿任何不同于女真的服装。那时女真兵将对汉人十分藐视，猜忌心理很重，因此执行的力度不小。固然有穿右衽汉装被杀的，但也有穿了一条围裙就被砍头的，原因很简单，女真人没有围裙。因头顶发稍长被杀的也不少，只

要他们认为不合女真头发的式样，那就一个字——杀。女真
上层中一些极端分子，甚至主张将原宋地的汉人全都杀了。

汉人对此抵抗情绪很大，但在砍头的威胁之下，无奈还
是屈服了。好多汉人因为家穷，暂时无法置办左衽服装，只
好待在家中不敢出门，以免被抓住了砍头。女真的野蛮做法
在后来稍有放宽，动不动就砍头的过激做法不多见了，但仍
时时强调，提醒汉人必须采用女真服装发式。

四年之后，北宋故地的汉人基本都改穿了胡装，南宋诗
人范成大作为使者出使金国，过淮河进入金国境内之后，看
到的景象已与之前迥然不同：

> 民亦久习胡俗，态度嗜好，与之俱化，最甚者
> 衣装之类，其制尽为胡矣。自过淮已北皆然，而京
> 师尤甚。唯妇人之服不甚改，而戴冠者绝少，多绾
> 髻。贵人家即用珠珑璁冒之，谓之方髻。
>
> ——（宋）范成大《揽辔录》

《揽辔录》是范成大此行所写的日记。看到昔日的同胞
成了这个样子，范成大又是伤心，又是气愤，因此在日记里
有"蓬辫如鬼，反以为便"的话，也就是说，此时的汉人已
经习惯了女真人的装束，反倒觉得在生活劳作时甚为方便。

稍后几年，南宋出使金国的使者周烽，对女真服装的
描述相对详细，他在日记里记述了汉人男女的衣衫鞋子头
巾等：

> 男子衣皆小窄，妇女衫皆极宽大。有位者便
> 服立，止用皂纻丝，或番罗系版缘，与皂隶略无分
> 别，缘反插垂头于腰，谓之有礼。无贵贱皆着尖头
> 靴，所顶之巾谓之蹋鸱。
>
> ——周烨《北辕录》

让南宋使者哭笑不得的是，女真人竟然连庙里所塑神像的服装也弄成左衽的，光武帝像、孔子像都是如此，庙里墙上壁画中的人物服装也是左衽。看来，女真人也觉得左衽右衽是原则问题，不但人的衣服要管，神佛古人的衣服也不放过，决不允许有右衽的。

除了衣装，宋使还感觉到胡声遍地。从南到北，一路上听到的都是胡地的音乐，呜咽悲凉、凄惨，直到真定府，这才见到一场中原的乐舞。

这时候，女真政权严禁汉民接触南宋使者，即便双方偶遇，也不许说话。金国方面有接伴使，除了迎接陪伴宋使，也有监督提醒的职责，所以前期的宋使如范成大等人，都没能与当地的汉人说话。汉人中一些上了年纪的人，若知道官车中坐的是宋人使者，他们会在路边跪拜，以表达故国之思。但宋使不敢违反金人的规定，别说下车答拜，连揭起车帘子也不行。

随着时间的流逝，金国在中原的统治也变得稳固下来，宋使不许与汉人说话的禁令遂逐渐放宽，执行得不是那么严格了，宋使者偶尔也能与见到的汉人父老拉上几句话。洪皓

使金时，北宋灭亡已经二十多年了。洪皓在河北就遇到一个老翁，并与之说了话。当时旁边有一群年轻人冷冷地瞅着洪皓，不理不睬。老翁指着那群年轻人说："是皆生长兵间，已二十余矣，不知有宋。我辈老且死，恐无以系思赵之心。"

原来那群年轻人便是老翁的儿孙辈，他们是北宋灭亡前后出生的，老翁说他们不知道宋，其实他们即便知道宋朝，对宋朝也无丝毫感情。老翁这辈人死去后，下一代就不只是服装发饰的胡化，他们在心里也自认是金国人，对宋朝没有多少认同感了。

不过，在淮河以北北宋以前的地面上，汉人的胡化还不深，也就是服装发饰变了，动作形态包括见面行礼的样式变了，深层的东西仍没多大变化。再向北进入原来辽国境内，即燕云十六州那一带，见到的汉人就完全是另一个样子了。

燕云十六州的汉人百姓，在契丹人统治之下已经胡化了一百多年，紧接着又受女真人的统治，其心理、精神形态等与宋人大相径庭。当南宋使者一路北上，从白沟进入这一带时，明显被震撼了。

南宋文学家楼钥随从舅父出使金国，他在日记中写他过白沟进入燕云之地的感觉："人物衣装，又非河北，男子多露头，妇人多首婆。把车人曰：只过白沟，都是北人，人便别也。"

楼钥的笔力有限，只在日记中说了自己很震撼，并说白沟之南的汉人只是改变了衣装，旧时风范仍在，但白沟之北的风范到底怎么不同，却没有说。

　　不过可以想象，燕云之地的汉人经百多年的胡化，看起来会剽悍得多，举止动作包括眼神都带有剽悍之气，与北宋旧地汉人百姓温和的表情、温和的眼神完全不一样，事实上他们的观念思维方式与北宋旧地的汉人也大不一样。因此，赶车的人把他们称作北人，以示区别。

　　女真人也知道燕云之地的汉人与宋朝故地的汉人大为不同，因此，女真人称呼原辽国境内的汉人为汉人，或者称他们为燕人，而称呼北宋地面的汉人为南人。

二、辽国汉人的转变

　　金国枢密院发布命令，要求汉人必须削发左衽，针对的只是新占领的北宋土地上的汉人，即南人，不涉及原契丹境内的汉人。燕云之地在契丹管辖下，这儿的汉人早已胡化，衣服在多年前就左衽了，发式也多学契丹人的样式，所以女真人觉得没必要再折腾他们。

　　辽国享国二百多年，占据燕云十六州也达一百八十九年，虽然并没有强迫燕云之地的百姓改变服装发饰，但将近二百年的时间，经历了十多代人，受胡风的熏染渗透不可避免，绝大多数人在服装发饰及生活习惯上都胡化得不轻。

　　除了服装之外，汉人胡化的最大标志是学契丹人的髡发，即将脑袋顶部全部剃光，只给两边留发。这是契丹族人的发式，但在辽国中后期，几乎绝大多数汉人都变成了髡发。除此之外，给子女起契丹名字的现象也相当普遍，在汉人中，这似乎是一种时尚。

　　服装发式以及名字等，只是外部形象的胡化，事实上，辽国汉人在习惯、喜好上也胡化得极深，比如对于骑马射猎的喜好。

　　辽国疆域辽阔，民族众多，除了汉人之外，其他民族基本都是马上民族，骑射娴熟，其主体民族契丹人更是爱骑射如命，亡国前夕，面对女真人势不可当的进攻，辽天祚帝仍要抽空游猎。作为统治者，契丹人的爱好习惯对燕云汉人有强大的吸引力，长时间的潜移默化之下，燕云汉人对骑射之术也爱好起来。

　　宋人笔记《杨文公谈苑》中，记载了一个汉人南归宋朝后的故事。这人名叫室种，世代居住燕地，其父通过科举考试而进入辽国的官场，做到枢密使兼北府宰相的高位，爵封郑国公，显赫非常。室种不知什么原因到了北宋，又做起了宋人的官，但其习惯兴趣已经胡化：

　　　　室种者，虏相昉之子，来奔于我。以为诸卫将军、领刺史、西京巡检。种好驰逐射猎，洛中水竹尤胜，种常语人曰："洛阳大好，但苦于园林水竹交络翳塞，使尽去之，斯可以击兔伐狐，差足乐耳。"

　　　　　　　　　　　　　　　——《杨文公谈苑》"室种"条

　　这个室种，即便穿上汉人衣服，但其兴趣爱好仍旧与宋朝的汉人大相径庭，带有明显的胡人味道。

　　室种的故事难辨真假，但辽国的汉人比起室种来，其胡化程度只会更甚。在辽国的中后期，汉人精于骑射的非常多，甚至对毡毯庐帐也十分喜爱，因为射猎时这些东西很有用，可见他们在长时间的潜移默化中，对游牧民族的生活习惯已经高度认同。

　　总体上来说，契丹人对麾下的汉人不算苛刻，比起女真人对汉人的粗暴打压，契丹人对汉人就算相当优待了。管辖燕云十六州之后，契丹人搞了两种管理政策，对契丹人用契丹的管理办法，对汉人用汉人的管理办法，汉人可以通过科举考试做官，却不许契丹人考试。苏辙作为北宋的使者出使辽国，很留心地询问过汉人的处境，结果发现汉人百姓的地位稍低，而汉人官员并不低人一等，汉人中的大户及豪强之辈，其地位与契丹人并没有什么差别：

　　　　北朝之政，宽契丹，虐燕人，盖以旧矣。然臣
　　等访问山前诸州祗候公人，止是小民斗争杀伤之狱
　　则有此弊，至于强家富族，似不如此。
　　　　——苏辙《栾城集》，上海古籍出版社，1987，
　　第940页

　　事实上，汉人官员在辽国是很牛叉的，特别是几个大族子弟做官，没人敢轻视他们。韩、刘、马、赵等汉人大族在辽国初期的开疆拓土中，都立有大功，颇得契丹皇室信任，

他们的后世子弟也多在朝廷中担任要职，地位显赫，完全以辽人自居。其中韩氏家族的韩德让最为异类，可以作为辽国汉官的代表。

韩德让无论是文才还是武略都不错，为辽国立下的功劳也极大。辽景宗去世时，只有十二岁的儿子继位，即辽圣宗。皇帝年幼，而皇后萧绰的娘家也没多大势力，更糟的是契丹贵胄蠢蠢欲动。这时皇后与汉官韩德让联合，褫夺那些心怀不轨的契丹人的兵权，并下令契丹贵族各回宅邸，不许互相串联宴请，直到彻底巩固政权之后，才撤销了这个命令。

在稳定了国内政局之后，韩德让为了解决宋辽边境多年的摩擦冲突，策划了一场针对北宋的大规模进攻，以二十万兵力旋风般南下，直打到黄河岸边的定州，逼得北宋签订了澶渊之盟，每年向辽国供奉岁币。这一仗彻底奠定了韩德让在辽国的超卓地位，同时也开辟了宋、辽间接近百年的和平。

在辽圣宗尚年幼时，韩德让是辽国的监国，所有政事都由他与皇后萧绰商议后施行。而萧绰在辽景宗去世不久就嫁给了他，进攻北宋时，他二人公然并坐同宿。在韩德让生前及去世后，辽圣宗都以父礼相待，其威势荣耀为诸汉官之冠。

辽国举办马球赛，契丹官员胡里室骑马冲撞了韩德让，皇后萧绰二话不说，立即下令将胡里室斩首，一众契丹贵胄吓得战战兢兢，没有一个人敢站出来说话。

刘、马、赵等汉人大族都有子弟做官，他们的威势比不过韩德让，但也相当了得，在辽国很有权势。那个后来投奔宋人的室种的父亲室昉，在辽国位居宰相，也很得辽契丹人的尊重，算是比较有影响力的汉人大臣。

辽国汉人的胡化，就是由这些汉人高官开始，而高官的背后，几乎都是大族。如韩德让家族的老祖韩知古，六岁时就被契丹人掠往北地，后来又作为淳钦皇后的陪嫁人员，几乎朝夕都与契丹人接触交往。韩知古的儿子韩匡嗣就与辽太祖阿保机非常熟悉，这家伙机灵，还懂点儿医术，很讨人喜欢，皇后便将他如自己的儿子般看待，在这种情况下，他不迅速胡化简直就不可能。

再如医闾马氏，其老祖马胤卿因躲避中原战乱，主动带着家族投奔辽国，后世的子孙几乎都在辽国做官，和契丹及其他少数民族打交道就是家常便饭，官场上虽不乏汉人，但更多的是契丹官员，在这种情况下，马氏官员及马氏家族的胡化也就顺理成章。

汉人高官大族在数代之后，心中已经自认是辽人，契丹人对这些高官大族又比较礼遇，因此，他们胡化起来没有半点心理障碍，一来二去，从服装发式到习惯喜好上，就都与契丹人差不多了。这些人是汉人中的上层人物，汉人的精英，在汉人群体中影响巨大，他们的一言一行，都是其他汉人模仿学习的对象，他们胡化之后，其他汉人自然也就随着胡化了。

总体来说，辽国汉人的胡化，不是契丹人强迫的，是汉

人随着时间的推移自然而然发生的。二百余年的相处，这种
现象毫不奇怪。

三、汉人与南人

比起初期女真人的严酷暴虐，契丹人显得豁然大度，他
们对汉人的敌视与轻蔑更少一些，不太显示征服者的嘴脸，
更愿意与汉人和平共处。因此境内汉人包括南面的宋朝，对
契丹人的仇视情绪也相对较少。

契丹人崇尚游牧射猎，对农耕文化也很重视，富于包
容，整个民族充满了浪漫气质，宋人姜夔写有《契丹歌》，
歌中对契丹人生活的描述虽不是完全准确，但对其浪漫气质
的描述还是十分到位的：

> 契丹家住云沙中，耆车如水马若龙。
> 春来草色一万里，芍药牡丹相间红。
> 大胡牵车小胡舞，弹胡琵琶调胡女。
> 一春浪荡不归家，自有穹庐障风雨。
> 平沙软草天鹅肥，胡儿千骑晓打围。
> ……

这种充满乐观情绪的民族，对汉人的确是有相当吸引
力的。当然，契丹也有其残暴的一面，但对待燕云十六州的
汉人却还算不错，基本上都当作自己的百姓看待，没有明面

上的歧视掠夺。耶律洪基为帝时，将燕云之地的赋税减少了三分之一，减赋之后，燕云百姓比宋朝百姓的负担还要轻许多。在异族的统治下，能做到这一点真的算是难能可贵。

燕云汉人对宋朝没有任何归属感，他们被辽人统治时，宋朝还不存在，他们的祖国是后唐，但后唐早就不存在了。在这种情况下，辽国对汉人没有什么防范忌惮。契丹人似乎一直表现得非常自信，即便之后北宋崛起，契丹人对燕云之地的汉人也没有搞防范一类的举措，他们一直认为辽国是最优秀的国度，不怕燕云百姓心思南朝。

辽境汉人在这样一种环境中，不断地胡化，同时对游牧民族的防范心理也大为减少，长期地接触交流，汉人对游牧民族的心理习惯也变得熟悉起来，同他们打交道几乎没有什么障碍。

金国先灭辽，后灭北宋，将北部中国置于统治之下。对辽国已经胡化的汉人，女真人自然觉得更为顺眼一些，这些人的兴趣习惯等更接近女真人，更容易被视为同类。但原来宋地的那些汉人就不同了，他们还一点儿没被胡化，况且北宋虽灭，南宋却与金呈对峙状态，原宋地的百姓若心怀故国，岂不成了女真人的心腹大患？

于是，便有了汉人、南人的分类。女真人将"汉人"这个名称给了原来辽国境内的汉人，而北宋故地的汉人，女真人或许觉得他们在胡化之前还是南蛮，不配"汉人"这个称呼，因此称他们为南人。

有了分类，就要区别对待，金国初期的政策就是信任汉人，防范打击南人，强迫南人立即胡化，不从的话就杀头抄家。

对南人的敌视与轻蔑不仅仅是女真。当元人灭了金国灭了南宋完全统治汉地时，金国境内原宋地的南人却升格了，变成了汉人，而南宋境内的汉人则被称为南人。理由似乎也不难想象，金国的南人已经胡化，元人觉得他们更顺眼一些，而南宋的百姓在精神风貌上与游牧文化格格不入，所以要敌视防范他们。

因此可以说，"南人"这个概念充满了敌视与轻蔑，这个概念一出，汉族就被人为地割裂开来，变成了两个群体，而南人遭受的痛苦也常让后世的人唏嘘感叹。

不过，当金国到了中期，在南人有了较深程度的胡化，金国朝廷也不再对他们进行歧视防范后，女真人还是能以冷静理性的眼光看待汉人与南人的不同。女真人发现他们之前对南人的判断可能有错，而汉人也未必有他们认为的那样好。随之，金国的高层开始重新评判汉人与南人，金世宗在大定二十二年便感慨万千地宣称：

> 燕人（即女真人所说的汉人）自古忠直者少，
> 辽兵来则从辽，宋人至则从宋，本朝至则从本朝，
> 其俗诡随，有自来矣……南人劲挺敢言直谏者多，
> 前有一人见杀，后复一人谏之，甚可尚也。
>
> ——《金史》世宗纪下

这段话将汉人、南人的不同说得很透彻。

燕云汉人从唐末五代直到宋朝建立，都生活在边境地区，归属南方的汉人政权时，北方的游牧民族纵骑南下劫掠打草谷，首先受害的就是燕云之地，而归属北方的游牧民族政权时，南方的汉人军兵要北伐收复失地，燕云之地是重点进攻目标。这儿的百姓能怎么样呢？他们的命运不由自己主宰，死忠哪一边都不行，他们也不知道谁能最终获胜，为了保命，只能是谁来了就听谁的。

这是燕云百姓的悲哀，也是燕云百姓的无奈，处于两大势力板块的夹缝中，他们别无选择，只能归附强者。而谁能占领这儿，他们就认为谁是强者。这是一群没有祖国的百姓，即便归附了强者，并不死忠，因为很可能有更强者降临这片土地。

从燕云百姓的表现上可以看出，汉人即便被胡化，其衣着、发饰、兴趣、习惯等变了大样，但他们并没有真心归附，他们心中仍有一根牢固的底线。

原北宋土地上那些汉人，即南人，他们却没有辽境汉人这么曲折的经历，他们相对来说比较单纯一些，毕竟中原地区不是两大板块的夹缝，宋兴之后，这儿一直比较稳定繁荣，特别是汴梁周围，其繁华盛景在当代后世都被无数的人所羡慕。正因如此，中原百姓心中仍有宋朝的概念，奉宋为正统在这一点上与辽境的汉人绝然不同。

整个北宋时代一直都提倡诗书礼乐，百姓们的忠孝理念扎根较深。当然，过去效忠的是大宋，如今成了金国的百姓，胡化之后，便觉得该当效忠金国。儒家的那一套理念丝毫没变，变了的只是效忠的对象而已。

四、汉人的底线

小百姓的所思所想很难在历史上留下痕迹，没人记录他们的言行，小百姓人数太多，也无法一一记录，但高官贵胄豪门大户就不一样了，他们多少都会在历史上留下些痕迹。

辽国有很多汉人的高官贵爵，除了韩德让所在的韩家外，还有众多的汉人豪门，而最为豪阔，在辽国影响也最大的，则该算玉田韩氏、安次韩氏、昌平刘氏、医闾马氏、卢龙赵氏，这几个大户被称作辽国汉人的五大家族。五大家族财雄势大、人口众多，而且都是累世为官，每家都有相当多的子弟出仕。

这些世家豪族身处辽境，在各个方面的胡化之深不容置疑，对宋朝毫无感情。韩德让身为辽国的监国，与萧太后一起率大军攻打北宋，并不因自己是汉人就对宋朝手下留情。刘六符为辽国鞠躬尽瘁，临死前还告诉辽帝耶律洪基："燕云实大辽根本之地，愿深结民心，无萌南思也。"耶律洪基就是根据他的建议大幅减少了燕云百姓的赋税，用以巩固燕云百姓的人心。

这些世族的高官虽然为辽国效忠，和宋朝没有一丝一毫的关系，但身为汉人，身上积淀着深厚的汉文化素养，并且认为汉人的制度、理念十分优秀，是治国的法宝。因此，他们利用自身的影响力，不断地将汉人的政治制度、治国理念推荐给契丹人，并在辽地积极推广汉人的农耕文化。安次韩氏的老祖韩延徽"树城郭，分市里，以居汉人之降者。又为定配偶，教垦艺，以生养之"。玉田韩氏的老祖韩知古制定礼仪，"时仪法疏阔，知古援据故典，参酌国俗，与汉仪杂就之，使国人易知而行"。当然，他们认为推广汉人的制度、理念和礼仪对辽国大有好处，他们要用自己的所知所学改造辽国，让它更加完美更加强大。

这两位得到契丹人的信任，所以殚精竭虑，为辽国的发展壮大出力献策，将汉人的许多东西与契丹族的传统实行嫁接。辽国是一棵大树，他们是在这棵树下乘凉的人，自然希望大树健康成长。但当他们遇到生命危险，要为这棵大树陪葬时，他们会怎么做呢？

二韩的老祖没遇到这种情况，但卢龙赵氏的老祖赵思温遇到了。当时他随辽太祖耶律阿保机东征渤海国，回国途中耶律阿保机病死。阿保机的皇后述律平在京得到消息，痛哭流涕，她认为阿保机死亡，罪魁祸首是劝他且随他东征的那些人，遂将随阿保机东征将领的妻子全部抓了起来，凶狠狠地对她们说："我现在成了寡妇，你们都得和我一样。"《续资治通鉴》对此有记载：

> 契丹主阿保机卒于夫馀城，述律后召诸将及酋长难制者之妻，谓曰："我今寡居，汝不可不效我。"又集其夫泣问曰："汝思先帝乎？"对曰：

"受先帝恩，岂得不思！"曰："果思之，宜往见
之。"遂杀之。

——《续资治通鉴》后唐纪四

述律平杀那些将领是一批一批地叫去问话，然后砍头。
但当叫到了赵思温这一拨，赵思温不肯伸颈就戮，他说：
"要说思念先帝，皇后您应该最思念先帝，您最应该到阴间
去陪伴先帝。"

这话将述律平逼到了墙角，述律平无奈砍下了自己一条
胳膊，说什么辽国离不开她，只能以这条胳膊代替自己去陪
伴先帝，但也因此饶恕了赵思温等人，不杀大家去陪葬了。

赵思温的做法虽然是个例，其他人没遇到这种事，但能
想象到，韩氏、刘氏、马氏等遇到这种情况，绝对会说出同
样的话，绝不会甘心就死，汉人的理念文化决定了这一点。
在此时的汉地，陪葬已经是公认的陋习，非常落后，虽没完
全断绝，但大部分人是不接受的。

赵思温的做法，就是汉人的底线。他们可以胡化，可以
为统治者南征北战，出力操心，做这一切除为了活命外，还
为了家族的荣华富贵，若要他们无谓地去死，对不起，绝对
不干。

五大家族除了这个底线外，还有一个不断传承的原则，
就是族中子弟必须学习汉人的诗书，不是简单地浏览，而是
精通，是博览群书，他们认为这是汉人在异族统治之下立足
的根本，统治者需汉人的智慧，以此来帮他们安邦定国，

而汉人的智慧就藏在那些传世久远的典籍书册之中。

其实，在燕云之地不只是豪家大户传承汉人的诗书文章，小户人家只要日子尚可，能供得起孩子上学读书，他们肯定会全力以赴，再苦再累也要支持孩子。因为契丹以汉制治汉人，汉人可以通过科举考试而获得做官的机会，燕云的百姓绝不会拒绝这种机会。

正因如此，在燕云之地，汉人可能穿着左衽的衣服，留着契丹人的髡发，甚至小名都是契丹名字，但他们读着汉人的典籍，诵念着汉人的诗书文章，对儒家文化如数家珍。他们可能精于骑射，性喜狩猎，他们可能契丹话说得非常流利，契丹人的那一套礼节也熟悉无比，但汉家文化儒家理念仍在他们的血液中奔流，因此他们清楚地知道自己是汉人。

这些人在做官之后，为辽国效命之余，自觉或不自觉地以汉家文化儒家理念影响着契丹人，同化着契丹人，也影响同化着辽国境内的其他民族。虽然辽国也有契丹文字和契丹文的书籍，但辽人建国时间太短，与汉人浩如烟海的书籍比起来，他们那点书简直就不值一提，与有几千年积累兼收并蓄的汉文化相比，他们的底子太薄。

汉文化成了燕云汉人之所以还为汉人的保障，即便胡化再深，汉文化仍在精神层面上证明他们是汉人，他们传承着汉文化，并因此而认为自己是汉人。

饱读汉人的诗书而身处异族之中，说他们完全不想南方的汉族地区也不可能，第一代汉人尤其如此。安次韩氏的老祖韩延徽就因思念亲族故里，偷着从辽国逃走，回到还是五代时的汉地。但是汉地容不下他，他只好硬着头皮又来到辽国，为契丹人效命：

> （韩延徽）居久之，慨然怀其乡里，赋诗见意，遂亡归唐（指五代时的后唐）。已而与他将王缄有隙，惧及难，乃省亲幽州，匿故人王德明舍。德明问所适，延徽曰："吾将复走契丹。"
>
> ——《辽史》"韩延徽传"

韩延徽是生活在辽境的第一代汉人，他回归汉地的遭遇或许只是个案，没有代表性。但二、三代甚至更后的汉人若逃往南方汉地，其遭遇就是普遍性的尴尬。因为二、三代之后就已经胡化，生活习惯兴趣爱好带有强烈的胡味，南方的汉人视他们为异类，很难在情感上完全接纳他们。与此同时，他们也对南面的汉地陌生得很，毕竟隔绝太久了，虽然他们读着汉人的诗书文章，也知道宋朝是南面汉地的一个政权，但诗书文章与现实相去太远，宋朝虽然算是个比较宽容的地方，可真正生活其中，仍有各种各样不尽如人意之处，远远不如南归汉人想象中那么美好。

正因这些原因，辽国二百余年间，南归的汉人寥寥无几，自然，这也与汉人的处境有关，契丹人对汉人相对宽厚，汉人在北地可以安身立命，就没必要冒着风险南逃了。

宋徽宗联金灭辽时，派童贯率大军进入燕云。许多北宋大臣以为这是王师前来搭救沦陷区的百姓，百姓们肯定会箪食壶浆以迎王师，甚至搭起彩门以示隆重，但是结果极具讽刺味道。童贯的大军没有受到箪食壶浆的待遇，燕云百姓以冷漠猜忌的眼光看着他们，没有丝毫欢迎的意思。领兵的汉人大将郭药师倒是十分热情，马上归附，因为他知道辽国撑不下去了，得给自己寻条出路。郭药师不愿意为辽国死战到底，但是后来他知道自己选择错了，因为金兵比宋兵强得多，他也不愿意为宋朝尽忠而死，遂又降了女真人，紧接着就领着女真兵南下进攻北宋。

五、找不到归属的南人

原北宋土地上的汉人，即金世宗所说的南人，在胡化之后，只能做金国的百姓，他们别无选择。加上女真人也用科举制度笼络汉人知识分子，读书人只要通过考试就有官做，这一举措也的确笼络了不少读书人，让南人在无路可走的情况下，逐渐开始选择归服。

选择归服的南人将金国当成自己的祖国，为其卖力尽忠不遗余力。金世宗对此极为赞赏，常将南人与燕赵之地的汉人做对比，说："南人旷直敢为，汉人性奸，临事多避难。"

南人此时已有很多在朝官宦，他们基本都是通过科举考试进入仕途的，这些人秉承孔孟之道，尽力想做个忠直之官，为国事尽心劳力，在官场上获得了一定声誉，因此才有金世宗的赞美言辞。

在金国中期，即世宗、章宗在位时期，金国的朝廷上出现了一个词：国人，这个词忽略了女真、契丹、汉人、南人、奚人之间的区别，有一种民族大融合后的平等之意，大家都是金国的百姓，统称为国人，似乎大家的身份都一样了，不存在高低贵贱的区别了。

但是，在"国人"一词开始流行的世宗时期，对于南人的歧视与掠夺仍在进行，比之前引起的矛盾更大。

在金人入主中原之初，强迫南人改装易服的时候，金政权对南人的歧视、轻蔑非常明显，但那时南人属于刚被征服的人群，他们心中还没有"国人"这个概念，心中满是亡国奴的屈辱与凄凉，面对女真强大的武力，在杀戮的威胁下只好逆来顺受，那会儿，他们可以聊以自慰，谁让自己是亡国奴呢，在亡国奴的标签下，他们忍了，只要能活命什么都可以忍。

紧接着金政权将大量的女真人从东北迁来中原，与南人杂居，其最初用意就是监视南人，防范南人有不轨举动。在金国统治者的心中，南人有通宋的嫌疑，有反抗的嫌疑，一个个心怀故国，是不能信任的，只能监督防范，威胁利用。

南下迁徙的女真人，虽由官府分给土地，但对南人土地进行巧取豪夺的事不少，南人这会儿也忍了，不忍不行，官府当权的都是女真人，南人此刻是被征服者，是下等民族，没有人替他们主持正义。另外这时候无主的荒地较多，可供开垦的地方也不少。中原战乱了好些年，人口锐减，土地问题还不是特别突出。

可到了金世宗时候，中原一带的人口持续增加，不只是南人的人口大幅增长，女真人口也增长不少，这时候，很多矛盾出来了，而人与地的矛盾首当其冲。但是这时候金政权仍然执行歧视、欺辱南人的政策，而南人此时已历数代，他们心中亡国奴的标签早已消失，以国人自认，对明目张胆的歧视欺辱难以容忍，于是，金国内部的民族矛盾大肆恶化起来。

南迁的女真人虽分到了不菲的土地，但到了金世宗时期，数代繁衍，土地的产出已经不能满足其需要，于是他们闹了起来，说是所分土地太少，不能养活一家老小，或者说分的地块贫瘠，要求政府给他们重新分地。

女真人南迁初期，要么将地租给南人耕种，自己收取租金，要么自己耕种。那时候女真人口较少，收租也罢，自己耕种也罢，维持较为奢侈的生活还是可以的。人口增加之后，土地的产出不变，再要过比较奢侈的日子就很难了。女真人在东北时就会种地，但耕种方式粗放落后，耕作一二年，土地的肥力下降后，就将其撂荒，另选一块地耕种。到了中原，这种方式行不通了，中原人口密集，没有那么多的土地可以撂荒，可他们又不懂蓄养土地肥力，因此产量不断下降，他们就抱怨分给自己的地块有问题，要求更换。

金世宗号称小尧舜，但在维护女真人的利益上非常坚决，他下令括地，给女真人增加地亩或者更换土地。所谓括地，在海陵王时期就搞过，就是将荒地、百姓冒占的官地查明之后，收归官府，括地所得的土地，重新分配给女真人耕作。

海陵王时期括地，以荒地为主，那时的荒地较多，可金世宗时期人口繁衍迅速，哪还有什么荒地，即便有，也早被勤劳的南人开垦耕种多年了。于是，金政府的括地成为一项对南人土地的掠夺，南人耕种的大片良田被认定为官田，说是南人冒领冒占官田为己业，必须强行收回。

金国朝廷的南人官员自然要为南人鸣不平，将基层政府掠夺南人田亩的事捅到金世宗这儿。但金世宗显然早知道括地就是掠夺，但他更多考虑的是女真人的贫困问题，至于南人，只能是对不起了，他回复这些南人官员，说："官地非民谁种，然女真人户自乡土三四千里移来，尽得薄地，若不拘刷良田给之，久必贫乏。"（《金史》卷四十七"食货志二"）

在金世宗的强力支持下，掠夺性的括地持续进行，愈演愈烈。最开始认定南人冒占官地，还要装模作样地找些证据，哪怕是非常牵强附会的证据，到后来连证据也懒得找了，仅以地名就做出判断，凡地名和官府皇室有牵连的，就认定该地所属的田亩是官地。于是，一大批名叫"皇后庄""太子务"之类的村寨遭了殃，土地被全部没收入官后，分给了女真人。

愈演愈烈的掠夺最后连金世宗也看不下去了，在不得已的情况下，他决定在掠夺土地时，给南人以适当补偿。具体补偿多少，能否和土地价值相当，现在很难确认了，但补偿多少能缓解南人的激烈反抗，使他们不至于立刻就铤而走险。

部分女真人的贫困倒是实情，到了中原之后，他们的贫富分化非常厉害。虽然有很多原因导致一部分女真人陷入穷困，但骄奢淫逸是最主要的原因。金世宗一心为女真人着想，可他对女真进入中原后迅速腐化也束手无策，感叹说：

> 山东、大名等路猛安谋克户之民，往往骄纵，不事稼穑，不令家人农作，尽令汉人佃莳，取租而已。富家尽服纨绮，酒食游宴，贫者争慕效之，欲望家给人足，难矣！
>
> ——《金史》卷七"世宗下"

括地的政策在金世宗去世之后，被继位的金章宗继续沿用。此时括地的理由是女真人土地太少，无法养活家小，所以打起仗来军无斗志。

括地政策的长期执行，将南人的"国人"之梦彻底击穿，河北、河南、山东一带的南人受害最重，在不断的括地浪潮中，他们或者失去了土地，只能租赁别人的土地，或者丰腴之地变成了贫瘠之地。

民族矛盾在括地中不断被激化，南人对女真的仇恨在一个劲儿地积攒，河朔、山东一带小股的起义不断发生。在号称金国盛世的世宗、章宗时期，金国的武力镇压这些起义还不成问题，因此，世宗、章宗时期南人的几十次起义基本都是旋起旋灭，没有造成很大的影响和震动。

但是，受括地之苦最重的河东、河北、山东一带，已成了遍地火药干柴，起义虽被屡屡扑灭，却是屡灭屡起，最终遍地开花。

六、红袄军起义

成吉思汗领着蒙古军杀向金国，在华北一带打得金军无招架之力，主力部队损失惨重，之前的武勇已成明日黄花。蒙古军虽在大肆掠夺后迅速退走，但南人趁着此时揭竿而起，各地的起义一发而不可收拾，河朔、山东等地义军蜂起，大股的如益都的杨安儿、潍州的李全、沂蒙山的刘二祖、河北的周元儿等，小股的不计其数，金国一下子陷入了遍地狼烟之中。

这就是红袄军起义，各地的义军不约而同地都穿红袄。

这时候的南人已经胡化很深，对于骑射战阵毫不陌生。更重要的是，底层南人对女真人的仇恨太深，他们对金国已没有了认同感，所以只要有登高一呼的人，立刻就有响应者，随便就能聚集数千人马。

红袄军起义四处开花，攻城略地。金军疲于应付，灭了这一股，另一股义军又竖旗造反。起义军占领一块地方之后，首先要做的事就是屠杀女真人，民族仇恨在此时疯狂地发泄，女真人的噩梦在此时降临。

金代文史大家元好问青年时期，正是红袄军起义之初，他算是那个时代的见证人。他在文章里记述红袄军起义时的乱象，用了"盗贼满野"四个字，对红袄军捕杀女真人的情状，也不吝笔墨，写得逼真如在眼前：

> 仇拨地之怨，睚眦种人，期必杀而后已。寻踪
> 捕影，不三二日，屠戮净尽，无复噍类。至于发掘
> 坟墓，荡弃骸骨，在所悉然。
>
> ——元好问《完颜怀德神道碑》

所谓种人，就是女真人，拨地之怨，明显是指因括地带来的仇怨。从元好问的记述中，能看到红袄军对女真人的那种切齿之恨，其报复之惨，也令人为之动容。连发掘坟墓、荡弃骸骨这种事也能做出来，那是恨到了极点。

当然，红袄军用这样极端的手段，有制造轰动效应，以此号召民众的意思，这是焦点。而杀女真能号召民众，说明那时候的民族矛盾已经非常激烈，到了难以调和的地步。

红袄军虽然四处举旗造反，但各义军之间互不统属，各自为战，所以绝大多数都被金军各个击破，没能坚持很长时间。义军中影响最大的杨妙真、李全势力坚持得最长，他们向南宋投诚，获得了一些支持，全盛之时几乎控制了山东全境。

但是他们注定无法被南宋接纳，他们已经胡化，南宋并不信任他们，只以利用为主，觉得难以掌控就设法剪除。李全后来被宋军射死，杨妙真则不知所终，这支义军的结局让人唏嘘。

红袄军起义，其影响最大的，不是给金国在军事上以沉重打击，而是将金国内部的民族矛盾公开化，将女真与南人

的仇恨公开化，犹如在金国的肌体上撕开了一道血淋淋的口子，这道口子直至金国灭亡也没有愈合。

金国的民族问题一直存在，灭辽之后，金政权对契丹人极其忌惮，灭宋之后，对南人又极其忌惮。忌惮的原因比较简单，女真人数比较少，面对人数比他们多得多的契丹与南人，不得不忌惮。

完颜阿骨打初建金国时，女真人口不足百万，到了金国的中后期，女真人口数量也就是四百万左右。而北宋故地上的汉人有数千万，加上契丹族，在人数上就占据绝对的优势。而女真人除了强大的武力之外，再无别的优势。如何统治数千万的汉人，就成了摆在女真当政者面前的最大问题。在金国初期这个问题并不严重，那时女真人的战斗力仍在，可到了中期，女真人在汉化的同时不断腐化，战斗力也随着不断下降，此时问题就严重了，成了难题。

金世宗、金章宗表面上拉拢汉人，提倡天下一家，却打着括地的招牌为女真人谋福利，大肆剥夺汉人的土地。他们的思路脉络很清晰，将女真视作国家的定海神针，尽全力满足女真人的要求，对汉人则予取予求，完全不以国民对待。

红袄军的起义，将"天下一家"的说法完全粉碎了。其影响不限于汉人，对契丹人的影响也非常大。遍地开花的起义将各种仇恨都挑了起来，将各种矛盾都揭了开来，想掩盖也难以掩盖，想回避也难以回避，即便起义以失败告终，但金国内部的矛盾裂痕已经大白于天下。

成吉思汗天纵奇才，最懂得利用矛盾收取人心，在攻取燕京得到耶律楚材后，第一句话就是："辽、金世仇，朕为汝雪之。"耶律楚材虽是辽国皇族血统，但仕金已经三朝，他口中谦逊，称不敢以臣仇君，但此后为蒙古人出谋划策安邦定计不遗余力。

此后，那些被后世称作汉人世侯的一批汉人，他们在投降蒙古时，似乎没有一点儿心理负担，轻而易举地就投降了，从此反转枪口，为蒙古人攻打金国，并且基本没有反复。这与红袄军撕开的那道伤口不无关系。

当然，那道伤口本来就在，红袄军撕开的只是伤口上面的伪装。

第十一章　人才与胸怀

经过红袄军起义，金国的南人不再是之前的南人了，他们成功转型，与燕赵之地的汉人完全趋同。因此在金国后期，就不再区分汉人、南人了，统一称作汉人。

1211年，成吉思汗率军进攻金国，此时距完颜阿骨打起兵反辽九十七年，距金国灭亡北宋只有八十四年。这几十年里，彪悍善战的女真人不再善战，他们移居到中原，在汉地这个花花世界里大肆享乐腐败，因此他们不愿意再上战场流血拼命了。几十年前，女真人几乎个个都是天生的战士，勇猛绝伦，冲杀拼斗悍不畏死，几十年后，他们与当初被他们灭掉的契丹、北宋人一样，无复当年之勇，看到蒙古人就害怕。

几十年的时间，北部中国被称为南人的群体变成了汉人，从穿着打扮到思维观念都变了，他们不再认金国为自己的祖国，他们与燕云之地的汉人一样，变得冷漠而现实，如何生存成了摆在他们面前第一位的问题，比起生存，其他的似乎都不那么重要了。

更相似的是形势。

几十年前，女真人打过来了，辽人不敌，节节败退，宋人不敌，节节败退。如今是蒙古人打过来了，金国不敌，节节败退。

对此时生活在南方的宋人来讲，夷夏之辨非同寻常，是个大是大非问题。在南宋人心中，南宋是华夏正统礼仪之邦，文化先进经济发达，而北方的女真、契丹、蒙古、奚人等都是胡虏，野蛮落后。可对北方的汉人来讲，这一切只能是一声呵呵，即便饱读诗书的汉人学子，从书中知道夷夏之辨的道理，但他们对夷夏之辨的理解，也和宋人大相径庭。

北方的汉人，见惯了女真、契丹、奚人和渤海人，早已见怪不怪。对他们来讲，考虑夷夏之辨有点太奢侈了，他们世世代代就在胡虏的统治之下，先是契丹人，再接着是女真人，胡虏的彪悍他们见识过，胡虏的文采他们也见识过。因受侵害仇视某个胡虏可以做到，但蔑视整个胡虏，北方的汉人就做不到了。

原因很简单，北方汉人穿着左衽的衣服，穿着尖头鞋子，头上前边剃光后面垂辫，完全一副女真人的打扮。要是较真儿的话，他们自己就是胡虏，还怎么去蔑视别的胡虏！

所以，夷夏之辨被北方的汉人自觉地忽略了。

现实是铁，真实存在而且碰上去会头破血流，理论学说比起铁血的现实，其硬度力度就差得远了。南宋的文人墨客喝着茶，在书斋里讨论着夷夏之防，或者念叨着存天理灭人欲的必要性。此时北方的汉人却为失去了土地无法生活而烦恼，在考虑该杀官造反拼个鱼死网破呢，还是暂且忍受，先租赁别人的土地委屈地暂且活下去。

铁血的现实永远比书本的力量更大。北方的汉人习惯与各民族打交道，习惯于接受游牧民族的许多生活方式，这都是现实的力量所致。当现实发生巨变时，北方的汉人会更冷静地接受巨变，极其理性地考虑自己何去何从。

这个时候，金国境内的契丹人与汉人已无区别，他们本是辽国的国族，辽国被灭后，无奈只能做金国的臣民。但女真人并不信任他们，时刻防范。契丹兵是金军的重要组成部分，金政权要兴兵攻打南宋时，首先想到的征兵对象就是契丹与南人，这让契丹人苦不堪言愤怒无比。

在完颜亮做皇帝的时候，大规模地征兵，要踏破南宋的都城临安。当时要将西北路契丹人的所有青壮年男子全部征召入伍，此举引起了契丹人的激烈反弹，随即举行起义，在领袖撒八的领导下杀官夺府，与金兵厮杀对峙多年。

这场起义直到完颜亮死，金世宗即位后好几年才被镇压下去，契丹族因此被杀者极多。这次起义之后，金国对契丹族更为忌惮，防范得更严，而契丹族人与金国彻底离心离德大概也就在这个时候。

契丹人与北宋故地的南人经历了同样的心理历程，变得极端冷静现实。他们不再将金国看作自己的祖国，当蒙古兵南下，契丹人从蒙古兵的彪悍善战中看到了希望，于是大肆倒戈。汉人也一样，倒戈投降时似乎没有半点儿心理负担。

有趣的是，蒙古人以局外人的眼光，将契丹人也看作汉人，甚至将金国境内的奚、渤海部落甚至女真人全看作汉人，认为他们之间没有大的区别。

一、契丹、汉人的倒戈浪潮

1211年的八月，成吉思汗率十万蒙古精兵，攻破金国苦心经营的乌沙堡，野狐岭一战，四十五万金军灰飞烟灭。这四十五万兵马几乎是金国机动兵力的全部，这一巨大的损失震动金国朝野，失去了这部分兵力，金国剩余的兵力只能固守城池，根本无法在野外阻挡蒙古军前进的脚步了。

野狐岭之战，金国裨将契丹人石抹明安在阵前倒戈，归附了成吉思汗，随蒙古军征战劫掠，尽心尽力。成吉思汗当时并没有灭亡金国的意思，只想抢掠一番就收兵北去，但石抹明安建议他趁机扩大战果，而成吉思汗从善如流，对他的建议立即就予以采纳：

> 既而帝欲休兵于北，明安谏曰："金有天下一十七路，今我所得，惟云中东西两路而已，若置不问，待彼成谋，并力而来，则难敌矣。且山前民庶，久不知兵，今以重兵临之，传檄可定，兵贵神速，岂宜犹豫！"帝从之。
>
> ——《元史》卷一百五十·列传第三十七

另一个投降成吉思汗的契丹人叫作石抹也先，他是契丹

人中的后族，即述律氏，辽亡后才改姓石抹。石抹也先勇力
过人，善骑射，多智略，却对金国充满了仇恨。听说成吉思
汗起兵于北方，他单人独马就赶来归附，献计策独闯金国的
东京：

> 闻太祖起朔方，（石抹也先）匹马来归。首
> 言："东京为金开基之地，荡其根本，中原可传
> 檄而定也。"太祖悦，命从太师、国王木华黎取
> 东京。
>
> ——《元史》卷一百五十·列传第三十七

石抹也先没有吹牛，他拒绝了木华黎给的千余精兵，自
带数骑杀了赴任的金国东京留守，将任命文书等东西揣在怀
里，直接就进了东京城，说："我就是新任留守。"遂接掌
东京的防务，将守城的官兵全部从城墙上撤了下来，让木华
黎兵不血刃就占领了东京。

耶律留哥，金国的北边千户，金朝廷鉴于契丹人投诚
蒙古者众多，遂对契丹人严加提防，令两女真户夹居一契丹
户。耶律留哥遂逃往辽东隆安一带，纠集流亡者四处剽掠，
数月时间就聚集了十多万人，于是就在隆安起兵反金，同时
派人联络蒙古人要求归附。

北方汉人的倒戈速度一点儿也不比契丹人差。

当成吉思汗在野狐岭大败金军，领军屯驻定州的郭宝玉
立刻率全军投诚。郭宝玉是郭子仪的后代，在金国被封为汾

阳郡公兼猛安，爵位尊贵手握兵权，但他丝毫没有替金国尽忠的打算，与蒙古兵还未接触就决定了投诚。

归附成吉思汗后，郭宝玉为之出谋划策南征北战，立功无数，不但在金国的北部攻城略地，还远征西域南至印度，几乎战无不胜。郭宝玉的孙子郭侃，其勇猛善战更超乃祖，一生攻占的城池在七百座以上，据说金庸先生所写的大侠郭靖在蒙古军中的经历，就有郭宝玉、郭侃二人的影子。

史天泽，元代汉人世侯中影响最大、统兵最多的一个，在元代出将入相五十年，显赫无比。他家为燕京大族，财力雄厚，但史家人却没有在金国做官。当木华黎带兵南下攻略河朔一带时，史家聚而商议，做出了归附蒙古人的决定：

> 木华黎统兵南伐，所向残破，秉直（史秉直，史天泽之父）聚族谋曰："方今国家丧乱，吾家百口，何以自保？"既而知降者皆得免，乃率里中老稚数千人，诣涿州军门降。
>
> ——《元史》卷一百四十七

史家归附的理由很简单，就是自保，为家族寻一条活路。但为何降蒙古就能自保，这里对金国的不信任不看好十分明显。史家为家族命运谋划的过程肯定非常复杂，不可能如史料记载的那么简单，他们一定极其冷静地分析了金国的形势、蒙古人的战力以及其他种种情况，最后认定金国必定失败，这才将蒙古人作为归附对象。

　　史天泽被忽必烈比拟为唐代的郭子仪，他在灭金的战场上立功极多，在文治上的功劳更甚于战功，他是忽必烈推行汉法的主要执行大臣，在阻止蒙古兵屠城嗜杀上也出力很多。

　　比起史家的主动投靠，世侯之一的张柔是被俘后才投降的。蒙古军南下引起河北大乱，张柔联络千余家乡邻结寨以自保，金政权那时候对河朔一带失去了控制，只好任命民间豪强为官，张柔先被任为定兴县令，不久又升为中都留守。1218年，张柔带兵与木华黎战于狼牙岭，被俘后就顺水推舟地降了。从此时起就做了蒙古兵的前驱，在金国北部攻城略地，因功而升为万户，成为独居一方的诸侯。

　　张柔的势力比不上史天泽，官也做得没有史天泽大。但张柔有个声名赫赫的儿子，他就是张弘范，在崖山一战中覆灭南宋的那个张弘范。

　　以史天泽、张柔为代表的汉人世侯数以百计，顺天张氏、东平严氏、益都李氏、西京刘氏、巩昌汪氏、大名王氏、归德邸氏等是其中势力较强，影响也比较大的，称作大藩。这些家族投靠蒙古不外乎主动归附与被俘后投降两种，投靠之后就甘为前驱，以建功立业保障家族的生存发展与强大。

　　不过，史天泽也罢张柔也罢，其他所有的汉人世侯，比起契丹人耶律楚材都要甘拜下风。在成吉思汗的眼里，耶律楚材是国师级别的人物，而在窝阔台及其他蒙古人眼中，耶律楚材是半神级别的存在，他的话不能不听。

二、元朝的奠基者——耶律楚材

《元史》中对耶律楚材的记述，几乎将他当作神灵对待，估计这和元朝留下的原始资料有关，也和后世对他的敬仰崇慕有关。没有此人就不会有元朝，蒙古人即便能征善战，打遍天下无敌手，充其量将欧亚大陆杀成一片无人区，成为一个旷世无比的大牧场，然后诸王之间相互残杀，功臣之间相互残杀，将这片大牧场再分割成许许多多的小块，又形成一个一个部落。

按照史书的记载，耶律楚材博览群书，诗书俱佳，不但对儒家治国经典无比熟悉，还旁通天文、地理、术数、佛教、道教、医术、占卜。在那个时代，一个人能同时兼备这么多方面的知识，在普通人的眼中，也就和半神差不多了。而更令人惊异的是，他在蒙古军中的预言几乎没有一次失误，这让蒙古权贵简直无法不将他当作半神看待。

西域懂天文的人向成吉思汗禀报，说五月会发生月食，耶律楚材说不会，到时果然没有发生。西域的人称十月没有月食，耶律楚材说有，到时候果然发生了月食。耶律楚材夜观星象，说明年金国将要易主，第二年果然金宣宗死亡，金哀宗继位。那时候的蒙古人非常落后，迷信思想严重，耶律楚材凭借丰富的知识预测吉凶祸福，且往往准确无误，以此确立了自己在蒙古上层的巨大影响力。

那时蒙古人只有军队建制，没有地方官吏，攻下的城池除了工匠、女人外，统统杀死，而工匠、女人都分给了有功的将士们，所以他们不需要官吏管理地方。

耶律楚材反对这样做，他极力阻止蒙古人动不动就屠城的暴行，在他的努力下，屠城行为的确减少了，地方官吏也开始设立，窝阔台时期还建立了中央行政机构中书省，任命耶律楚材为中书令。

不过，游牧民族的一些习惯根深蒂固，他们习惯了杀戮抢劫，习惯了牧羊放马，习惯了部落式的社会架构，对农业社会一无所知。在进入中原之初，对汉人的那套做法十分不爽。蒙古高层中就有许多人觉得应该尽杀汉人，将土地空出来作为牧场，这些人的代表便是经常伺奉在窝阔台身边的大臣别迭等人，他们屡屡在窝阔台耳边聒噪要杀汉人：

> 近臣别迭等言："汉人无补于国，可悉空其人以为牧地。"楚材曰："陛下将南伐，军需宜有所资，诚均定中原地税、商税、盐、酒、铁冶、山泽之利，岁可得银五十万两、帛八万匹、粟四十余万石，足以供给，何谓无补哉？"帝曰："卿试为朕行之。"
>
> ——《元史》卷一百四十六"耶律楚材传"

耶律楚材阻止了别迭等人的聒噪，他选拔人才组织税收机构，将征收的大批银两、丝帛、粮食等纳入国库，用于国家开支，让那些嚷叫着要杀光汉人的蒙古高官从此闭嘴，并且以此为契机，将税收大权从林立的汉人世侯手中夺了过来，从此不许汉人世侯向百姓征税。

在耶律楚材归附前，成吉思汗就按照蒙古人的传统，将土地、人口分给自己的兄弟和儿子，共封了九位。这些受封者被称为诸王。诸王犹如诸侯，封地内的一切都是他的私产，包括土地、人口、军队等，但大汗打仗时需出兵出资相助。蒙古人允许汉人世侯在自己的封地内主宰一切也是因为这个传统，当时耶律楚材随成吉思汗西征，主管汉地事务的木华黎对有功的汉人就地分封，随意划一块地方给他们管理。

到窝阔台灭了金国，仿效前例又要给儿子及功臣们分封地方，还没决定前就给这些人许了愿。哪知耶律楚材坚决反对分封，耶律楚材要建立大一统的中央政府，认为分封制乃是一千多年前的落后管理办法，不利于国家统一，对百姓来说也是一场灾难。因为诸王诸侯在自己的封地内可以为所欲为，随意杀人也杀得理直气壮，种种弊端显而易见。碍于大汗已向那些人许了愿，耶律楚材遂以自己的智慧化解矛盾，既让分封成空，又避免了窝阔台的面子受损：

> 秋七月，忽都虎以民籍至，帝议裂州县赐亲王功臣。楚材曰："裂土分民，易生嫌隙，不如多以金帛与之。"帝曰："已许奈何？"楚材曰："若朝廷置吏，收其贡赋，岁终颁之，使毋擅科征，可也。"帝然其计。
>
> ——《元史》卷一百四十六"耶律楚材传"

耶律楚材的办法就是：封地内的一切事务都由朝廷设置官吏管理，包括军事、民政、税收等，封地的主人不能插手，诸王功臣也有回报，根据自己封地内民户的多少，每五户人家每年拿出一斤蚕丝，这一斤蚕丝归诸王功臣所有。

这种运作，实际上让封地成为虚设，为之后忽必烈建立大一统的元朝奠定了基础。不然，中原大地只有一群大小不等的诸侯国，并且这些诸侯会越来越多，形成春秋战国时的混乱局面。

成吉思汗时候，虽统一了蒙古各部，号称大蒙古国，但仍是部落联盟的管理方式。大汗是最高军事首领，可在军事行动之外，各部落自行其是，谁也不管谁。所谓大汗，其实并没有多少威严，参见时不用行礼，大家人人平等，胡乱称兄道弟。这是草原民族的传统。

到窝阔台继承汗位的时候，耶律楚材要改变这种状况，他按汉地习俗制定了参拜大汗的礼节，蒙古贵胄们却不习惯这一套，抗拒情绪很大。耶律楚材就先说服窝阔台的哥哥察合台，让他带头参拜：

> 遂定策，立仪制，乃告亲王察合台曰："王虽兄，位则臣也，礼当拜。王拜，则莫敢不拜。"王深然之。及即位，王率皇族及臣僚拜帐下。既退，王抚楚材曰："真社稷臣也。"国朝尊属有拜礼自此始。
>
> ——《元史》卷一百四十六"耶律楚材传"

成吉思汗时，蒙古没有任何成文的法律，属民有争执，长官按草原上的老习惯判案。随着占领的地盘越来越多，各种刑事民事案件剧增，汉地的情况复杂，按草原上那一套根本行不通，耶律楚材就编制了一套临时法律制度，称作"便宜十八事"，结合当时的形势并针对汉地的情况，严禁官吏随意虐杀百姓，严禁豪强夺占穷人的土地，对地痞流氓的打击也是其重要内容。"便宜十八事"的实施，让骚乱的汉地逐渐平静下来，残破不堪、满目苍夷的中原恢复了秩序，慢慢地有了生机与活力。

在中原初定之后，耶律楚材向窝阔台建议修孔庙，建立国子学，尊孔重儒，开科取士。窝阔台言听计从，立刻修庙建学，第二年就开了科举，大量录用儒士做官。

耶律楚材用了一生的时间，将蒙古族人从游牧文化状态向汉文化状态拉扯推进，以自己的智慧影响让他们靠近汉文化，接受汉文化。因为他的努力，蒙古人在中原的屠杀能收敛少许，因为他的努力，许多汉人儒士得以重用，很多典籍书册得以保存，中原文化不至于全面丧失。

当然，汉人世侯在这方面也做了不少努力，只不过他们的影响力没有耶律楚材那么大罢了。耶律楚材仗义执言，敢作敢为，哪怕触犯了权贵，被大汗窝阔台捆绑起来，也绝不屈服，弄得窝阔台反要给他赔情道歉。世侯史天泽后来也做到了宰相的高位，可史天泽无论是威望还是能力，都无法与耶律楚材相提并论，在相位上的他谨小慎微，生怕一不小心给自己惹来祸端。

耶律楚材死的时候，首都和林的街市停止交易，城中数日之内没有音乐，包括蒙古人在内的许多官民为之下泪痛哭。这位半神级的人物只活了五十五岁，就离开了战乱频繁的人间。

可惜的是，蒙古贵族的习俗文化与汉文化相距太远，耶律楚材竭尽一生，也没能从根本上改变他们。在他死后，没人能继续他的未竟之业，那些汉人世侯的能力自保有余，要引导推拉着蒙古高层向汉文化靠拢，就显得力不从心了。

耶律楚材的诗词书法现在很少有人提及，但他的风水著作《玉函地学全秘》至今仍是风水学上的经典，为阴阳先生们津津乐道。

三、楚虽有材，晋实用之

耶律楚材这种人才是不世出的，可遇而不可求，他出生在仅有百十年江山的金国，这是金国的骄傲，同时这也是金国的耻辱。因为在金国，耶律楚材除了博学的名声之外，毫无建树。

可以想象，如果没有成吉思汗将耶律楚材带走，他在金国也就是混一个较大些的官儿，博个能臣之名，剩余的才能无处可用，只能在诗词书法一类事上下功夫，为后世留下些精美的文字，如此而已。想改变金国，让金国迅速强大起来，他做不到。

不是耶律楚材没有这个能力，而是金国的利益集团早已固化，决不允许耶律楚材这样的人在其中搅合，金国政权不会给他那么大的权力，即便给了也无用，若耶律楚材触犯了女真贵族的利益，他们会立刻疯狂反扑，让他马上下台。

论年龄论资历皆为后辈的元好问就是例子。

号称北方"一代文宗"的元好问，其诗词曲文章样样精通，在经、史的研究上也极有建树，是有金一代最大的文豪，在金末元初的文坛上影响巨大。这样一位巨匠般的人物，参加金国的科举考试却总是考不上，连考五次，次次落榜，到第六次倒是考上了，可被人污蔑为逆党成员，他一怒之下甩袖而走，自己放弃了这次机会。

直到三十五岁，元好问才得人推荐通过考试进入了仕途，做了个国史院编修的小官混日子。

一个朝代一个国家在腐朽没落时，首先的表现就是对人才的压制。各种空间都挤满了名与利的既得利益者，新人要挤进去难度不是一般的大，暂时没有新的空间开辟出来，统治者与既得利益者不愿意重新开辟新空间，他们享受着已经到手的荣华富贵，早已没有了进取之心。

而一个朝代一个国家处于上升阶段时，总是不断地开辟新的空间，这时候，适用的人才有广阔的舞台可供发挥，而人才的加盟又推进了国家或民族上升的速度，于是人才便通过各种渠道流了进来，为其所用。

元代在初起时便是这样，凡是投奔来的人才，一概收留使用，不管你是什么民族，不管你有没有资历，任何条条框框都没有，只要你有用就行。他们太缺人了，缺打仗的将士，能来帮他们打仗的，多多益善，缺管理地方的官吏，这类人也大肆招收，缺帮他们收税的人，也缺各种出谋划策者，当然，耶律楚材这种半神级别的人才他们更是求之不得。

一个生意兴隆不断扩张的餐厅，今天这儿开分店，明天那儿开分店，这个餐厅就需要大量的厨师、采购、端菜、抹桌子的，而一个生意一般也不愿意扩大经营的餐厅，其厨师早就有了，采购、端菜、抹桌子的人也早就齐全，若无辞职的，新人想要进去就比较难了。

金国就是这个生意一般也不愿意扩大经营的餐厅，他们认为自己的厨师手艺是最好的，提供的菜品是天下第一，即便有手艺更为高超的大厨找上门来求职，他们也会笑而遣之，他们安于现状故步自封，对更新奇的菜品已经没有多少兴趣。

完颜希尹在金国初期也绝对算是一个人才，在金国疯狂扩张的上升时期，他的文才武略得以尽情施展，上马攻城略地，下马创立女真文字，其能力功绩名声一时无两。但当金国扩张完毕，一切都开始固化时，他没了用武之地，其能力又遭人忌惮，于是在权贵的倾轧中被以"奸状已萌，心在无君"的罪名处死。

在蒙古铁骑南下直至金国灭亡的这段时间，一个令人憋闷至极的现象，就是金国的人才严重缺乏，在每次大的决定性的战役上，都输得冤枉至极，在己方兵力占绝对优势的情况下却惨遭大败，将帅的军事素养、谋略等简直惨不忍睹。在缺乏将帅的同时，文臣谋士也人才凋零，关键时刻，没人能提出保家安国的具体建议，在国力尚可一战的情况下，君臣却只知相对坐泣，拿不出任何有用的策略。

当然，缺乏人才，完全是金国自己造成的，金国不是没有人才，耶律楚材就是明证。史天泽、张柔等汉人世侯，其能力虽不能与耶律楚材相比，但怎么说也算乱世中的人才。他们生在金国长在金国，可悲的是，却提枪跃马，为元人灭金冲锋陷阵。

金国在取得中原，与南宋形成对峙局面后，整个女真民族迅速腐化，上层高官贵胄的腐化更为严重，导致女真人才不昌，没有将帅之才，更没有善于谋划的文臣。

女真自己没有，并不表示汉人、契丹人中没有，事实上契丹与汉人中人才不少。但金政权对汉人、契丹只是利用，从没信任过，定鼎中原后更是如此：

> 有公事在官，先汉儿、次契丹方到金人……有兵权钱谷。先用女真、次渤海、次契丹、次汉儿，汉儿虽刘彦宗、郭药师亦无兵权。
>
> ——赵子砥《燕云录》，转引自《三朝北盟汇编》卷九十八

有受苦受累的公事，就派汉官、契丹官去做，可掌管兵权、掌管钱粮这类重要事情，那要尽量用女真族人，契丹人、汉人暂且排后。打仗要尽征契丹的男丁，中期之后的括地又大肆侵害汉人的利益，弄得汉人、契丹人对之离心离

德，他们纷纷投奔蒙古人反过来攻打金国也就不足为怪了。

但金国在遭受蒙古人打击，外患日益严重的金宣宗时期，之前的民族歧视政策仍旧不改，对国内人数占绝对多数的汉人一如既往地排斥，哪怕是做了高官的汉人，同样在排斥之列。金国的遗民刘祁，在金亡后隐居著书，提起金宣宗的偏私排汉，也气恼不已：

> （金宣宗）又偏私族类，疏外汉人，其机密谋
> 谟，虽汉相不得预。人主以至公治天下，其分别如
> 此，望群下尽力难哉。
>
> ——刘祁《归潜志》卷十二

当时与蒙古交战，金国几乎没有几个能拿出手的将帅，别说打不过正牌的蒙古兵，经常连汉人世侯率领的汉兵也打不过。金宣宗束手无策，向臣下问计，太常卿侯挚上书，说："从业掌兵者多用世袭之官，此属自幼娇怠，不任劳苦，且心胆懦怯，何足倚办。"

侯挚的话一针见血，指出了金军将帅无能的原因，这些世袭之官都是女真人的，只有女真人可以世袭官位，汉人、契丹人是没有这个特权的，而掌兵的恰恰是世袭的这些女真人。

四、汉人世侯

与老牌帝国金国相比，正在上升阶段的蒙古人对人才的

使用大不相同。

从成吉思汗第一次率军攻破乌沙堡进入金国境内，到金国彻底灭亡，其间二十多年的时间。这二十多年里金国的人才不断地外流，多数为蒙古吸纳，这些人包括耶律楚材、刘秉忠、郭宝玉、耶律留哥、史天泽、张柔、刘伯林、姚枢、赵璧、张德辉等，数量极多，或文或武，都为蒙古的统一立有大功。

这些人中，有一个在后世大名鼎鼎的群体，叫作汉人世侯，他们全是汉人，且在元朝世代为公为候，锦衣玉食荣耀无比。

蒙古诸部统一之后不久，成吉思汗就率兵进攻金国，在金国北部一带大肆屠杀抢掠。这时候蒙古人并无占领这些地方的想法，抢掠了大批的牲畜、财物、人口后，随即撤兵。但相隔不久又卷土重来，再次烧杀掳掠一番，华北一带被蹂躏得处处残破，虽没攻下金国的首都燕京，但华北其他城池多数被攻破，金国的东京辽阳也惨遭破城。蒙古人并不占领这些城池，掳掠一番，逼得金国求和，再送他们大批的金银珠宝绸缎马匹童男童女，他们就撤兵了，呼啸而去，又回到蒙古草原。

在这种情况下，金国皇帝完颜珣，即金宣宗，放弃了燕京，南下以汴梁作为首都。金宣宗一走，蒙古兵再次南下。这次成吉思汗没有来，他要率兵西征，顾不上中原，遂派木华黎率两万三千兵力经略汉地。木华黎先挥兵东北，在那儿东杀西讨打了三年仗，基本上实现了对东北的占领，接着他留了少量兵力镇守，率大队人马杀向华北。

汉人世侯就在这个时间段纷纷诞生。

金宣宗南下后，残破的华北狼藉一片，混乱一片，有限的留守兵力早被蒙古人打残了，聚集在燕京等几个大城里，而地方官府基本没有健全的了。地方官员或因抗击蒙古兵而战死了，或被蒙古人抓走了，还有些弃职南逃了。华北地方基本处于无秩序状态，盗贼蜂起，民不聊生。

各地民众无奈只能抱团自保，而那些有智谋有勇力的人在此时站了出来，号召百姓选拔壮士组织队伍，这些豪强之辈迅速拉起队伍打击盗匪，以保一方平安。易州的张柔便是这些豪强中的一员，他在极短的时间内聚集了一千多家乡邻结寨以抗盗匪。

金国朝廷需要这些豪强，需要他们填补华北政权的真空状态。遂大量任命豪强们为地方政府的官员。张柔先被任命为定兴县令，不久又升他为中都留守。

但是木华黎很快就率蒙古兵杀过来了，张柔率军前往迎战，狼牙岭一战，战马蹶蹄张柔被擒，无奈之下投降。木华黎很慷慨，仍命他当过去的官儿，率本部人马给蒙古军当先锋，先攻易州，再下安州、宝州、雄州，然后攻拔祁州、定州。几年的征战攻杀，张柔因功被蒙古朝廷升为汉军万户。

史天泽、刘黑马、严忠济等汉人世侯，所走的路基本和张柔差不多，大同小异。两万多的蒙古兵之所以能纵横华北，在河北、河东、山东一带攻城略地，主要得益于这些汉人世侯的前驱作用。

　　蒙古人对归附汉人的管理十分粗放。最早经营华北的蒙古大帅是木华黎，他对打败被俘的、主动投靠的都是一个政策，你在金国是什么官，蒙古就封给你同样的官儿，甚至大一点儿也无所谓，反正木华黎也不懂金国那些官名是什么意思，你仍旧可以带你的原班人马，只要好好效命打仗，听从调遣就行。打仗立了功手下的人马也多了起来，木华黎就划一片地方让你管理，在这片地方，一切都由你说了算。但这一切有个前提，得将儿子交给蒙古人做人质。

　　这会儿蒙古人才没兴趣理会什么汉家文化儒家理念，木华黎也不懂这些，你在自己的领地内愿意弄什么就弄什么，蒙古人也懒得管这个，只要你的领地别出乱子，打仗时能出兵就行。

　　这种粗放式的管理很合北方汉人的胃口，打仗立了功得到一片领地，这不和一方诸侯差不多了嘛。虽说要将一个儿子送去做人质，但蒙古人似乎也不怎么虐待人质，蒙古人将众多的人质集中起来训练之后，组成军队，叫作质子军，偶尔也拉出去打打仗，如此而已。

　　木华黎的粗放管理也是出于不得已。蒙古兵太少，而招降纳叛得来的汉兵太多，他麾下的十万兵力，蒙古兵只有二万，对归附的汉人无法管得太细，只能让他们自己管自己，这样既省事，也能提高汉人的积极性。做一个诸侯的诱惑力还是很大的，那些投降的汉人为了这个目标，打起仗来非常勇猛，而且智计百出，不卖力的早早就被战场淘汰了，哪还能做世侯呢？

　　汉人世侯在灭金的过程中出力不小，金国在将首都南迁到汴梁之后，黄河以北的大片领土为这些汉人世侯逐步蚕食，并进行有效管理，否则仅凭木华黎的两万蒙古兵，根本不可能控制北方那么大的地方。

　　到了金国灭亡之后，蒙古大汗蒙哥委派弟弟忽必烈统一管理汉地。忽必烈与木华黎不同，他对汉人书生儒士器重得要命，身边的幕僚大半都是汉人。汉人幕僚以及手握军队的汉人世侯拼命拉拢忽必烈，给他灌输儒家的治国理念。而忽必烈也听得兴趣盎然，觉得这一套比蒙古原先的那些思维要先进，遂大力采纳，自己也在这个过程中不断地汉化、再汉化。

　　汉化的忽必烈，与汉人世侯的理念十分契合，要传承汉文化，就得扶植这样的人当君主。在忽必烈与弟弟阿里不哥争夺汗位时，中原汉地的人力物力帮了他的大忙，汉人世侯基本上对他都是倾力支持，出兵力出物资，帮他打败了阿里不哥，没有这些支持，忽必烈能否胜出大存疑问。

　　当时，蒙哥汗对南宋发动大规模进攻，自己战死于四川钓鱼城下，棺木运回蒙古高原的和林，蒙哥麾下的几路蒙古精兵护送棺木北上，到和林之后，这些精兵都被阿里不哥收归麾下。而随蒙哥攻打四川的汉兵没有北上，他们各归自己的领地。

　　阿里不哥得到了蒙哥的大部分精兵，争夺汗位的决心大涨，但这点兵力能否打败忽必烈，他也没有把握，因为忽必烈配合蒙哥攻打南宋的鄂州，手下也有一支蒙古精兵，虽然数量比蒙哥亲率之兵少，但也不容忽视。于是阿里不哥的支持者在大漠南北大肆扩招兵员，形势紧张无比：

> 先朝诸臣阿蓝答儿、浑都海、脱火思、脱里
> 赤等谋立阿里不哥……于是阿蓝答儿发兵于漠北诸
> 部，脱里赤括兵于漠南诸州，而阿蓝答儿乘传调
> 兵，去开平仅百余里。皇后闻之，使人谓之曰：
> "发兵大事，太祖皇帝曾孙真金在此，何故不令知
> 之？"
> ——《元史》本纪第四"世祖一"

这时的形势对忽必烈非常不利，他虽极力施展手段为自己争取了一些蒙古将帅的支持，又提前召开库力台大会登上汗位，但阿里不哥得到留守和林大部分王公的支持，又占据首都和林，手下的兵力也相当骁勇，要战而胜之绝非易事。

忽必烈麾下的蒙古兵虽能征善战，但如今要他们掉头攻打蒙古人自己的首都，与自己的同胞作战，兵将的心态与攻打他国的城池自然大不一样。况且忽必烈匆忙举行的库力台大会缺陷明显，很多该来参会的蒙古王公没有来，更糟糕的是近在新疆一带的窝阔台汗国联络其他其他汗国，反对忽必烈即位。

此时此刻，忽必烈能依靠的只有中原汉地的大力支持，而中原的汉人世侯也没有辜负他的期望，世侯史天泽、刘黑马、张柔、严忠济、张好古等没有半点儿犹豫，竭心尽力地

支持忽必烈，这些世侯麾下兵力多者两三万人，少者一两万人，但世侯的数量多达几十，其所属兵将也都是久经战阵的精锐。他们的兵力及粮草供应让忽必烈的胜算大增。

若失去汉人世侯的支持，忽必烈与阿里不哥的战争很可能成胶着之势，谁也打不败谁，只能长期混战。

世侯们的努力没有白费，他们在为蒙古人效命的同时，保住了自己的性命，也为家族挣来了荣华富贵。以张柔为例——之所以以他为例，是因为他有个自称灭了南宋的儿子：张弘范——张柔官做到元朝的荣禄大夫，爵封蔡国公，死后更被加封为汝南王。他的第八子张弘略，幼年就被赐锦衣，既成人，马上就出任顺天路管民总管、行军万户，此后一路富贵，死后也荣耀非常，封为公爵。张弘范为第九子，天生的将才，一生征战鲜有败绩。受父兄之荫他也早早就做上了官，崖山灭宋之后回京，忽必烈在内殿设宴为他洗尘。只不过他身体不行，赴过洗尘宴后就病倒了。崖山之役后一年多，张弘范就死了，死后封王。他儿子张珪也挺有能力，很得忽必烈看重，做到宰相高位，爵封国公。张柔其他几个儿子的能力一般，功名不显，但安享荣华绝对没有问题。

五、南宋人狭隘的胸怀

反观南宋，不由得让人失望之余泛起心酸的感觉，在使用外来人才的问题上，南宋人的心胸太狭隘了。

当金国残破，河朔、山东一带大乱之际，也有很多金人逃往南宋，在南宋派兵与蒙古联合灭金的过程中，也曾俘虏过金军，后来派兵收复河南，曾投降蒙古人的金军有不少又投降了南宋。这些人被南宋称作"归正人"、"归明人"或"来归人"，只是，他们中难道就没有人才？就没有人对南宋做出过贡献？

可惜的是，这类人中有显赫名声的确实不多，其中最有名的当推宋末三杰之一的张世杰。张世杰曾经是张柔的部下，因故逃往南宋，蒙古兵威胁临安城时，他是不多的几个率军勤王之人，崖山之战他是宋军的总指挥，兵败后蹈海而死。

另一个较有名声的人是姜才。他本算是南宋人，但小时候就被金兵掳掠到了北方，长大后又逃归南宋，因此身份比较尴尬，被南宋称作"归正人"或"来归人"：

> 姜才，濠州人。貌短悍。少被掠入河朔，稍长亡归，隶淮南兵中，以善战名，然以来归人不得大官，为通州副都统。时淮多健将，然骁雄无逾才。才知兵，善骑射，抚士卒有恩，至临阵，军律凛凛。
>
> ——《宋史》列传第二百一十"忠义六"

按史料所述，姜才的确是个带兵打仗的人才，但因为身份问题而遭歧视，不能独自领兵，只能做个副职。他在蒙古军大举南下灭宋的关键时刻，与李庭芝守卫扬州，以攻为守，多次击退元军。在元军兵临临安，宋恭帝及太皇太后谢道清已投降的情况下，姜才不理睬谢道清命他投降的懿旨，率军直扑元军，要解救被掳北上的宋恭帝，在元军大队的阻击包围中浴血奋战，不果后只好再回扬州。

姜才最后是被叛徒出卖才被元军抓获的，他誓死不降，被元将阿术杀害。

张世杰与姜才对南宋的忠义可表天日，他俩以死证明了自己的忠义。但是这两人因来自北方，所以总是受到猜忌和防范。姜才不能独当一面领兵，而张世杰在南宋即将灭亡的关口，还有朝臣故意将他与所带部下分开，防止他图谋不轨。

除了这两人外，投奔南宋而稍有名气的应算刘整。刘整的武勇善战不亚于姜才，屡积军功而升迁为潼川十五军州安抚使，后因贾似道推行打算法受到威胁，遂带兵投降蒙古军。他的情况在前面的章节有叙述，在此不再饶舌。

刘整之后，稍有些名气的是李全及其妻子杨妙真。这二人是红袄军起义首领，当蒙古兵锋指向山东，李全母、兄遇害，遂起义复仇，愿受南宋节制以为后援。但最后他们与南宋反目成仇，李全为宋军所杀，杨妙真兵败隐匿民间而不知所终。这二人的情况在前也有叙述。

金国灭亡后，南宋军队在端平年间进入中原，投降蒙古的汴梁守将崔立被部将李伯渊杀死，李伯渊当即率军出城迎接宋军，表示投诚之意。但后来，在抗蒙前线襄阳城，李伯渊随王旻、樊文彬等叛乱，焚烧襄阳后投向元军。

　　这几个人的情况如此这般地罗列出来，很多问题也就不言而明了。总共六个人，正面形象的只有两个，其他四人最后要么与南宋反目成仇，要么干脆投降元人，而两个忠心到底的人，仍旧受南宋的歧视和防范。

　　事实上在南宋后期，绝大多数情况下对从金国投奔过来的归正人都持怀疑、忌惮、防范态度，怀疑他们是金国的奸细，忌惮他们掌控兵权后尾大不掉，防范他们内外勾结坏了南宋的大事。

　　南宋立国之初，从北方投奔而来的汉人就潮水般地南下，直到金国灭亡后仍有人南逃进入宋境。之所以这些人中没产生几个赫赫有名的人物，是因为南宋很少重用其中的人才，除了宋孝宗能顶住压力，持信任态度重用他们之外，其他皇帝当政时间，对这些人的任用都严加限制，总是以怀疑的眼光看待他们，采取种种让人心冷的防范措施。

　　平心而论，南宋政府对归正人中大量的难民，还是尽了同胞之义，尽其所能安置他们，为他们提供生产生活之所需。可惜的是，南宋太软弱，如果金国施加压力，马上就不敢接收归正人了，甚至将已经接收的再送还金国。

　　归正人逃往南宋，是因为在金国活不下去了，所以他们对金国仇恨满腔，他们是南宋铁杆的主战派，主张与金国血战到底，并且愿为前驱。可南宋在多数情况下都是主和派掌权，只想偷安江南，这些人怎会容忍归正人得势。

　　归正人当中肯定有人才，南宋军队中有战斗力的军伍多是由归正人组成，这些人悍勇能战，是金国的劲敌，但这却是南宋主和派忌惮的原因所在。若是重用了其中的人才，允许他们领导数支能征善战的归正人大军，那南宋政府怎样控制这些大军？

说到人才，岳飞难道不是一等一的大将之才？可南宋为了与金人签署和平协议，不惜杀了岳飞，又怎会爱惜归正人中的人才！

偏安的南宋早已没了北伐复仇的雄心，更没有一统天下的壮志，只想着在江南过富足安稳的小日子，能打仗爱打仗的人才对它来说是负担、是毒药，主和派认为钱能买来和平，而南宋的钱袋子又大又沉，鼓鼓囊囊，他们为什么还要稀罕人才。

正是在这种情况下，多如过江之鲫的归正人中才没有产生出几个有名之辈，南宋不为他们提供发挥能力的舞台。归正人之一的辛弃疾倒是名声很大，但他是以写词成名的，归正之后，他一直没能出现在梦想中的伐金战场。

蒙古人能大胆使用汉人、契丹人甚至女真人的人才，为他们的一统大业服务，南宋却不敢大胆使用，这其中牵扯的问题太多，既有胸怀的宽阔与否，也有胆略问题，当然，还有一个民族的心态问题。

宋人自偏安之后，心态就越来越偏激，越来越脆弱，患上了精神心灵上的洁癖症，以至于产生了祸害中国千年的道学。

第十二章　辽以释废？

金国灭亡十多年后，当时尚是藩王的忽必烈心有所感，招幕僚张德辉闲谈治国方略，问他："或云，辽以释废，金以儒亡，有诸？"

张德辉是金国旧臣，性刚直且有才识，他回答说："辽事臣未周知，金季乃所亲睹。宰执中虽用一二儒臣，余皆武弁世爵，及论军国大事，又不使预闻，大抵以儒进者三十之一，国之存亡，自有任其责者，儒何咎焉！"

忽必烈问的随意笼统，张德辉则针对一点作答，说儒臣在金国数量既少，又不能参与军国大事，因此金国的存亡不能让儒臣担责。但是他回避了"辽以释废"，因为这个问题太难回答，在中国历史上，儒释很多时候纠葛在一起，形成中原汉地文化的标志，回答得稍有不慎，就可能引起忽必烈的误会。

金亡之后，在元人中流传着一种观点，认为汉化是金国、辽国灭亡的主要原因，这种观点虽然偏激不切实际，但在元人中颇有市场。元人此刻正以武力四处扩张，所以对武力的作用看得极重，认为只有保持强大的武力，才能国运绵长，立于不败之地。他们看到了契丹、女真因严重汉化导致武力下降，却不知道这两个曾经无比彪悍、战力绝伦的民族为什么要汉化，他们以为草原民族只要不想汉化就不会汉化，而汉化就意味着弱化。

估计当时的女真人也是这样认为的，但辽国的契丹人却绝不会这样认为。因为契丹人见识过汉人的武勇，见识过中原王朝的强大。

那时候契丹只是大唐广阔疆域里一个不怎么起眼的民族，唐人的武力空前地强悍，横扫六合，草原上的游牧部落在唐人的威慑之下，纷纷选择了臣服，契丹只是众多臣服者中的一员。

即便到了唐帝国的后期，藩镇割据各霸一方，中央政府已经形同虚设，唐人的武力仍旧强悍恐怖。盘踞幽燕的刘仁恭，在中原的藩镇中只能算是中小势力，但仅仅一个刘仁恭，就让契丹人苦不堪言。他到每年秋天就派兵北上，将长城以外大片枯黄的牧草点燃烧毁，契丹人的牛羊马匹无草可吃，只能含泪远遁。有什么办法呢，打不过刘仁恭，也没有他那么多的阴毒诡计，只能远远避开。

唐朝不但武力强盛，文化方面的软实力也让契丹人望洋兴叹，唐人的诗词文章绘画书法，哪一个拿出来都能光耀千古。当然，早期的契丹人懂这个的没有几个，那会儿他们连文字也没有，更谈不上对诗词绘画的欣赏了，但这不妨碍他们对唐朝强盛气象的仰慕，在唐朝还没有寿终正寝之前，提起中原提起汉人，他们大概只有仰慕和恐惧的份儿。

但是，延续了将近三百年的唐王朝终于寿终正寝了，汉地的历史进入了五代十国时期。中原的政权走马灯一般地频繁更迭，割据势力无休无止地攻伐征战，弄得中原残破不堪，人民流离失所。而此时契丹人中产生了一位英主，他就是耶律阿保机，辽国的第一位皇帝。

耶律阿保机将契丹各部统一起来，接着东征西讨，将北方草原各族一一征服。于是，一个强大的契丹帝国在北方崛起，而此时此刻，中原仍然混乱不已，频繁的战争使得很多汉人失去了家园，他们中有不少人携儿带女逃往辽国境内。

契丹人并没觉得汉人无用，也没蔑视他们。契丹虽以放牧打猎为生，但他们知道汉人的农耕效率更高，产出更多。因此，契丹人划出一些适于农耕的土地安置汉人，让他们春种秋收，给辽国提供粮食。耶律阿保机又派兵袭扰汉地，掳掠大批汉人到辽国，将他们安置在一起耕作劳动。这些汉人聚居之地被称作"汉城"，而汉城是辽国粮食的主要提供地。

一、蜜蜂礼佛

契丹人的确将汉人当作蜜蜂看待。

蜜蜂勤劳，酿出的蜂蜜可供人食用，汉人也很勤劳，辛苦农耕可产出大量的粮食，正好与契丹人的畜牧、狩猎形成互补。

养蜜蜂要了解蜜蜂的习性，遵循其习性，蜜蜂就能身体健康精神愉悦，产出更多更好的蜂蜜。契丹人很长时间在唐朝的管辖之下，对汉人的习性还是知道一些的。耶律阿保机在建国的过程中，手下也有一批汉人战将与幕僚，他对汉人的情况掌握得更多。

据史书记载，耶律阿保机在取得契丹各部的共识后，遂将汉城建了起来，并在这儿与汉人一起耕作土地，为他们建设城郭和交易市场：

> 汉城在炭山东南滦河上，有盐铁之利，乃后魏滑盐县也。其地可植五谷，阿保机率汉人耕种，为治城郭邑屋廛市如幽州制，汉人安之，不复思归。
>
> ——《续资治通鉴长编》

汉人不复思归是有原因的，在这地方不但没有中原的战乱，可以安心地耕种收获，有市场可以交换物品，阿保机还特别体贴，按汉人的习惯在城中建了孔庙、佛寺以及祠堂，让汉人倍觉亲切。阿保机认为这些东西能安抚汉人，能让他们精神愉悦，感觉就像在汉地一样。

佛寺、孔庙的建立，倒是方便了汉人前往烧香叩拜，可对契丹族人的影响也是巨大的。或许在开始时契丹人只是好奇，觉得进寺庙游览是种消遣娱乐，但后来他们也渐渐地信起佛教来，也学会烧香叩拜，向佛与菩萨寻求保佑了。

儒、释二教在辽国都获得了巨大的成功，不过比起孔子，佛陀的粉丝更多一些。那时候读书人毕竟是少数，虽然立国之初耶律阿保机就创设契丹文字，但契丹的读书人仍然属于少数，而佛教的影响不论是否读书，不分高低贵贱，渗透力特别强悍，没多久就征服了整个契丹，契丹族中上自皇帝下至普通百姓，都成了佛教的虔诚信徒。

契丹人本没有什么宗教信仰，族内一些神灵传说等都比较零碎，不成系统。而佛教系统十分庞大，教义在汉地流传的过程中，已经世俗化，其中的缘分、因果报应等说教，很合世俗男女的胃口，这可能是佛教能迅速在辽国传播的原因之一。

另外，佛教讲究戒欲，认为欲望才是造成痛苦的根源，所以要戒绝欲望，同时提倡忍让，提倡慈悲为怀，这一点对辽国有很重要的现实意义。辽国地域广阔、民族众多，各种矛盾纷繁复杂，如果大家都信奉佛教，事事忍让，心怀慈悲，各种矛盾就很容易化解了。

很可能正是因为这些原因，辽国的上层集团并不反对契丹族人信奉佛教。不过，在建国初期的辽太祖时期，辽国皇帝对佛教还不是特别推崇，至少认为佛陀应该排在孔子之后：

> 太祖问侍臣曰："受命之君，当事天敬神。有大功德者，朕欲祀之，何先？"皆以佛对。太祖曰："佛非中国教。"倍曰："孔子大圣，万世所尊，宜先。"太祖大说，即建孔子庙。
>
> ——《辽史》卷七十二"义宗倍"

　　这里所说的建设孔庙，当是在辽上京以朝廷名义修建，级别比汉城中的孔庙要高得多。引文中的"倍"，是辽太祖的长子耶律倍，当时被封为太子。耶律倍能诗会画，汉化极深，他是辽国读书人的代表，所以认为应先祭祀孔子，而辽太祖也明显不愿意让佛教盖过儒教。

　　但是太子耶律倍没能继位，阿保机死后，皇后述律平偏爱二儿子耶律德光，施展手段让耶律德光继位做了皇帝，这就是辽太宗。

　　辽太宗率兵帮中原的石敬瑭灭了后唐，建立后晋，同时石敬瑭按约定将燕云十六州拱手送给辽国，同时尊耶律德光为父。

　　燕云之地汉人数量可比此前辽境内的汉人多得多，辽人一下子接收了汉地十六个州，抚慰其中的汉人，让他们归心辽国就成了一件大事。耶律德光大胆改革，设置了北南两套官制，北面官管理契丹及其他游牧民族，南面官则负责管理以燕云之地为主的汉人，并重新修订汉人承担的赋税，鼓励汉人发展农耕。与此同时，耶律德光还学习唐朝的办法，针对汉人设置了科举考试制度，让汉人中的读书人有了一条做官的途径，并明确宣布不许契丹人参加考试，说读书考试会影响契丹人的骑射精神。

　　在安抚麾下的汉人方面，耶律德光的确费了不少心思，但他觉得这还不够。于是，他在南下视察燕云之地后，又做了一件事，将幽州大悲阁中供奉的白衣观音搬到了契丹的圣地木叶山，宣布白衣观音是契丹人的家神。

木叶山位于西拉木伦河与老哈河的交汇处，在契丹族古老的传说里，神仙骑着白马，天女乘坐着青牛车，各自沿河而下，相逢于木叶山上，二人遂结为配偶，生下了八个儿子。八子繁衍生息，就成了之后的契丹八部。因此，木叶山在辽国地位崇高无比，被称作祖山，山上建有始祖庙，契丹高层每年都要到这儿祭天拜祖。

白衣观音成了契丹的家神，被请进始祖庙内供奉起来，佛教的地位自然大大提高。耶律德光此举有多少抚慰汉人的成分在内，现在已很难说清楚了，但此举开辟了辽国皇室敬佛的先河。在他之后，辽国皇族对佛教越来越虔诚，越来越痴迷，到了辽国的中后期，佛教基本成了辽国的国教。不论是平民百姓还是皇室贵胄都全盘接受了佛教，将其当作一种精神寄托。

二、佞佛

白衣观音成了契丹的家神，与其始祖同列，在木叶山上享受尊荣，这对佛教来说，是莫大的荣耀，对信奉佛教的信徒来讲，也与有荣焉。但这时的契丹人也就是敬佛礼僧，随俗做些佛事，给寺庙布施些财物，如此而已。

随着时间的推移，辽国境内的佛寺日渐增加，契丹贵族对佛教的敬仰也日渐增加，对庙宇的布施越来豪爽，佛寺变得越来越富裕，和尚们一个个扬眉吐气，得道高僧似乎也越来越多了，辽国境内香火缭绕，佛国的气象初现。

　　到了辽国的中后期，契丹贵族的崇佛也达到了高潮。而对佛教最热心最虔诚的，要数辽道宗耶律洪基。

　　耶律洪基不但大兴土木广修佛寺，而且深入地研究佛教经典。他对佛教不是那种皮相之爱，他以弘扬佛法为己任，在佛理的阐释、教义的理解方面，他也的确达到了历代皇帝没有达到的高度。

　　耶律洪基广泛地阅读佛家经典，领会贯通其中的深意与玄奥。他精通梵文，可以直接参详佛经最原始的典籍，这一点压倒了号称爱佛成痴的梁武帝萧衍。梁武帝聪明过人，文才武略治国理政样样在行，信仰佛教之后，其虔诚足以感天动地。他秉承佛家教诲，不近女色不吃肉食，连祭祀宗庙也用蔬菜代替，同时多次舍身寺中为僧人，当然，精研佛典也是他的必修功课。但梁武帝不懂梵文，学习的佛典都是别人翻译过来的，耶律洪基却是直接从梵文中领会原汁原味的佛义，对佛理的了解自然比梁武帝更深。

　　耶律洪基在对佛经做了大量的阅读研究后，将关注的重点放在《华严经》上。他花费了不菲的精力与时间，写了许多关于《华严经》的著作，如《华严经赞》《华严经随品赞》《华严五颂》等，用来诠释经文的玄奥道理。

　　辽道宗之所以精研佛典佛理，并不是要皈依佛教，做一个有道高僧。他与以佛教信徒自居的梁武帝完全不同，他不戒色，照样吃肉喝酒，照样骑马猎杀野兽，没有半点儿佛教徒的样子。但他认为用佛教、儒教的精神化育百姓，可让众人一心向善，免于纠纷争斗，国家会因此而长治久安。他的努力效果也相当可观，宋朝的苏辙当时出使辽国，对契丹人崇佛印象深刻，认为这对宋人来说是大好事——"契丹之人，缘此诵经念佛，杀心稍悛。此盖北界之巨蠹，而中朝之利也"。他在回宋后向皇帝上札子评论耶律洪基，说：

> 北朝皇帝年颜见今六十以来，然举止轻健，饮啖不衰，在位既久，颇知利害。与朝廷和好念深，蕃汉人户休养生息，人人安居，不乐战斗。
>
> ——苏辙《栾城集》"二论北朝政事大略"

但是，大部分贵胄的认知水平达不到辽道宗的高度，他们见皇帝如此崇佛，就思量着要与皇帝保持一致。可养尊处优的贵胄们智商有限，没人能精研佛典，他们能做的，也就是向佛寺捐钱捐物。

秦越长公主为表对佛的虔诚，将自己在燕京的豪华私宅捐了出去，建了一个人佛寺，叫作大昊天寺，同时将万亩良田舍给寺院，用来供养和尚尼姑的吃喝。考虑到和尚尼姑要念经礼佛，没工夫种田，她又将隶属自己的百家民户一并布施给寺院。

耶律昌允是辽国皇族的子孙，家世非常显赫，他是阿保机亲弟剌葛的重孙。剌葛当年随阿保机东征西战，血染战袍。到了耶律昌允时，辽国已经寺庙林立佛法昌盛。昌允受佛法感染，想起先祖征战四方杀戮太重，有违佛理，于是心生内疚，发宏愿要建一座宏伟的佛教道场为先辈赎罪，可他没完成宏愿就早早去世了。其妻萧氏也是佛教的虔诚信仰者，为完成先夫遗愿，她将自家位于辽中京的三千多顷土地献了出来，同时出谷一万石，钱二千贯，用来建设静安寺。寺庙落成，又捐献牛五十头、马五十匹，民户五十家，用于寺庙土地的耕作劳役。

这座静安寺规模宏大，历时十一年才修建完毕，由辽道宗亲自题写寺名匾额，在当时影响很大。

王孙贵胄们如此热衷施舍钱财土地，朝中臣僚、地方官员自然也不甘落后，纷纷解囊向佛寺捐赠财物。各地的富户商人在这种形势下，唯恐给佛寺布施得少了受人鄙视，一个个也变得乐善好施起来，将大量财物捐给寺庙。

此刻辽国的佛寺说富可敌国也不为过，善男信女络绎前往庙中烧香叩拜，香火四季不断。寺庙拥有大量的田产，耕种这些田产的民户被后世称作二税户，他们按规定将应交税收的一半上交国家，另一半上交寺庙，同时还要完成寺庙临时交办的各种差遣劳作，比如修缮寺庙的房屋，给寺庙栽种树木等。给寺庙做杂务的民户也不少，洒扫庭院、采买食物及佛事用品等，这些人完全依托寺庙生活，受寺庙的控制调遣。他们与那些二税户一样，逐渐沦落成为寺庙的奴仆。

辽国中、后期，皇帝动辄就将成百上千的民户捐赠给佛寺，契丹贵族高官仿效皇帝，也将自己私属的民户捐赠给寺庙。寺庙的人力物力迅猛增长，而国家的人力物力逐年衰退。

到了辽国末期，国库空虚，财政入不敷出，竟可怜到要接受佛寺的捐助：

> 至其末年，经费浩穰，鼓铸仍旧，国用不给。
> 虽以海云佛寺千万之助，受而不拒。寻禁民钱不得
> 出境。天祚之世，更铸乾统、天庆二等新钱，而上
> 下穷困，府库无余积。
>
> ——《辽史》卷六十"食货志下"

辽国境内铜、铁资源丰富，在开国之初就用来铸造钱币，末年虽铸币未停，可国家穷困，那些钱币都流到佛寺去了。一个海云寺就能拿出千万资助朝廷，辽国众多的寺院累加起来，其财富之雄厚绝对是惊人的。

三、佛国盛景

宋朝使者出使辽国，见到辽国妇女以黄色东西涂抹在脸上，弄得一脸金黄颜色，觉得非常奇怪，就问辽国官吏，得到的答复是这是妇女的一种装扮，叫作"佛装"。佛像的面部总是黄色的，号称金面，辽国妇女的黄脸称为佛装，倒也贴切。

在浓重的佛文化的氛围里，佛装算是一景，还有另外一景，就是辽人的名字。

辽圣宗的契丹名叫作文殊奴，他的皇后名叫菩萨哥。辽景宗将大女儿起名观音女，二女儿起名长寿女，三女儿起名延寿女，都与佛门有关系。此外叫普贤奴、药师奴的也相当普遍。不过，这些与佛门有缘的名字中最著名的当数"观

音"。辽世宗的次女名叫耶律观音，辽道宗第一任皇后的名字叫作萧观音。

萧观音聪慧美丽，娇艳如花，一手琵琶弹得出神入化，吟诗作词样样在行，而辽道宗耶律洪基沉稳闲静，严厉刚毅，不但懂梵文佛典，对吟诗作词也十分拿手。这二人结为夫妻乃一时绝配。

耶律洪基流传下来的《题李俨黄菊赋》："昨日得卿黄菊赋，碎剪金英填作句。袖中犹觉有余香，冷落西风吹不去。"至今仍为后世津津乐道，认为该诗写得风雅有致、余味悠长。他带皇后萧观音到伏虎林秋猎，一时兴起，让皇后作诗吟咏猎杀狼虎的情景，萧观音脱口而出吟道："威风万里压南邦，东去能翻鸭绿江。灵怪大千俱破胆，那叫猛虎不投降。"

但是萧观音并没得到观音菩萨的特别保佑，她做了二十年皇后，在三十多岁时就被权臣耶律乙辛诬告与人偷情，被耶律洪基残忍地赐死。而辽道宗精研佛理，心中并无半点慈悲心肠，对皇后的冤情根本不予查勘深究，仅仅听了耶律乙辛的一面之词，就粗暴地让皇后自裁，这种做派和佛的宽恕精神一点儿也联系不上。

辽国尊崇佛教，僧侣的地位水涨船高，广受尊敬，他们是佛在人间的代言人，不敬重他们就是对佛的藐视。所以辽国的僧侣特别多，皇帝及高官贵爵经常将自己的家奴舍到寺院里做和尚、尼姑，那些在社会上混得不如意的男女也投机钻营，寻找一切机会剃度入寺。一入佛门，吃喝穿戴各种用度就不是问题了，佛寺富得流油，自然不会亏待了僧侣，同时皇帝还经常提拔僧侣做官，做司空、司徒这类大官的僧侣不少，做太尉、大夫这类官的就更多了。

其实，能在寺庙中混得有头有脸，也就相当于做了小官。因为寺庙的经济实力太雄厚了，动辄就是几千几万亩良田，数万亩山林、果园，麾下的二税户人数也极多。庙中担当某一方面执事的僧侣，手中都有不菲的人、财、物供其调遣，其威势比一般的小官还要厉害。

辽国的僧侣到底有多少，现在已经很难弄清了，但在辽道宗时期，最少有三十六万。辽代的帝王喜欢请僧侣吃饭，称作"饭僧"或者"斋僧"，认为这是功德无量的盛举，因此帝王们乐此不疲，从辽景宗开始，几乎每一代帝王都要搞那么几次。辽道宗太康四年，各地遵皇帝诏令斋僧，上报的斋僧数量就达三十六万，这个数字在道宗本纪中有记载。

三十六万，在今天看来似乎不是很多，但辽国道宗年间的总人口也就一千万左右，也就是说，僧侣人数占到了总人口的百分之三点六，这是个相当大的比例，若以今天的人口基数来算的话，僧侣的人数就在五千万左右，十分惊人。如果将寺庙控制的二税户等农奴算上，其数量更加庞大。

如果以每个寺院平均有五百名僧侣计算，辽国的佛寺就有七百多座，若以平均千人来算，也有将近七百座。千名僧侣，应该算是特大寺院了，加上洒扫庭除的杂务人员以及为其耕地纳粮的民户，就是好几千人的规模，在那时，一个比较繁华的镇子也就是这么多人。

　　这么多的寺院，皇室、贵族的捐赠不一定个个都能顾及，那些位置偏远名声不怎么响亮的寺院，若做大型的佛事，很可能会出现资金不足的问题。虽然佛寺很有钱，但佛寺的奢侈习惯早就养成了，僧侣出门都是车马，佛像动辄都要贴金，佛殿的高大雄伟也非一般民居可比，这些都是要花钱的。

　　辽人似乎觉得佛事花钱再多也是应该的，对皇室贵胄们顾及不到的那些寺院，附近的百姓往往采取结社的形式帮助寺院举行盛大佛事，称作"千人邑社"。当然，千人只是个虚数，表示人数极多的意思。

　　寺院要建高塔贮存舍利子，寺院要举行大型诵经活动庆祝佛诞，或者寺院准备印制经书等事，却因经费不足感觉为难时，百姓们就组织千人邑社。入社者出钱出物出力，帮助寺院建塔印经，佛诞诵经活动普通百姓无法参与，大家就捐赠钱财给寺院，由寺院自己搞，百姓们到时前来凑热闹观看就是了。

　　千人邑社因组织的目的不同，又分为念佛邑、舍利邑、灯塔邑等名目，组织者称作邑头。邑头在当地必须有威望有势力，否则组织不起邑社，向大家收钱也不会顺利。

　　辽国佛法昌盛是不争的事实，但是，说佛教废了契丹人的武功，磨灭了契丹人的战斗精神，使其扩张欲望大为减弱，却似乎经不起推敲。

　　佛教虽是崇尚和平的宗教，但其中也有除魔卫道的内容。日本在平安时代，对佛教的崇尚并不亚于辽国，基本上全民信奉佛教，可此时日本的僧兵是国人谈之色变的武装力量，他们舞着刀剑冲上战场，口中念诵着佛号，手中的刀剑却是毫不留情地砍杀。这些僧兵是那个时代日本最恐怖的存在，他们悍不畏死，哪怕战至最后一人也决不后退半步，弄得各大名麾下的士兵都心生怯惧，不敢与这些僧兵交战。

崖山之前，元人的武力横绝一时，其扩张欲望极其强烈。可令人惊讶的是，在蒙哥汗及忽必烈时期，蒙古高层几乎一边倒地倾向于信奉佛教，忽必烈甚至接受藏传佛教的灌顶仪式，同时封高僧八思巴为国师帝师，但这些丝毫也不妨碍元人的征战厮杀，对其扩张欲望也没有半点儿抑制作用。他们攻打南宋，攻打越南，攻打缅甸和日本，后来自己内部又为了争抢大汗之位而大打出手，佛的慈悲精神、不杀生的戒律何曾对他们有一丝一毫的影响？

四、佛、道争雄

儒、释、道三教在中国源流久远，传播极广，信徒众多。读书的学子要学习儒家的经典，科举考试的主要内容都在儒家经典之中，不好好学习难以做官。夫妻多年没有儿子，就要去送子观音像前烧香，如果追求长生不老想要成仙飞升，则要去道教宫观寻找炼制仙丹的秘方。

三教各有特点，也各有自己的信众市场。信众们似乎对三教的宗旨理论并不深究，只求有用。危难之际，谁能保佑自己度过危难就去给谁烧香，对孔子、佛陀、老子等一视同仁，有时因一件事不知该求谁，就胡乱烧香叩拜，在佛寺中叩过头，又去道观里烧香，顺带把孔老先生的塑像也拜一拜。

信众的这种情况，弄得和尚、道士既好笑又为难。儒家倒没这方面的忧虑，他们以做官治天下为目的，只要通过科考做了官，就有国家的俸禄。可和尚、道士不一样，信众的多少决定着布施的多少，香火的旺盛与否决定着生活质量的高低，必须大力宣传，让信徒们更加倾向于自己这一方，才能维持香火的旺盛。于是，抬高自己贬低对方就成了最常用的手段。

老子的《道德经》是道教最主要的经典，老子也被奉为道教祖师。关于老子，《史记》中说他见周朝衰微，就离开国都，被函谷关令尹喜拦住，求他写下了五千言的《道德经》，《道德经》写完后，老子就出关西游，不知所终。

到了西晋时期，道教经典中忽然多出了一个典籍，叫作《老子化胡经》，该经中说老子出函谷关，一直到了天竺国，转世托生为佛陀，创立佛法教化天竺百姓。天竺的百姓自然是胡人，所以才有老子化胡之说。

《老子化胡经》在隋唐时就惹出了很大麻烦，佛教高僧大为震怒，认为是道教有意诋毁佛教而弄出来的伪经，双方唇枪舌剑论战不休，甚至将官司打到隋文帝和唐高宗那儿。佛教一方强烈要求朝廷销毁《老子化胡经》，但那时朝廷并没认真重视这个问题，《老子化胡经》没能得到朝廷的禁毁。

金朝末年，全真派掌教真人丘处机名声大振，他谢绝了金宣宗、宋宁宗的邀请，带着尹志平、李志常等弟子西行万里，在雪山见到了成吉思汗。这时丘处机已是七十四岁的高龄，但面色红润白须飘飘。成吉思汗称他为神仙，向他询问养生及治国之道，丘处机以敬天爱民清心寡欲作答，劝阻成吉思汗减少屠杀。

这次会面造成了道教的大繁荣，因为成吉思汗对丘处机极为推崇，不但下令将他与丘处机的对话编撰成书，免除了全真教的赋役，且赠送丘处机金虎牌，诏请丘处机掌权天下道教一切事宜。

有了丘处机这棵大树，道教势力迅速膨胀，对佛教形成了压倒性的优势。金国灭亡前后，许多荒废的佛寺被道士占领，改成了道观，佛、道两教由此结怨。当时全真派的风头很盛，道教有全真派撑腰，对佛门颇有藐视之意。更令佛教愤恨不已的是，全真派还在大量印制《老子化胡经》。

多年之后，星移斗换，成吉思汗早已作古，丘处机也已谢世，蒙哥汗在位，他命忽必烈掌控汉地。这时候，佛教高僧针对道教展开了一场轰轰烈烈的围攻剿杀，进攻的重点就是《老子化胡经》的真伪。

当此时，印度高僧那摩已经归附元朝，被封为大国师，极受重用，而西藏高僧八思巴也在元朝的上都，被蒙古高层奉为上宾，他是藏传佛教萨迦派第五代祖师，在佛教界的影响不小。西藏噶举派活佛噶玛拔希、大理国师等，一个个都是佛教界响当当的角色。在他们的推波助澜下，大汗蒙哥命忽必烈组织一场辩论会，以解决佛、道之间纠缠了多年的争执。

　　1258年的春天，辩论会在开平府的大安阁隆重举行。佛道双方各有十七个人出场参与辩论，双方约定：如果佛教方获胜，道教方出场的十七人就要削发为僧，如果道教方获胜，佛教方出场的十七个人就要蓄发为道士。忽必烈命手下谋士姚枢、窦默、廉希宪等为双方辩论的见证人，同时兼任这次辩论的裁判。

　　佛教一方出场的人物有那摩、八思巴、噶玛拔希等重量级的人物，还有少林寺、圆福寺的长老，而道教方面比较惨，王重阳、丘处机当然算是重量级的人物，可他们早已去世了，南方正一道教主张可大倒是重量级的人物，他是张道陵的后人，第三十五代天师。但此时南宋尚在，宋、元之间处于战争状态，张可大不可能前往北方参加辩论。于是，道教方面只能以全真教的掌教真人张志敬为首，全真派骨干人物樊志应、魏志阳、周志立等悉数出动撑持门面，与佛教一方的强大阵容无法相比。

　　佛教方主力队员为八思巴，辩论刚一开始，八思巴的矛头就直指《老子化胡经》，攻其一点，指斥其为伪经。道教方引经据典，力证其非伪。双方各自引证中国、天竺的史书，以及佛、道两教的经典，相互诘难。可惜的是，其辩论的真实情境今天是无法见到了，双方论辩的精彩也只能靠想象，因为传下来的文字记载太简略了，且是佛教一方单独记下来的：

　　　帝师又问："汝《史记》有化胡之说否？"

曰："无。"又问："老子所传何经？"曰：

"《道德经》。"曰："此外更有何经？"曰：

"无。"曰："《道德经》中有化胡事否？"曰：

"无。"帝师曰："《史记》中既无，《道德经》

中又无，其为伪妄明矣！"道者辞屈。

——《乾隆大藏经》第三十三卷"佛祖历代同载"

辩论到这儿，裁判姚枢就宣布道教输了。

八思巴此后按藏传佛教的收徒规矩，为忽必烈灌顶，忽必烈封赠他帝师称号，所以《乾隆大藏经》直接以帝师称呼他。道教方的主辩者却无记载，无法确知是哪个人。

这场辩论之后，张志敬、樊志应、魏志阳、周志立等参与辩论的十七人按事先约定削发为僧，道教有一批宫观被划拨给佛教，成为佛寺，道教势力受到极大的打击和抑制，而佛教一跃成为蒙古高层倾力支持的宗教。忽必烈能接受八思巴的灌顶，就说明他在佛、道之间选择了佛教。

但是，接受了灌顶，并不表示忽必烈就成了佛教徒，就要遵守佛教的种种戒律。汉地的儒士曾经向忽必烈上"儒家大宗师"的尊号，忽必烈也欣然接受了，这同样不代表忽必烈从此就成了儒者，受仁义道德之类的约束。

儒也罢，佛道也罢，对忽必烈而言，只是一种统治手段，今日崇道，笼络一下道教中人，明日崇佛，笼络一下佛教中人，如此而已。

忽必烈是这样，辽国的历代皇帝也是这样，崇佛，对他们而言只是一种统治手段。

五、辽人的中国情结

北宋人晁说之的《嵩山文集》中记载了辽道宗耶律洪基一件逸事，说耶律洪基非常仰慕宋仁宗，谈话说起仁宗时，总要以手加额。后来他还用白银铸造了两尊佛像，给佛像背上铭文：愿后世生中国。

北宋、南宋的人以此为据，认为耶律洪基仰慕宋朝的灿烂文化，向往汉地，所以才愿下辈子生在中国。这种解释似乎颇有道理，因为耶律洪基不但崇佛，还崇儒，不但会写诗，还喜爱绘画，对书法与音律都很精通，汉人喜爱的那些东西他都会，还经常作诗赐给臣下和外戚，汉文化在他手中比汉人皇帝耍得还要顺溜。

民国时候，耶律洪基所铸两尊银佛在北京原辽国开泰寺出土，佛像背上也的确有铭文，其文是：

> 白银千两，铸二佛像。威武庄严，慈心法相。保我辽国，万世永享。开泰寺铸银佛，愿后世生中国。
> ——张江裁《燕京访古录》，北京：中华印书局，第21页

这个铭文比晁说之记载的长多了，"保我辽国，万世永

享"八个字中，对辽国的爱戴显而易见，这般深情地爱着辽国，却愿来世生在宋朝，似乎有点讲不通了。

实际上，宋人的解释有点儿一厢情愿，自我多情，认为中国就是宋朝，宋朝就是中国，可在契丹人的认知里，辽国就是中国，契丹人就是中国人，契丹境内的其他民族全部都是中国人。

当然，宋人不会承认这一点，宋人称契丹为胡虏，将女真人、蒙古人统统称作胡虏，认为他们落后野蛮，不配称作中国人。

契丹人似乎也知道这一点，所以他们尽量表现其文明先进的一面，凡汉人会的，他们要做得比汉人更好。汉地有佛教，善男信女去烧香叩拜，他们也就盖佛寺，崇佛尊僧；汉地重儒，搞科举考试选拔人才，他们就将这一套复制到辽国，也搞科举考试；汉人能作诗，契丹人岂能落后，耶律洪基的诗就作得不比汉人差半点。

契丹自认是中国人，在辽太祖时候就开始了。本章第一节所引的辽史资料中，阿保机欲祭祀有大功德者，众臣认为该先祭祀佛，阿保机以"佛非中国教"的理由否定了，认为孔子是中国人，应先建孔庙祭祀。这里阿保机自认是中国人的意思十分明显，而这时还没有宋朝，中原还处在五代的混乱之中。

实际上，阿保机以及之后历代辽国皇帝，都认为契丹民族就是中国人，辽国就是中国。契丹人作诗写词、学画、崇佛崇儒等，也并非学习宋朝，他们真正仰慕向往的是唐朝，在某种程度上，他们认为辽国应该就是唐帝国的后继者。而唐朝，在诗词绘画以及宗教发展等方面，都堪称盛世。

不可否认，宋朝建立之后，辽国遇到了一个强有力的竞争对手。宋朝自认是正统的中原王朝，是汉唐衣钵的继承者，而宋朝迅速发展的经济文化也呈现出蓬勃的繁荣，诗词文章及绘画书法等艺术推陈出新，在唐人的基础上又进一步，有了自己的特色，这对辽国压力不小。

辽国的诗词文章也呈繁荣状态，但是比起宋朝，还是稍显逊色。但辽国有自己的优势，首先是武力优势，大军南下直入内地，逼得宋人签订澶渊之盟，向辽国缴纳岁币，这一点让契丹人感觉骄傲无比，萧观音的诗作"威风万里压南邦"，就是这种骄傲心理的具体反映。

但是正统地位牵扯的方面太多，治国的理念、官制等，也是重要内容，仅凭武力占据优势，很难说服自己说服别人。于是契丹历代皇帝尽量向儒家的治国理念靠拢，在官制上除了学习唐人，还比照着宋人设置衙门官职，尽量让大辽在形、神两方面都有中国正统王朝的样子。

辽圣宗时候，后晋降臣将中原王朝丢失的传国玉玺献给了辽国，这可喜坏了辽圣宗。大肆张扬庆祝，还专门为此事作诗："一时制美宝，千载助兴王。中原既失鹿，此宝归北方。子孙宜慎守，万世当永昌。"一副普天同庆的样子。

所谓传国玉玺，乃是秦始皇用和氏璧所制的国印，秦亡归于汉，汉献帝禅让帝位时，将玉玺也一并交给了曹丕，后来晋朝篡魏，玉玺又到了司马氏手中。东晋、宋齐梁陈之后，隋统一了中国，传国玉玺又为隋朝拥有。但隋末大乱，玉玺被萧后携带着逃入漠北草原突厥部落。

李唐立国，得不到传国玉玺，大为遗憾。那时候，人们普遍觉得得到传国玉玺，国运才能长久，所建立的王朝才算名正言顺，才属于正统。后来，李世民在唐朝国力雄大时，远征大漠，打败了突厥，才终于让玉玺重归中原。

唐亡之后，传国玉玺经后梁传到后唐，当儿皇帝石敬瑭与契丹合兵灭亡后唐，后唐末帝李从珂抱着玉玺自焚而死，玉玺至此就下落不明。

辽圣宗的诗里，将玉玺比拟为"中原逐鹿"的鹿，有得鹿者为正统的意思，但毕竟没有明说。他之后的辽兴宗就不这么含蓄了，举行科举考试，干脆以"有传国宝者为正统赋"做题目，让学子们据此作文。

其实辽圣宗、辽兴宗之所以如此张扬，强调传国玉玺的象征意义，仍然是心虚，对辽国的正统说法觉得理不直气不壮。原因很简单，辽国没能占据中原，国土仍以大漠草原为主要成分，契丹人虽汉化严重，但在文化的传承上仍无法与北宋相比。

但到了辽道宗时期，契丹人进一步汉化，辽道宗本身的汉文化功力也十分了得，于是辽国上下空前自信起来，臣下给皇帝的奏章中提到辽国，干脆就直接以中国相称。辽道宗本人更是自信满满，完全以华夏文化的传承者自居。

那时候，汉人总以自己的文化优势鄙视周边的少数民族，蔑称为"夷狄""胡虏"等，而少数民族对这类称呼十分敏感，若当面这样称呼，那就无异于指着脸骂人。可辽道宗汉学精湛，已完全没有了这个心障。宋人洪皓所记的这个故事，就将辽道宗的自信心态展现得淋漓尽致：

> 大辽道宗朝，有汉人讲《论语》……至"夷狄之有君"，疾读不敢讲。（辽道宗）则曰："上世獯鬻、猃狁，荡无礼法，故谓之夷。吾修文物彬彬，不异中华，何嫌之有！"卒令讲之。
>
> ——洪皓《松漠纪闻》卷上

的确，辽国的契丹人此时与汉人的区别已经不大，虽然他们仍喜欢游牧射猎，但汉文化已经渗进了他们的血液之中，他们已跨越了一大步，从心态到修养变得更加文明。

六、辽末二帝

不论从哪个方面来讲，契丹人做得都相当不错了，崇佛并不是辽国灭亡的决定性因素，虽然崇佛的确让辽的国力有所减弱。

辽享国二百余年，一直到灭亡的前夕，仍是一个完整、繁荣的帝国。而唐帝国在后期就名存实亡，各地的藩镇早就各行其是相互攻伐，只在表面上尊一下唐皇室，有些地方势力甚至连表面的遵奉也懒得做，对皇帝想劫持就劫持，想杀害就杀害，想威胁就威胁。所以，辽国虽无法与辉煌的唐帝国相媲美，但二百余年时间也算国祚绵长。

辽国亡于女真，非战之罪。女真造反，和佛教也扯不上半点儿关系。辽灭亡的种子由辽道宗耶律洪基种下，由天祚帝耶律延禧培育成长，结出果实。耶律洪基是太聪明了，惊才绝艳，所以自信心盲目地膨胀，行事不察，而耶律延禧是真的糊涂，顽童心性至死不改，导致辽国最终覆灭。

这事还得说到萧观音身上，辽国存亡的关键线索都和她的冤案有关。

萧观音一代才女，论才艺容貌，都是一时翘楚，早年间与耶律洪基情爱甚笃，算得上是一对神仙眷侣。耶律洪基的一子三女都是她生的，想来当时在辽道宗的后宫中，萧观音往那儿一站，其气质风度才学容貌远超众人，弄得六宫粉黛无颜色，所以专宠于她，才有了这个结果。

但是辽道宗自恃甚高，认为自己才大如海，辽国的一切都在掌握之中，所以不耐烦具体而琐碎的国务，将精力主要放在治国理念、佛儒的典籍理论以及诗画的研究中，具体事务大多交给权臣耶律乙辛处理。

耶律乙辛极得辽道宗的信任，被封为赵王，后又进封为魏王，其官职权限相当于宰相，当时势倾朝野，给自己培植了不少私人势力，同时使劲地收受贿赂。耶律洪基此时高高在上，对这些都视而不见。他有更重要的事情要做，哪顾得上这些鸡毛蒜皮的小事。

萧观音却明察秋毫，经常向辽道宗私下进谏，弄得耶律洪基有点烦躁，同时也让耶律乙辛不敢放开手脚，遂将萧观音当作眼中钉肉中刺，必欲除之而后快。

萧观音擅诗词懂书法，尤其酷爱弹琵琶，有时叫伶人中善琵琶的赵惟一对弹。契丹人对男女之防并不如宋人那么重视，草原民族在这方面忌讳少一些，萧观音似乎也有点儿大大咧咧，浑没将与人对弹琵琶当一回事。但耶律乙辛的奸谋便是以此入手。

耶律乙辛请人写了十首香艳绝句，称之为"十香词"，还有一首暗藏玄机的怀古诗，然后买通宫中婢女，请萧观音鉴赏并书写。萧观音哪知其中的奸谋，见诗写得好，就提起毛笔写了一遍。深宫寂寞，赏诗书写也是一种消遣，萧观音写完扔给宫女，此后也就忘了。

耶律乙辛却拿着这些东西向辽道宗告状，说萧观音与伶人赵惟一私通，奸情浓腻之时写了这些艳情诗，其中的"怀古"诗中还镶嵌着赵惟一的名字：

> 宫中只数赵家妆，败雨残云误汉王。
> 惟有知情一片月，曾窥飞燕入昭阳。

辽道宗见诗大怒，不问青红皂白先将萧观音打了个半死，又将此案交给耶律乙辛审理。在种种酷刑逼供下，萧观音与赵惟一被屈打成招，随后萧观音就被赐死。这就是辽国历史上的"十香词"冤案。

萧观音一死，耶律乙辛又将目标对准了太子耶律濬，辽道宗唯一的儿子。他怕太子将来继位要为其母报仇，所以务必要将耶律濬置于死地。

恰好当时有人行刺耶律乙辛，未果而被捕。耶律乙辛便在此事上大做文章，买通很多证人，说是行刺的幕后策划者有一批人，他们杀了耶律乙辛后，就要扶太子上位，而太子也对此事知情。

辽道宗大怒下将太子耶律濬废为庶人，囚禁于上京城内。胆大妄为的耶律乙辛为了杜绝后患，干脆暗中派人赶往上京，直接就将太子耶律濬杀死。

辽国灭亡的种子就此种下。因为辽道宗只有这么一个儿子，并且聪慧颖悟，骑射俱佳，在辽国很有人望。而太子只有一个儿子，就是至死玩性不改的耶律延禧。

耶律乙辛还想再接再厉，将耶律延禧也一并害死，幸得老臣萧兀纳提醒辽道宗注意皇孙的安全，耶律乙辛难以找到机会下手，耶律延禧这才幸免于难。

此后耶律乙辛奸谋败露，被辽道宗所杀。但是耶律乙辛专权十四年，忠于皇室者受排挤，正直者受打击，弄得人心离散，辽国高层此时已经人才凋零，忠心正直的大臣已经不多了。

耶律延禧后来继任，他就是辽国最后一任皇帝天祚帝。天祚帝耽于游畋，先将老在自己耳边聒噪的老臣萧兀纳贬出京城，然后重用佞臣萧胡笃、萧奉先等，打猎玩乐声色犬马，对女真的崛起根本不予理睬，即便有臣下不断提醒也懒得听。后来完颜阿骨打公然造反，攻城略地，天祚帝仍然不当回事，认为小小的女真翻不起大浪，他依旧四处游猎玩耍，只随口胡乱安排几个不怎么会打仗的人前往平叛，所给的兵力也不多，觉得杀鸡焉用牛刀。

辽兵三战三败，盔甲兵器都被女真人夺了过去，女真人的兵势因之更盛。起兵之初的女真，人数既少，兵器装备也是惨不忍睹，全凭从落败的辽兵手中获取正规武器与盔甲。天祚帝的轻视，恰好成了女真人掠取武器武装自己的契机。

对于打了胜仗武器装备已经焕然一新的女真，天祚帝还是不当回事，认为派一个使者，给完颜阿骨打封个大些的爵位，就可以结束战争了，自己仍旧能继续游猎玩耍。

皇上如此漫不经心，使者也就敷衍塞责，和阿骨打的谈判什么结果也没有。天祚帝无奈之下决定亲征，可与女真人还没接仗，辽军先锋部队的都监耶律章奴引数百辽兵私自脱队，招纳草寇向辽国上京进发，沿途一边抢掠财物妇女，一边大肆宣扬天祚帝的荒唐，声称要另立新君。而辽国此时人心混乱，有不少契丹贵胄竟然赞同另立新君主张，率兵归附耶律章奴。

天祚帝这会儿觉得害怕了，哪还有心情与女真人打仗，仓促之下回军，急着要去讨伐耶律章奴，被女真人趁机尾随袭击，损失惨重。

事情到了这会儿，只要天祚帝回心转意，重新振作，收拾辽国人心，认真对待与女真人的战事，辽国也不一定就非败不可。毕竟辽国是个幅员辽阔的大国，有二百多年的底蕴，有足够的战略回旋空间，而女真人数既少，底子也实在太差，要在短时间内消灭辽国难度极大。

但天祚帝在平了耶律章奴之乱后，又犯了个与乃祖辽道宗类似的错误，导致辽国一败涂地。而这个错误仍与一个女人有关。

七、悲剧重演

天祚帝有个宠爱的妃子，叫作萧瑟瑟，此女美丽端庄，同时也是个才女，诗词俱佳且颇有见识。

在辽国，皇后基本都出自萧氏一族，萧瑟瑟姐妹三人，虽没有做皇后的福气，但所嫁之人也都不错，大姐嫁给贵族耶律挞葛里为妻，三妹嫁给了猛将耶律余睹为妻，萧瑟瑟排行第二，成了天祚帝妃子。

少女时代的萧瑟瑟，常去姐夫耶律挞葛里家玩。天祚帝有次也去了耶律挞葛里家，于是两人在这儿见面了，而此时天祚帝已经有了皇后。他们的相遇注定是一场悲剧，因为天祚帝立刻就被萧瑟瑟的相貌气质吸引住了，他带萧瑟瑟到皇宫里宠幸了几个月，激情过后，却不准备负责任，在皇太叔等重臣的劝说下，才按皇宫的礼仪娶了她，封为文妃。

萧瑟瑟娴雅稳重，言语不多，她不是妖媚风流的人物，虽然美丽聪颖，却以端庄著称。萧瑟瑟为天祚帝生了一儿一女，女儿被封为蜀国公主，儿子耶律敖卢斡，被封为晋王。晋王有乃母之风，聪慧而稳重，有长者之风，喜爱读书擅长骑射，朝中大臣都看好他，认为是个贤王；天祚帝也对这个儿子非常喜爱。

女真崛起攻城略地时，天祚帝由佞臣萧奉先等陪伺着，四处游猎玩耍。萧瑟瑟看到了辽国的危机，多次写诗规劝，可规劝不但毫无效果，反惹得耶律延禧的厌恶，对她不断疏远。

耶律章奴谋立新君失败后，天祚帝仍是心不在焉，既不设法收拢人心，也不积极操练军马，仍旧玩乐游猎。朝野上下此时都对天祚帝失望至极，辽军也没心情打仗，金军兵锋所指，辽军纷纷投降。

辽国上下都在忧虑之时，耶律延禧却有了逃跑的迹象：

> （天祚帝）潜令内库三局官，打包珠玉、珍玩五百余囊，骏马二千匹，夜入飞龙院喂养为备。尝谓左右曰："若女真必来，吾有日行三百五十里马若干，又与宋朝为兄弟，夏国舅甥，皆可以归，亦不失一生富贵。"
>
> ——叶隆礼《契丹国志》卷十

天祚帝的言行举动让大臣们寒透了心，朝中议论纷纷，说什么话的都有，而私下议论得最多的，就是彻底舍弃耶律延禧，让他做个太上皇，从其几个儿子里选择贤能者，立为新君。

这时候佞臣萧奉先着急了，她的两个妹妹都嫁给了耶律延禧，一个是皇后萧夺里懒，一个是元妃萧贵哥。萧夺里懒无所出，萧贵哥生了三个女儿，还生了个儿子耶律定，被封为秦王。

但是，秦王在弟兄们中年龄最小，能力威望也一般化，与萧瑟瑟所生的晋王不在一个档次，根本无法相比。晋王是长子，素称贤能，极有人望，若大臣们另立新君的话，选择晋王的可能性最大。

萧奉先希望立自己的外甥秦王为新君，那么他就必须除去晋王。这个奸臣遂决定铤而走险，向天祚帝告晋王的状。为了整倒晋王，他的确不惜代价，竟然诬陷耶律挞葛里、大将耶律余睹、驸马萧昱，说他们与文妃萧瑟瑟勾结，要逼迫今上退位做太上皇，扶立晋王为新君。

天祚帝半点儿也没生疑，立刻就信了萧奉先的话。因为耶律挞葛里是萧瑟瑟的姐夫，而大将耶律余睹是萧瑟瑟的妹夫，天祚帝认为有这层关系，他们勾结的可能性很大，若晋王当了皇上，耶律余睹等人还不是要风得风要雨得雨。而驸马萧昱一直表示对晋王很欣赏，认为他端庄严谨，贤而有能，耶律延禧认为他与耶律余睹等人勾结谋立晋王一点也不奇怪。

耶律延禧怒了，立刻将文妃萧瑟瑟及其姐妹抓了起来，又将耶律挞葛里、驸马萧昱抓了起来，什么也不说，先把这几个人砍了头。他却没舍得杀晋王耶律敖卢斡，这个儿子太优秀了，耶律延禧一下子真的下不了手。

大将耶律余睹却没能抓住，他没在京城，正在抗金前线带兵打仗。可消息很快就传到了耶律余睹耳中，他知道皇上是个什么德行，他认为自己的冤枉说不清楚，天祚帝不会给他任何申诉的机会，一气之下，耶律余睹带兵赶往金兵占领区，要去投奔金人。天祚帝哪能容耶律余睹逃走，紧急下令派了好几路人马抓捕他。

追捕耶律余睹的几路兵马追到半路就停了下来，几个带兵将领商议说："皇上只相信佞臣萧奉先，余睹是宗室里的豪杰猛将，他若被抓遇害的话，他日我们几个的命运也会和余睹一样。"这几个人就领兵打道回营，向上谎报说追袭不及，此时，耶律余睹已经进了金人的控制区。

耶律余睹是员猛将，在辽军中资历很深，对辽国军队的布防情况也十分熟悉。他投了金人，立即带着本部兵马就做了攻辽的先锋，所向披靡，很多城池听说他带兵来了，不准备防守事宜，却立即派人找他联系投降的事。金军有了这个熟知辽国情况的向导与猛将，攻城略地势如破竹。

天祚帝在中京，耶律余睹率兵就进攻中京。天祚帝吓得急忙逃往南京，余睹攻下了中京，又带兵进攻南京，天祚帝吓得又逃往鸳鸯泊。余睹衔尾追击，不给天祚帝半点儿喘息的机会。

佞臣萧奉先给耶律延禧出谋划策，说："余睹一个劲儿追击您，不就是想逼您退位，立他外甥晋王为君吗？为今之计，只有先杀了晋王，绝了余睹的念想，他就不会急着追击了。"

天祚帝连连点头，觉得有理，便下令缢杀晋王。负责执行命令的人不肯枉杀晋王，便劝他马上逃走。晋王却不肯逃，他说："安忍为蕞尔之躯，而失臣子之大节。"遂毅然就死。

　　晋王一死，跟随天祚帝的兵将彻底寒心，没几个人再愿意拼死保着他了。而耶律余睹恼恨之下，对天祚帝追杀得更紧更急，直打得耶律延禧东逃西窜。

　　到了此时，辽国的气数也就尽了，再也无力回天。

　　辽国之亡，前有萧观音，后有萧瑟瑟，两个才女的死亡，导致了一连串的悲剧，最终让辽国走向毁灭。如果辽道宗、辽天祚帝心中有那么一丝慈悲心肠，对两个才女的处置不那么残忍鲁莽，辽国的历史可能就会重写，耶律延禧就极有可能做不成皇帝，起码不会在辽道宗之后继位为帝。那么，女真人的崛起就会无限期地推后，在时过境迁之后，枭雄完颜阿骨打的造反计划极有可能胎死腹中，那个时代的走向或许就是另一种样子了。

第十三章　家天下与天下共享

天祚帝像个老是长不大的孩子，国亡被俘之后，仍旧心直口快，没有一点儿城府。被俘三年之后，在金人的一间小室内，他见到了同样被俘的宋徽宗父子。三位曾经的皇帝过去都没见过面，经人介绍，这才心中恍然，而徽宗父子此刻似乎已心如死灰，还是天祚帝主动打招呼，他们这才有了短暂的交流。

天祚帝穿着一身胡装，以契丹人的礼节作了个揖，满面愁容地就向徽宗、钦宗发起了牢骚。他说："吾契丹与大宋南北一百余年，未尝绝和好，一旦奸臣所误，俱至于此，为之奈何？"

徽宗、钦宗不知该怎么回答，他们脸上的愁容比天祚帝更浓，未知的命运等待着他们，是死是活尚且不知，但羞辱折磨是少不了的，他们已经历了数不清的羞辱，早已心灰意懒，弄得天祚帝反倒出声安慰他俩："公父子明后日北国皇帝须有赦罪之理。我已三年，尚未了绝。"

据天祚帝所讲，金人要追查一件契丹宝物，所以使劲儿地折腾他。但三位皇帝没能说更多的话，就被金人喝止，后来怕他们私下偷偷交流，便将他们分开了。

多年之后，宋徽宗受尽折辱已经死在了五国城，天祚帝再见宋钦宗时，却是在燕京金人讲武殿的广场上。金国皇帝完颜亮检阅兵马之后，令天祚帝、宋钦宗各领一队人骑马击鞠，大概是给皇戚贵胄们做表演。天祚帝马术娴熟，宋钦宗却从来没骑过马，战战兢兢的，心中怕得要死，却又不敢不从。两队人马击鞠正到了要紧关头，数名金兵从广场一角驰马而来，于是惨剧发生：

> 有胡骑数百自场隅而来，直犯帝（即宋钦宗）马，褐衣者以箭射延禧贯心，而死于马下。帝顾见之，失气堕马。紫衣者，以箭中帝，帝崩，不收尸，以马踩之土中。
>
> ——《大宋宣和遗事》"贞集"

天祚帝、宋钦宗是死是活，对金国来说毫无意义，但以这种方式杀死他们，还是让人觉得震撼。此时的天祚帝、宋钦宗对金国毫无威胁，即便他们有罪该死，一刀砍了脑袋就是，何必以这种方式弄死他们。

但完颜亮行事不循常理，他就是个狂人，喜爱杀伐征服，更爱美色如命。他曾宣称有三个志向："吾有三志，国家大事，皆我所出，一也；帅师伐远，执其君长而问罪于前，二也；无论亲疏，尽得天下绝色而妻之，三也。"而他在皇位上，暴戾残忍，似乎每时每刻都以这三个志向为行事原则。

在朝堂上，完颜亮一言不合就随意杀人，而为了征服南宋，他宁愿惹得天下造反，也要强征兵员。在色欲上的表现更是荒唐，《金史》说他"妇姑姊妹尽入嫔御"，连自己的亲姐妹都不放过，这简直就是禽兽，比这更令人震惊的是他看上了哪个大臣的妻子、女儿，就会设法将大臣除掉，然后公然将其妻子女儿纳入后宫。

宋钦宗、天祚帝落在他的手里，自然是没有好果子吃，想屈辱地活着也不可能，只能以这种匪夷所思的方式去死，能在临死时博得完颜亮开心一笑，就是他们的价值所在。

不过，《大宋宣和遗事》并非严谨的史书，它是南宋人所做的话本，虽然其记载宋钦宗、天祚帝的死亡情况非常可信，但其中也极可能有演义的成分，以此来表现女真人的野蛮残暴。

金国初期的确野蛮残暴，但是，宋人就不野蛮残暴啦？

赵匡胤篡了后周，将七岁的后周皇帝柴宗训封为郑王，并留下遗训：柴氏子孙有罪，不得加刑。似乎不是那么野蛮，但是柴宗训只活到二十岁就莫名其妙地死了。而被北宋灭掉的南唐、后蜀等国，哪一个亡国之君是善终的？

与宋、金一样，辽国对待亡国之君也是极其残忍的。

或许被辽国灭掉的后晋，其亡国之君石重贵是自然死亡的，因为找不到他横死的记载。在正史中，契丹人在建州附近给了他不少田地，令其自耕自食，不过，石重贵明显活得没有尊严，可以说是屈辱至极：

> 割寨地五千余顷，其地至建州数十里。帝（即
> 石重贵）乃令一行人员于寨地内筑室分耕，给食于
> 帝。是岁，舒噜王子遣契丹数骑诣帝，取内人赵
> 氏、聂氏疾驰而去。赵、聂者，帝之宠姬也，及其
> 被夺，不胜悲愤。
>
> ——《旧五代史》卷八十五"晋书十一"

契丹皇帝或许并不想故意羞辱石重贵，但其手下的权贵欺负一个亡国之君，几乎再正常不过了。石重贵保不住自己的女人，除了悲愤，还能怎么样呢？石重贵能屈辱地一直活下去，估计也在心中一直暗示自己，认为这是正常现象，因为他自己登上皇帝宝座时，对美女也是予取予求，连自己的叔母都敢染指，并公然纳入后宫封为皇后。

在那个时代，野蛮荒唐莫如帝王，无限的权力在手，若没有相应的制约力量，他们什么事都能干出来，权力将他们的欲望无限放大，将他们荒唐的一面也无限放大。而亡国之后，失去了权力的庇护，他们又成了最悲惨的人，曾经加给别人的一切，又回到了自己身上。

当时，汉人认为他们是最文明的，契丹、女真以及蒙古人都是野蛮凶残的胡虏，但是，在可以予取予求的权力面前，汉人并不比契丹、女真文明多少。而在对最高权力的约束上，契丹人、女真人最初的做法却很可能比汉人还要高明一些。

一、轮流坐庄？行不通

　　封建王朝以世袭为特征，以天下为一家一姓的私产，在几千年的时间里，不断地循环往复。一个王朝灭亡了，替代的王朝仍是如此，其间看不到明显的进步，看不到能够打破世袭制的力量。

　　每次王朝的更迭往往都伴随着席卷天下的战争，之后胜利的一方建立新王朝，失败的一方黯然退出。当然，也有以欺诈手段夺得皇位的，比如宋朝，还有王莽建立的新朝。不管以哪种手段，只要夺取了皇位，必不可少的一项工作，就是神化自己，说他英明神武德行高尚，甚至有神灵的血脉，是上天之子，代表天意来统治芸芸众生。儒家的忠君理论此时也常被借用，以强化新生王朝的统治基础。

　　但新王朝的君主，在做这一套的时候，仍旧胆战心惊。因为被他代替的旧王朝也是这么宣传自己的，且宣传的时间更早、更长，这是个大麻烦，会影响天下人的归心。解决的办法，除了大骂旧王朝残暴无道祸害百姓外，最快捷的法子便是将旧朝的君主一刀砍了，免得留下后患。

　　但是靠篡位夺得皇位的人无法做到这一点，他们使尽手段，让前朝君主将皇位禅让给自己，刚受了禅让就杀掉对方，这让天下人怎么看、怎么想？

　　王莽篡位的计谋是最为高明的，没搞什么禅让，他在汉平帝死后，自己做代理皇帝，而立只有两岁的孺子刘婴为太子。三年之后直接改朝换代，建立新朝，这时刘婴何去何从就成了问题。杀不得，更放不得，虽说刘婴此刻只有五岁，可放出去被有心之人控制后用作旗帜，对王莽的新朝就是最大的威胁。

王莽遂将刘婴囚禁起来，并下令不许任何人与他说话，包括送饭及看守的人。刘婴长大之后完全成了一个白痴，不会说话，对外面的东西一个也不认识，连鸡鸭也不认识，最后在王莽失败后又糊里糊涂被人杀掉。

刘婴的遭遇比石重贵、天祚帝、宋钦宗等更为凄惨，王莽的残忍让契丹、女真人相形见绌。不过要说王莽野蛮残暴，他肯定大不服气，因为想做皇帝的人哪个不残忍呢？凡是拦路者都在可杀之列，即便亲兄弟也不会放过，至于是否折磨羞辱他们，那要看当时的心情。

家天下的制度磨灭了人性、扭曲了人性，权力让人异化，变成了比虎狼更凶恶的存在。

可悲的是，家天下的世袭，在中国却是一个超级稳定的体系，风吹不动雷打不动，即便有一批又一批不堪皇权的威凌而造反的人，他们也没想过推翻家天下的体系，只不过希望自己在造反成功后，将天下从现在的当权者手中抢过来，变成自己的家天下，然后再传给自己的儿子、孙子。

到了辽、宋、金、元时期，这个超级稳定的家天下体系遭到了挑战，当然，各种挑战都没有成功，在汉文化超卓的影响力下，早早地就胎死腹中。

当强大的唐王朝已经灭亡，中原之地五代更替混乱不堪，契丹人于此时崛起于北方。契丹人在阿保机的领导下，将北方诸多民族纳入麾下，并对中原虎视眈眈，频频插手。而契丹的政治制度与中原截然不同：

> 凡立王，则众部酋长皆集会议，其有德行功业者立之。或灾害不生、群牧繁孳盛，人民安堵，则王更不替代。苟不然，其诸酋会众部，别选一名为王。
>
> ——赵志忠《北廷杂记》

各部选王以三年为期限，也就是说，王的任期是三年，如果有威望做出了成绩，可以连选连任，否则，到期就卸任，让别的人上。但是，唐末五代中原有许多汉人官吏将领逃到了北方，在契丹人麾下做官，其中也有很多被掳掠到北方的汉人，契丹人在发现了他们的长处后，任以官职，这些人中知名的有韩延徽、韩知古、康牧、王奏事、王郁等。到了耶律阿保机为王时，契丹已经相当强大，而韩延徽等不断向阿保机灌输中原王朝家天下的世袭制度，阿保机也懂汉语，对中原的世袭制倾慕至极，遂决心冲破契丹制度中的任期限制，效仿中原的世袭制做法。

阿保机先是契丹迭剌部的酋长，被选为契丹可汗后，东征西战开疆拓土，的确为契丹族立下了大功，但是三年任期已到，他贪恋权位，不肯召开部族会议另行选举，引起了契丹各部的普遍不满。阿保机的族中兄弟首先叛乱，因为再次选举的话，他们最有可能当选。诸弟之乱多次发生，都被阿保机无情地镇压下去，随即对族中进行血腥清洗，只要是反对阿保机的一律杀掉，即便是亲妹妹也不放过。阿保机借此威势做了三届九年的可汗，即汉人所称的王。

到了第九年，契丹其他部族的忍耐已经到了极限，他们在阿保机远征黄头室韦返回的路上，各部族联兵将阿保机所带兵马包围，强行逼迫阿保机退位。阿保机此时别无他法，只好答应退位，由部族会议另选大汗。但他提了个条件，由他管理统帅汉城，这个要求被答应了。

阿保机退位后只做迭刺部的酋长，但他将主要精力都放在经营汉城上。汉城在西楼邑南，盛产盐、铁。汉人中的能工巧匠在这儿挖盐及制造铁器，产品远销契丹各部及漠北诸族，获利甚厚。契丹人当时不懂制盐冶铁技术，因此铁器、食盐的供给都仰赖汉城。

阿保机在觉得自己的力量有了大幅增长后，以盐铁的销售为理由，召集契丹其他部族的酋长到汉城聚会，借机将酋长们一网打尽，全部杀死。随即统一了契丹各部，自称皇帝君临北方。

此事史书的记载非常简略，对其中的过程完全略去：

> （契丹）分为八部，每部皆号大人，内推一人为主，建旗鼓以尊之，每三年第其名以代之。及安巴坚为主，乃怙强恃勇，不受诸族之代，遂自分称国主。
>
> ——《旧五代史》卷一百三十七

安巴坚就是阿保机。阿保机搞世袭制，绝对不仅仅是怙强恃勇，受中原文化的影响显而易见，麾下汉人谋士的作用也显而易见。阿保机会汉语，对汉人相对没有歧视，契丹麾下的汉人肯定愿意他一直掌权，进而世袭，若三年就换人，换上来一个对汉人有偏见有敌意的人，那汉人就要遭殃了。

二、牵制？不许牵制

契丹各部每三年选举大汗的制度，虽然有其传承历史，有一套为何要这样做的道理，但是比起中原博大精深的帝王理论，源远流长的帝王实践，以及玄奥诡谲的帝王之术，他们的制度就显得微不足道了。当大量的汉人流入契丹，中原文化在契丹迅猛传播，契丹的大汗选举制不可逆转地破灭，被世袭的帝王制取代。

女真的勃极烈制度也是这样，在汉文化的冲击下，难以持久。

阿骨打建立金国之前，女真人分为许多小部落，每个部落的头领称作勃极烈，是长官的意思。勃极烈死后，由部众从勃极烈的兄弟子孙中选举一人为新的勃极烈。发生对外战争时，许多部落形成联盟共同对外，联盟的领导者称作都勃极烈。凡军事上的重大问题，由都勃极烈与众勃极烈商议决定。

金国建国时，完颜阿骨打吸纳了女真勃极烈的长处，在中央政府确立勃极烈议事制度，将原来部落分化合并，以猛安谋克制代替过去的部落制。

金国的勃极烈议事制度很有特点，遇到重大军国事务，就由皇帝召集众位勃极烈商议，大家可以各抒已见，提出看法，最后由皇帝根据大家的意见，综合后形成决策，很有点集体领导的意思。

金国初年阿骨打设立了四个勃极烈，即谙班勃极烈、国论勃极烈、阿买勃极烈、国论昃勃极烈，没有都勃极烈，这时皇帝的位置就相当于都勃极烈。

四个勃极烈都有特定的含义，分别由对应的人员担当。其中谙班有皇储的意思，谙班勃极烈当时由吴乞买担任。吴乞买是阿骨打的弟弟，阿骨打死后，他便继任为皇帝。国论有管理国家具体事务的意思，国论勃极烈由国相撒改担任，撒改是阿骨打的从兄。阿买有治理城邑的意思，阿买勃极烈由辞不失担任，辞不失是阿骨打的从叔。国论昃有平衡阴阳的意思，国论昃勃极列由斜也担任，斜也是阿骨打的小弟弟。

这是阿骨打最初建立勃极烈制的情况，后来人数有增有减，但大体骨架没变。

很显然，所谓的勃极烈制是个血亲班子，都是完颜阿骨打最亲近的那些人，外人无法进入。这种制度与契丹人大汉三年一届的制度相去甚远，更接近于帝王专制。

不过，哪怕是接近，勃极烈制也不同于帝王专制，毕竟在重大事情上，有了对帝王牵制的力量，这种作用不可小觑，有了牵制，帝王的独断专行就变得困难了。同时这种制度有鼓励作用，鼓励皇亲贵胄在重大问题上发表意见。而在金国前期，勃极烈制及其鼓励机制也的确发挥了相当的作用，而最大的作用，就是吴乞买身后继承人的问题。

吴乞买是金国的第二任皇帝，太祖阿骨打的弟弟。与此相似的是北宋前期，第二个皇帝赵炅（光义），他是太祖赵匡胤的弟弟。赵炅（光义）在夺取皇位后，弄出了一个金匮之盟，认为是兄终弟及的依据。可他没有将皇位传给三弟赵廷美，反而逼死了他，也没有传给赵匡胤的子孙，而是传给自己的儿子，从他之后，北宋的皇位与开国皇帝赵匡胤的子孙完全绝缘。

金国在吴乞买做了皇帝后，遇到了与北宋同样的问题。不过，有勃极烈制度，这个问题便不是问题了，因为继承人的问题绝对算是国家大事，各个勃极烈成员都有发言权，容不得吴乞买一个人做主。吴乞买当时怀有与赵炅（光义）类似的心肠，想将皇位传给自己的长子完颜宗磐。

在前任谙班勃极烈完颜斜也死后，吴乞买将这个位置空缺了两年，这个位置非常敏感，谁坐上这个位置就相当于被立为太子，吴乞买想来是要看看风向。但是此时关注皇储问题的勃极烈发言了：

> 天会八年，谙班勃极烈杲薨，太宗意久未决。十年，左副元帅宗翰、右副元帅宗辅、左监军完颜希尹入朝，与宗幹议曰："谙班勃极烈虚位已久，今不早定，恐授非其人。合剌，先帝嫡孙，当立。"相与请于太宗者再三，乃从之。
>
> ——《金史》卷四"熙宗本纪"

　　当时完颜宗翰是新设的移赉勃极烈，完颜宗幹是国论勃极烈，完颜宗辅、完颜希尹虽不是勃极烈，却手握大权，地位与影响力都非同小可，是金国举足轻重的人物。这四人先私下商量，然后直接对吴乞买明言。吴乞买看到了风向，无奈之下将阿骨打的孙子合剌立为谙班勃极烈。合剌，是完颜亶的女真名字。完颜亶在吴乞买之后继位，是为金熙宗。

　　从此事上就能看到勃极烈制度在金国的重大作用。而在北宋，皇帝独断专行，皇储的人选成为极度敏感的事，大臣们都避之不及，无人敢说，生怕惹祸上身。因此说，勃极烈制度有其作用，比起皇帝的乾纲独断，有相当的进步意义。

　　但是，得益于勃极烈制度坐上皇位的金熙宗，却是一个汉化极深的女真皇帝，他从小就受教于汉人儒士，对汉人的那一套爱得无以复加。不但熟读各种汉语典籍书册，能诗会词，还经常穿着儒服招摇，对朝廷上现行的勃极烈制度非常不满。

　　金国初年，女真人还很粗鲁淳朴，加上勃极烈制度的实施，君臣之间上下尊卑的界限并不明显。女真人那时对汉人朝堂上的礼节也不太懂，一伙大老粗围坐在土炕上与皇帝称兄道弟，完全没有汉人朝堂上的肃穆气氛。吴乞买虽贵为皇帝，勃极烈成员却并不怕他，可怜的吴乞买就曾因私自拿国库一点儿钱财买酒喝，被移赉勃极烈完颜宗翰以违反了规矩，当着很多大臣的面在屁股上打板子。这样子的皇帝当得也太窝囊了。

　　已严重汉化的金熙宗要学汉人皇帝的样子，大权独揽、乾纲独断，遂决定废除勃极烈制度。他在完颜宗干等人的支持下，以中原王朝的三省制代替勃极烈制，同时仿照汉人的做法大力改革官制、礼仪，各种制度礼仪都以突出皇帝的无上尊严为中心。从此金国有了一整套朝见皇帝的礼仪规矩，谁要再想和皇帝称兄道弟，除非他不想要脑袋了。

勃极烈制在金国也就实施了二十多年，在熙宗朝完全废除。金熙宗杀了完颜宗磐、完颜宗隽、完颜昌，将拥他上位的完颜宗翰气得忧愤而死，随后又杀了帮他制定官制礼仪的完颜希尹，从此确立了皇帝在金国独断专行的超卓地位，除掉了朝堂上任何牵制皇帝的力量。

三、受限的皇权

当辽、金两国不断解除附加在皇帝身上的束缚，积极向中原王朝靠近时，以中原正统自居的宋人却走了一条相反的路：与士大夫共治天下。

宋人走上这条路既有帝王文化长期演变的因素，也有自身不得已的地方。不过，这条路开始时走得也不很顺当，在初期，皇帝的威势还没倒，虽不敢为所欲为，但发怒时暴打臣下是小意思，打了就打了，臣下心中再怎么不服，也无法报复皇帝。赵匡胤就因为大臣张霭顶嘴，大怒之下用玉斧将他的两个门牙打落：

　　太祖方弹雀后苑，霭亟请入奏事。及见，所奏乃常事。太祖怒，霭曰："臣以为尚急于弹雀。"
太祖色欲厉，引斧柄撞其口，坠两齿。霭徐拾之，
太祖曰："欲讼朕耶？"霭曰："臣不能讼陛下，
自有史官书之耳。"

  ——黄仲昭《八闽通志》，福建人民出版社，
1991，第497页

  这件事很有趣，赵匡胤在后苑玩耍，用弹弓打鸟雀，被奏事的臣子张霭打断了。张霭所奏之事并不急迫，赵匡胤因此很不高兴，嫌张霭拿这种不急之事烦自己，张霭却顶皇上的嘴，说："你觉得不是急事，我觉得总比你弹鸟雀的事急。"于是张霭就被打了，打得连门牙也掉在地上。

  这件事在后世被大肆篡改，说宋太祖一听这件事会记入史书，吓得立刻就向张霭赔情道歉，还给他送了礼物。事实上赵匡胤根本没害怕，还把张霭贬谪到了外地，直到宋太宗赵炅继位，才将张霭召回京城。

  在春秋战国时期，史官们普遍耿直，宁死不屈，诸侯天子做了坏事，还是挺害怕史官给记上，让自己在后世留个不好的名声。但秦汉之后，宁死不屈的史官几乎绝迹，帝王动不动亲自操刀硬要当史书的编辑，再拿史书记载来吓唬皇帝是明显不行了。

  不过赵匡胤总体上尚算英明，他是从五代乱世走来的帝王，对那些走马灯般轮换的帝王的水平知道得不少，因此他制定了许多条条框框限制帝王的权力，其中最重要的一条，

就是皇帝的诏书必须经宰相副署，否则就没有法律效力。当然，还有谏官制度，不杀士大夫的制度等。

总体来说，宋朝历代皇帝对赵匡胤制定的这些条条框框还执行得不错，他们也是被逼的，宋代士大夫阶层的力量很大，他们团结起来就足以制衡皇帝。而宋代看不起武人，武将在朝廷没地位说不上话，皇帝治国打仗都靠文人，因此轻易不敢得罪文人团体。而文人又爱认死理，拿着赵匡胤定的条条框框和皇帝死磕，弄得皇帝缚手缚脚，要想干些舒心畅意的事，简直是难上加难。

宋仁宗宠爱张贵妃，张贵妃的伯父张尧佐是三司使，他通过侄女的门路想再升一下，仁宗看在贵妃的面子上，也答应了，准备提拔他为副相。可一干谏官不答应，纷纷上疏弹劾，包拯做得更绝，直接在朝堂上骂仁宗"失道败德"，弄得宋仁宗脸面丧尽，十分狼狈。仁宗为了张贵妃也拼了，几次在朝堂上与包拯争论，可其他大臣都支持包拯，众言纷纷一致讨伐走门路的张尧佐。仁宗努力多次都以失败告终，十分沮丧，面对张贵妃的枕边风，他恼羞成怒，说："你只知道你伯父想升官，你可知道包拯连唾沫星子都喷到我脸上啦？"

宦官刘承规极得宋真宗的信任，得病将死，求真宗封他为节度使，当然，只是个虚衔，这家伙就是想临死过一把官瘾。真宗痛快地答应了，然后找宰相王旦，要他操作此事。王旦却坚决不同意，说："以后要是有人临死求枢密使的官儿，那怎么办？"弄得宋真宗没脾气，只好算了。

除了太祖、太宗外，宋朝的皇帝相对弱势，被士大夫们限制得很死，别说官员任命这类大事，即便皇宫内嫔妃洗梳用品的采买，也常受到大臣的监视，若有超支，宰相就要询问。宋朝虽富甲天下，皇帝却很难胡乱花钱，这对皇帝来说的确是个遗憾。

整个宋朝，包括北宋、南宋，除了前期的赵匡胤兄弟俩，后面的皇帝基本上都摆脱不了士大夫的束缚。宋代的士人很骄傲，很猖狂，真的认为他们肩负天下的大任，因此一个个自命不凡，对付起皇帝来毫不手软。

宋真宗、宋仁宗、宋英宗几个，对于皇权的萎缩似乎不很在意，乐于当个受束缚的君主，以受臣下束缚为荣，以遵守条条框框为荣，认为这样就是仁君。但是当皇位传到宋神宗时，情况变了。宋神宗极力要摆脱这种不利局面，想要为皇帝争取大权独揽的独裁地位，他重用王安石进行变法，成功地将士大夫分为两派——新派与旧派，新派支持变法，旧派反对变法。

抱团的士大夫很难对付，分成两派就好对付了。两派互相攻击，互相拆台，对付皇帝就无法形成合力。当两派相互攻击陷害时，他们也没精力对付皇帝，反而要拉拢皇帝，以便将对方彻底整倒。

宋神宗利用此大好局面，强力扩充君权，在人事任命贬斥等方面，比前任几个皇帝要洒脱多了，拉一派打一派，明显比自己孤军作战要容易得多。从他开始，文人集团分裂，君权有了明显的抬升。

但即便是君权大幅抬升，也没能突破宋朝文人的底线。

苏轼反对变法，被毫不留情地贬斥，旧派上台后，他又反对旧派，结果被贬得更远。但哪怕将他贬到最荒远的琼州，也没杀了他。这是士大夫们的底线，哪怕是自己的敌人，只要是读书人，就不能杀。

因为有这个底线，神宗及其之后的皇帝，虽能提拔些奸佞之徒，比如蔡京、高俅，但要随意杀一个士大夫，却仍力有不逮。宋及后世有许多杂书，就常记录些皇帝无法杀士大夫的故事，作为调侃。其中调侃宋神宗的故事最为好笑。

宋神宗时，与西夏作战失利，皇帝认为是运粮漕官的责任，遂批示杀了此人。哪知此人是读书人出身，宰相蔡确不执行。皇帝就退了一步，要求将此人刺面发配远方，不料大臣们还是反对，而反对的理由在今天看来十分奇葩：

> 上曰："昨日批出斩某人，今已行否？"确曰："方欲奏知。"上曰："此人何疑？"确曰："祖宗以来，未尝杀士人。臣等不欲自陛下始。"上沉吟久之，曰："可与刺面，配远恶处。"门下侍郎章惇曰："如此．即不若杀之。"上曰："何故？"曰："士可杀，不可辱。"
>
> ——陶宗仪《说郛》卷四十一

这个故事的结尾发人深思。宋神宗气得变了脸色，说："叫朕快意事做不得一件。"大臣章惇却说："如此快意事，不做得也好。"

四、意兴阑珊的皇帝

文人集团的分裂影响深远。蔡京、童贯、高俅、朱勔等都是在文人集团分裂后，才一步步走上高位的。宋徽宗建艮岳弄花石纲，也得益于文人集团的分裂，否则，他根本无法干这种荒唐事，哪怕稍有意向，朝中的文臣们也会吵翻了天，将唾沫星子一个劲儿朝他脸上喷。

经过长期的磨合适应，文人集团与宋朝皇帝已经成了共生的关系。宋徽宗利用神宗开启的局面，倒是潇洒快意了好长一段时间，但北宋却因此而糜烂得不成样子，弄得朝中人才凋零，狗才倒是一抓一大把。

北宋灭亡，南宋建立，文人集团的分裂却仍继续，只不过这会儿不是新派、旧派之分，变成了主战派与议和派。主战派主张以武力对付金人，决不妥协，要一直打到收复失地。议和派却主张与金人议和，认为议和才是唯一的出路，与金人打仗必败无疑。

南宋的君主在这两派中间左右摇摆，一会儿觉得主战派说得对，必须抵抗到底，打败金人收复失地。可一旦战败，立即就转身拥抱议和派，认为议和派高瞻远瞩，主战派的人是热血冲头瞎胡闹。

南宋与北宋无法相比，几乎始终都有来自北面的威胁，而南宋的主战派、议和派也始终对立，不断地非议攻击对方。这两派好像彼此存有深仇大恨，恨不得将对方全部捏死。主战派在主战的时候，不认为议和也是一种手段，而议和派在议和时，也从没想过在军事上占优势时，他们与金人的谈判才会变得更为容易。

与他们相反的是前期的女真人。他们在兵临城下时，却要求议和，以议和掩饰战争，以议和配合军事行动，花招耍得天衣无缝。

南宋大臣们却立场坚定，在原则问题上决不让步，因此主战与议和两派完全对立，毫无调和的余地。议和派在得势时，要将主战派尽可能地扫除整倒，甚至整死，若对方不是文人的话，比如岳飞。而主战派若得了皇帝的支持，议和派也别想有好日子过，弄不死你也得设法将你整倒搞臭。

南宋皇帝在两派之间摇摆着，一会儿倒向这一方，一会儿倒向另一方，可倒向哪一方都难受。主战派主动攻击金兵时，总有隐蔽的议和派在捣鬼，弄得主战派胜少败多，而议和派上场时，又意味着赔款割地，甚至降低身份，将堂堂皇帝降成金国皇帝的臣子、侄子。

做这种皇帝确实让人提不起兴致，更糟的是，束缚皇帝的那些条条框框并未彻底解除，大臣们有时连皇帝的家事也想插手管一管。比如宋光宗，有惧内的毛病，因怕媳妇不敢去看望退休的宋孝宗，连其父病重时也不敢前往问候一声。大臣们觉得这是不孝，不是好皇帝该做的事。于是施展手段，大家一哄而起，对皇帝又是批评又是劝解，一副大义凛然的样子，弄得宋光宗头如斗大，上朝时怕群臣批评，退朝后怕皇后河东狮吼。可怜的光宗，最后实在受不了内外两方面的压力，直接精神崩溃，变成了傻子。

其他皇帝虽耐受力强，但在这样的环境里，也觉得做皇帝并不是一件好差事，既要面对金国的压力，屈辱地称臣称侄，又要面对臣下的束缚，很难畅心快意。于是，南宋前期的皇帝对皇位都不很贪恋，有机会的话，他们就会毫不犹豫地退位，宁愿当个啥事也不管的太上皇，乐得逍遥自在。

宋高宗，南宋第一个皇帝，五十五岁就将皇位禅让给养子赵昚（shèn），自己做了太上皇，以闲游书法安度晚年。这么早退休，并非他身体虚弱多病，他的身体很不错，一直活到八十岁才告别南宋。按照皇帝总要做到死的惯例，他是提前二十五年就主动下了岗。

宋孝宗，即赵昚，南宋的第二位皇帝。他是三十五岁做的皇帝，做了二十七年，到了六十二岁，就退位了，让儿子赵惇接了班。此后他又活了五年，虽没宋高宗长寿，但也算提前下岗。

赵惇就是宋光宗，南宋的第三位皇帝。他只做了五年皇帝，才四十多岁，就下岗成了太上皇。可怜的赵惇，在外惧臣子内惧悍妇的严酷环境中，整日紧张，精神迷离，也实在不能继续当皇上了。他是被臣下操纵着退了位的，退位了好一段时间，他的病情稍有好转，这才知道自己早已当了太上皇。

此后的宋宁宗、宋理宗、宋度宗倒是没人提前退位。宁宗算是在皇帝的位置上战斗了一生，而理宗、度宗时，朝政已经糜烂，士大夫早已没了节操，皇帝即便荒淫无度也没

有臣子去管了。权臣把持了朝政，反倒愿意皇帝沉溺酒色，
这才更方便他们弄权作威。后期的宋理宗竟公然招妓女入
宫，当然，也有臣子劝勉，但个别臣子，对皇帝完全形不成
压力，理宗、度宗此时也没了节操，只顾享乐，哪还顾及面
子。当然，这也和他们智商偏低有关系。

　　权臣把持政务，皇帝又智商较差，既感觉不到危机，也
感觉不到压力，他们这会儿基本上成了摆设，退位不退位，
其实区别已经不大了。

五、易碎的瓷器

　　宋朝能将皇帝的权力大幅度地限制，弄得皇帝束手缚
脚，难以体验身处权力巅峰的乐趣，这在漫长的封建社会，
的确是独一份的，值得称道。但宋神宗的反戈一击，用手段
强力提升皇权，说明要将皇权关进笼子很难，皇帝会反抗
的，这条路任重道远。

　　后世据此认为宋神宗是北宋灭亡的罪魁祸首，却显得有
点肤浅。

　　从社会发展进程来说，限制皇权当然比皇帝独裁要先
进。但越是先进的东西，就越脆弱，就越容易遭到毁坏，而
蛮荒落后的东西，往往力量强大，在战争中优势明显，特别
是在冷兵器时代。

　　即便社会发展到今天，人类的文明程度大幅提高，在战
争时期，仍要求下级对上级绝对地服从，若此时讲什么限制

权力，对统帅的指令说三道四，那无疑是取死之道。

北宋钦宗时以及此后的南宋，在抗击金国的战争中，需要进入战时体制，一切都向战争倾斜。皇帝就是大统帅，发号施令，实行独裁，不允许有任何力量对统帅进行制衡。

可惜的是宋朝做不到这一点，长期被文人集团制衡，宋朝皇帝的形象极端平民化，心态也趋向平民化，已经没有这个魄力了。宋朝的环境下，出不了汉武帝那样雄才伟略的人物，也出不了曹孟德、李世民那样的人物。

宋朝由士大夫与皇帝共治，相互监督、制衡，社会变得世俗平民化，这样的社会不需要英雄，也出不了英雄。英伟人物会打破士大夫与皇帝所形成的力量平衡，破坏其相互牵制的机制。所以这种机制排斥英雄人物，即便有这样的人物，也会被制约力量早早磨平棱角，变得平庸谨慎，以遵守祖训奉行仁义为荣。

宋神宗如果放在汉朝，很可能就是个汉武帝式的人物，但在北宋，他只能做个宋神宗，在变法上与臣下较劲，能在与西夏的摩擦战中取得几次小胜，就相当了不起了。

但是，宋朝先后处于辽、西夏、金国及元朝的威慑之下，国土残缺，安全得不到保障，极需英雄伟人出世，特别需要本领出众行事强势，掌控乾坤杀伐决断，不惜以尸山血海成就伟业的独裁者。

虽然宋朝的软实力相当强大，大规模的文化输出不断降低威胁，生活方式及观念的输出也有同化的作用，将最凶猛的敌人逐渐变得温和，但软实力的作用相对缓慢，需要较长的时间，在后期硬实力难以为继的情况下，它根本没有发挥软实力的时间。

一句话，宋朝走得太快了，超越了那个时代，超越了它所处的环境。如果将宋朝比作一件典雅优美的冰裂纹瓷器，那它就该放置在高堂美屋的檀香案几上，与墨香琴声为伴，可不幸的是，它实际的处身之地是大河之畔的沙滩上。

河水不时泛滥，浪花卷上沙滩冲刷摇晃着瓷器，水流混着沙砾多次冲刷，瓷器开始变薄。终于有一次，浪花带着石块将瓷器的上半部全部击碎，只留下下半部分。在泥沙浊流终于退去后，只剩下一半的瓷器仍旧歪斜地蹲在沙石之间，只不过泥沙污迹，看起来非常狼狈。

一百多年后，又一次河水泛滥，狂暴的大浪带着无数石块冲上沙滩，将宋朝这件古瓷器击打成碎片，与泥沙乱石一起冲入历史的河流中，永远沉没。

不过，细想起来，将宋朝比作瓷器显然不妥。中国任何一个朝代都处于浪花沙石肆虐的河边，没有例外。宋朝即便有其独特之处，也没理由被供在高堂美屋中，何况根本没有所谓的高堂美屋。

宋朝的悲剧，是它超前得还不全面。如果它在限制皇权、鼓励商贸的同时，在热兵器的制造方面也能有一个超越，那么，它或许能挺过来，以自己的辉煌改变中国的历史。

北宋时期，宋朝就有了火箭、火球、火蒺藜等火器，这是热兵器的雏形，以燃烧为主，杀伤性能非常有限。到了南宋时期，火药的性能进一步提高，甚至出现了管状火器——

突火枪，以竹筒装药发射弹丸杀伤敌人。但是在战场上，这类简陋的初期火器的作用依然有限，无法改变战局，决定战争胜负的仍旧是冷兵器的运用。

三百余年的宋朝，没能完成冷兵器向热兵器转换的历史进程，这个进程需要的因素太多。火药向炸药的迈进，钢铁冶炼业的大幅度进步，种种发明及技术进步的契机。上天对辽、宋、金、元一视同仁，并不会特别眷顾哪一个，将种种契机无私地奉送给它。

三百余年，在现代社会是一个相当充裕的时间，足以让各种技术突飞猛进。电的发现到现在才两百多年，放射元素的发现也才一百多年的时间，可如今电、核的技术应用让世界的面貌大为改变。但在古代，技术的进步极其缓慢，需以千年为单位，才能产生较为明显的变化，这就是现代与古代社会的区别。

宋之前的朝代，对奇技淫巧一贯持蔑视态度，对发明与技术改进兴趣漠然。好在宋人对奇技淫巧不排斥，反而以欣赏的态度看待。从皇帝到民间对各种新发现新发明都兴趣盎然，这对热兵器的研究应用当然有巨大的推进作用，但作用仍旧有限，直到宋亡，也没有威力较大的杀伤性火器出现。

宋人不缺热情，不缺资金，也不缺种种资源，所缺的，仅仅只是技术积累所需的时间，可问题是，在汹涌南下铁骑的呐喊声中，在弓箭嘶鸣马刀闪亮的冲锋中，宋人没有时间了。

后记 宋朝，没有墨家的火器

一

其实，宋朝的火器发展算是比较迅速了，比起其他朝代，说是突飞猛进也不为过，只是与现实需要相比，仍然嫌慢。

宋朝公元960年建国，970年，兵部令史冯继昇就向朝廷进献制造火箭的方法。这时候的火箭，指的是给箭支上携带火药，用以烧毁敌方的易燃目标，与今日的火箭意思不同。冯继昇制火箭的办法是否可用不太清楚，但宋廷对之很感兴趣是无疑的。当时宋廷给冯继昇赏赐了不少绸帛衣物，并命他做试验。

三十年之后，军官唐福、石普分别向宋廷进献火箭、火球、火蒺藜，这次不是献的制造方法，而是制成品。这几种东西形状不同，但都是燃烧性武器，以火药迅速燃烧的原理，制造烟火毒气，烧毁敌方的易燃装备，伤害敌方兵士。

宋朝的火器从此时起步，随即迅猛发展，霹雳火球、烟球、毒药烟球、铁嘴火鹞、竹火鹞等一大批火器闪亮登场，品种繁多。可惜的是，这些火器中没有爆炸性武器，全是燃烧性的，杀敌效果十分有限。

之所以说这些武器没有爆炸性的，是因为其中填充的火药成分不对，无法迅猛燃烧进而形成爆炸，甚至点燃也比较困难，需用烧红的铁锥才能顺利点火。宋仁宗时代成书的《武经总要》里，对这些火器中的填充药料成分有详细的记载：

> 硫黄一十五两，草乌头五两，焰硝一斤十四两，巴豆五两，狼毒五两，桐油二斤八两，小油二两半，木炭末五两，沥青二两半，砒霜二两，黄蜡一两，竹茹一两一分，麻茹一两一分。

这是其中的一个配方，硝的占比不到百分之四十，其他几个配方中，硝的占比也相对较低。而现代人早就证明了，火药要拥有较好的爆炸威力，硝在其中的占比需在百分之八十左右。

火药是火器的核心技术，宋初火药的配方中，除了硝的含量较低外，硫与炭的配比也不对，特别是硫，明显偏高，其中的巴豆、砒霜等物，虽有特定设计用途，但对火药而言，这些东西就是杂质，会影响火药的快速燃烧。

火药配方的不科学，说明宋初火器在核心技术上还没获得突破，此时的火器只能说尚处于原始状态，威力极其有限。

北宋末年，宋人有了一种疑似爆炸性武器——霹雳炮。

汴梁城被金军围攻时，守城的李纲用过这种武器："夜发霹雳炮以击贼，军皆惊呼。"但是这种武器到底是个什么样子，是爆炸性武器，还是如火炮般的发射性武器，似乎都难以确认。南宋人赵万年的《襄阳守城录》中，记载襄阳守军作战情景，有"城上亦发喊擂鼓，仍用霹雳炮打出城外"，及"千弩乱射，随即放霹雳火炮箭入虏营中。射中死伤，不知数目"的字句。参详这些句子，霹雳炮应该是种小型的爆炸装置，捆绑在箭支上，点燃后通过弓箭发射出去，在人群中爆炸伤敌。

虽难以确认霹雳炮的种类和威力，但北宋灭亡后，女真人将汴梁城的工匠全部掠走，火药配方火器制作办法自然也就为其掌握。金人此后制作出了"震天雷"，爆炸的威力相当不错，说明在火器应用的过程中，火药的配方也不断地趋向科学。

在北宋灭亡南宋初建的时候，管型火器终于出现了，并被德安知府陈规首先使用，估计也是陈规发明的。当时李横、祝进率乱兵围攻德安府，十分嚣张，陈规率兵民艰难防守，在这期间，被后世称作"陈规火枪"的武器露面了，是用长竹竿做成的：

> （陈）规即时令人……以火石包药造下长竹竿火枪二十余条，撞枪、钩镰各数条，皆用两人共持一条，准备天桥近城，于战棚上下使用。
>
> ——陈规、汤璹《守城录》卷四

不过，结合其他史料看，陈规火枪仍是燃烧性武器，估计有点类似于今日的火焰喷射器。《三朝北盟会编》卷一百五十一记载："（陈）规以六人持火枪自两门出，纵烧天桥。"《宋史》"陈规传"中也说："会濠桥陷，（陈）规以六十人持火枪自西门出，焚天桥，以火牛助之，须臾皆尽。"

很明显，这种长竹竿火枪的作用是焚烧，不是击打。竹竿内装药点燃后，能喷出火焰用于战争目的，比起火箭、火蒺藜等物，思路上的转变还是非常可喜的。但这种火枪体型太大，需两个人抬着走，实用价值并不大。

南宋末年，真正用于击打，与今日枪械原理一致的管型火器诞生了，它就是突火枪。《宋史》记载：

> 开庆元年……造突火枪，以巨竹为筒，内安子窠，如烧放，焰绝然后子窠发出，如炮声，远闻百五十余步。
>
> ——《宋史》"兵志十一"

突火枪仍是用竹筒所制，筒内放有子窠，火药高速燃烧时，将子窠喷射出来，用以击打敌人。当时的子窠，不外乎小石子瓷片一类东西，其威力无法与现在的子弹相比，但突火枪的思路与现代枪支的发射原理基本一致，若有时间完善提高，必能成为军中利器。

但是宋人的时间不多了。开庆元年是公元1259年，南宋彻底灭亡是1279年的崖山海战，其间仅有二十年的时间。这二十年中找不见有关突火枪的完善发展的史料，其使用情况也难得一见。

诚然，突火枪很难用于战场实战，竹筒所制的东西无法标准化作业，竹筒本身坚固性不够，容易炸膛伤及自身。但是顺着突火枪的思路，用金属管子代替竹筒，火炮、火绳枪就有望诞生。

火炮是威力极大的守城利器，火绳枪虽然发射程序复杂，但齐射的效果相当不错。日本人引进火绳枪后，发明了三段射击法：兵士分为三排，第一排端枪射击，第二排完成射击的最后准备工作，第三排装药填充击发物，第一排射击之后随即退到最后一排，第二排随即上前进行射击。

若宋人有了火炮与火绳枪，守卫城池的能力无疑将大幅提高，宋元之战可能就完全是另一种进程了，中国的历史或许因此而改写。

二

宋朝灭亡于1279年，仅仅过去了十九年，元人就制出了铜质的火铳，这就是火门枪。火门枪在欧洲的出现稍晚一些，但英国人后来对火门枪进行改造，成功地将火绳枪制造出来。

如果再给宋朝一百年的时间，能否独自将火绳枪做出来呢？答案仍是不确定。

从宋代火器的发展情况可以明显看到，其发明创造多是一时灵感所致，不是有组织有针对性长期研究探索的结果。突火枪如此，长竹竿喷火的装置也是如此，至于那些火箭、火球、火蒺藜等物，更是如此。这些东西技术性不高，材料易找，对火药性能稍有了解的人，心中有了想法，稍做几次试验就能做出来。而火门枪、火绳枪的制作明显就复杂多了，牵扯到冶炼、模具、金属打磨加工等专业知识，需多人合作耗费不菲的时间才能制成，若加上反复试验重做改进等工序，花费不少，单凭个人的一时兴趣是无法做出来的，除非这个人是个高官或者巨富，可以调动大量的资源，麾下工匠众多。

但是在宋朝，高官或巨富会耗费资财、人力来做这种事情？答案是否定的。

即便宋人不排斥奇技淫巧，即便宋人对火器情有独钟，即便宋朝的铜、铁产量在当时的世界上属于最高，但耗费大量的人力物力，做一件从来没有过的东西，这在宋朝是不可想象的。以火铳为例，做火铳最大的问题不是人力物力，宋朝有的是财富和工匠，但火铳概念的提出不容易，在没有参照物，也没有任何外来提示的情况下，能想到将突火枪加以改进，并用铜或铁做出来，以增加其射程打击力度及安全性，这样的人极为稀少。若真有这样的人，那么他必须熟知突火枪的性能和原理，他对铜铁金属类东西性能有一定了解，他对战争很关注，最后一点是他思维开阔、头脑灵活、知识丰富，具有一定前瞻性眼光。

如果将宋朝的知识分子与工匠结合，这样的人就会产生。比如说将苏轼贬为工匠，让他做一年冶炼工，再有一段配置炸药的时间，对铸造等工艺流程也适当观摩，那么，他在看到突火枪的弊端和长处后，可能会突发奇想：用铜或铁将突火枪做出来，使其威力更大，安全性更好。

真正的问题就在这儿了。在宋朝，苏轼绝对不会被贬为工匠，那是对整个知识阶层的侮辱，士大夫及读书的学子为此非闹翻不可。

其实不只是宋代，汉也罢唐也罢都是如此，读书人知识阶层是高贵的，绝不能做工匠之类的贱役，社会的主流观念就是这样。到了宋代，这种观念更被发挥到了极致，"万般皆下品，唯有读书高"，读书学了圣贤之道，就是圣贤的代言人，官至极品、牧民一方是最高理想，即便落魄，也可一袭白衣吟些风花雪月的诗词，不失风雅本色，让他们与工匠混在一起做形而下的事情，那是绝对不行的。

那时候，即便偏远农村的小地主，家中子弟读了些书，即便没能通过科举考试做官，家中也会将他养起来，让他穿着体面的衣服，与官宦或读书人家交往，当作家里的招牌，不到万不得已，是舍不得让他下地劳动的。

这就是古典社会的讲究，读书人的身份是很神圣的，周秦汉唐以来之所以技术进步缓慢无比，与这种讲究关系极大。

读书人看不起工匠贱役，而工匠也不崇尚读书。工匠的技艺一般都是祖辈相传来的，在正常情况下，工匠之间也很少交流，祖传的诀窍不能让别人学了去，出于同样的心理，他们也觉得偷学别人祖传的诀窍不道德。在这种情况下，新发明新创造要么是偶然间出现的奇思妙想所致；要么是漫长时间经验的积累，量变引起质变；要么就是做其他事无意中收获的副产品。

火器的核心及基本之物火药，就是一件副产品。

中国的道教追求长生不老及成仙飞升，认为服用仙丹就能达至目标。道士们殚精竭虑，寻找各种稀奇古怪的物事，按着自己的想象混在一起炼制丹药，无数次的炼制试验中，火药被发明出来了，完全是无意中得了巨宝。

但是，这种撞大运的事情概率太小，也只适用于较为简单的东西，结构复杂科技含量高的东西，就需要目的明确群策群力不断地钻研探索，需要资金的保障，需要知识阶层与工匠的相互配合。

三

儒家一直致力于形而上的学问，对具体的技术没有兴趣。儒家始祖孔子学究天人，谈起伦理政治哲学人情，他兴致勃勃妙语如珠，可弟子问他具体的种庄稼种蔬菜的技术，他立即就没了兴趣，说："吾不如老农""吾不如老圃"，根本不与弟子们讨论这类事情。

虽然儒学经典里有"格物致知"的话，但历代儒生从没把它当回事。儒家的主攻方向是治理天下，用"仁爱"理念让万民和谐天下太平，所以儒生首先要奋斗做官，只有做了官才有治理天下的平台。

　　炼丹的道士不算道家，虽然他们奉老子为祖师。道家是学派，而道教是宗教。不过道士们总算与道家有点渊源，至少可以算作道家的亲戚。道士们无意中鼓捣出来的火药，让火器登上了历史舞台，为热兵器替换冷兵器打开了闸门，对华夏的贡献不小。但尴尬的是，掌权做官的儒生们对具体技术没兴趣，工匠的知识有限眼光有限，因此火器的发展十分缓慢，一直没有突破性，造不出高杀伤力的东西，无法依赖火器保家卫国。

　　古典的中国缺少一种力量，一种推动技术进步的力量。

　　但是，中国曾经有过这股力量，而且在当时影响极大。这股力量就是墨家的学说及其推动技术进步的实践。

　　墨家不只是一个学派，它还是一个组织严密的团体，主张兼爱与非攻，同时对科研实践非常重视，除了在哲学上的贡献外，在几何学、力学、光学的研究方面也卓有建树。墨家的人以手上有茧子为荣，以亲自参加劳作为荣。他们既是知识阶层，又是技艺超群的工匠，为了阻止春秋时代的侵略战争，墨家制造了许多功效强大的守城器械，亲自带着器械帮助被侵略的城邦防守。这时候，墨家的人就又变成了战士。

　　在春秋之际，墨家是一支不容忽视的力量。他们有当时最精良的守城器械和守城技术，无人能及，连公输班制作的诸种攻城器械也无法破解，他们还有人数不菲英勇善战的弟子，凭借这种实力，墨家曾成功地阻止了很多次不义之战。

　　春秋时代诸子百家中，墨家是最具科学精神的学派，也是最注重吸纳工匠的学派，对技术进步孜孜以求，并高度关注国与国之间的战争。宋朝朝野间若有这样的学派，那么热兵器的快速升级就不是问题，突火枪在短期内进化成火绳枪的可能性将无限增加。

可惜的是，在秦汉之际，曾显赫一时的墨家彻底销声匿迹，化为历史的尘烟。墨家曾做过的科技启蒙，也随着墨家一块儿烟消云散。

墨家的失传，成就了中国的古典社会，也为古典时空的黯然落幕埋下了伏笔。

那种千年间很少发生变化，日子悠闲缓慢的古典生活，让很多人大发思古之幽情。有儒家的仁爱做幌子，这种生活至少在表面上还是有许多温情的成分。但是，时间实在过得太慢了，在空闲的日子里无事可做，喜怒哀乐各种情绪沉淀发酵，酝酿成了感知的美酒，咏而成歌，吟而为诗。诗歌的繁盛是古典时空最醒目的标志，也是那个社会最让人怀念的地方。

如果墨家没有失传，墨家的力量足以与儒、道鼎足而立，那么，汉晋唐宋年间的古典味道即便不是很浓，但古典社会的力量将以几何倍数增长，其结局也不会是黯然收场，而是自然且顺利地转型。经过长期的科技积累，经过长期的诗歌洗礼人文沐浴，然后自然而然地进入近代，进入现代。

若真如此，中华民族的进步就少了许多阵痛，少了许多不忍卒读的历史。